大
方
sight

U0532364

Islands
Against the Current

岛屿的厝

龚万莹 —— 著

中信出版集团 | 北京

图书在版编目（CIP）数据

岛屿的厝 / 龚万莹著. -- 北京：中信出版社
2024.1（2025.1 重印）
ISBN 978-7-5217-6110-8

Ⅰ. ①岛… Ⅱ. ①龚… Ⅲ. ①短篇小说-小说集-中国-当代 Ⅳ. ① I247.7

中国国家版本馆 CIP 数据核字（2023）第 208369 号

本书中文简体版由北京行距文化传媒有限公司授权中信
出版集团股份有限公司在中国大陆地区（不包括香港、
澳门、台湾）独家出版、发行。

岛屿的厝

著者： 龚万莹
出版发行：中信出版集团股份有限公司
（北京市朝阳区东三环北路 27 号嘉铭中心　邮编　100020）

承印者： 嘉业印刷（天津）有限公司

开本：880mm×1230mm 1/32　　印张：9.25　　字数：185 千字
版次：2024 年 1 月第 1 版　　　　印次：2025 年 1 月第 4 次印刷
书号：ISBN 978-7-5217-6110-8
定价：59.00 元

版权所有·侵权必究
如有印刷、装订问题，本公司负责调换。
服务热线：400-600-8099
投稿邮箱：author@citicpub.com

献给书城和秀英

目 录

大厝雨暝
1

浮梦芒果树
19

夜海皇帝鱼
37

浓雾戏台
57

菜市钟声
69

送王船
113

鲸路
149

出山
171

白色庭园
267

大厝雨暝

热天,我们岛会下暴雨,好像同时在下两场。庭院里,老芒果树展开枝桠,雨水从缝隙掉落下来,把清水红砖打得湿透透。潮湿天,特别是雨前,大水蛾多到变成乌帐子,把路灯的光线都关起来。

一开头我还试图跟那些长翅膀的水蛾搏斗,后来就学乖了,他们是永远杀不完的。吃饭的时候,菜脯蛋或是地瓜粥里,往往要掉进一两只蛾子。身子倒翻,蜷成一团,许多只细密的脚向天连绵不断地蹬。

"夭寿哦!"

这时候阿嬷才会拿画着金鱼的搪瓷红盆,装满水,放在灯下。盆里的灯颤动着,蛾子一只只疯狂往里扑,一泡茶的时间,水面是密密麻麻的海难现场。

吃饱闲闲,我就在屋檐下挥舞起那支渐层色彩艳丽的鸡毛掸子。这些水蛾的翅膀一碰就掉了,两片透明的长三角形,在灯下晃晃悠悠地飘撒,噗噜噜地掉在地上。我回旋跳跃,跟着脑中高甲戏情节一起三战吕布、桃花搭渡[①]。没了翅膀

[①] 闽南俗语,均出自高甲戏情节。前者为战斗戏,剧情推进快。后者为姑娘桃花为爱搭渡船的情节,对唱间故事推进慢。

的水蛾像是大号蚂蚁，被舞步轻易踩扁，吧嗒吧嗒，一脚好几个。

晚上吃完饭，表哥会来找我玩。他有个塑料猩猩，底座带着个轮子，咕噜在庭院的地板上一滚，就从嘴里喷出火来。他喜欢抓一只蛾子塞进猩猩嘴里，飞速一滚，烧烤它。他还拿电蚊香座烤过小螃蟹，他后来长大开餐馆的天赋，大约从那时候就显露了。我和表哥玩得兴起，经常忘了把庭院的大木门关上。

"鹭禾，门关好势！"阿嬷的声音这时候就会突然凶狠地砸过来。

如果门不关好，游客就会冲进来探头探脑。那些讲普通话的人，喜欢假装问路，然后一只脚就跨进我家庭院。他们似乎总会被我家的大木门和马鞍形屋顶吸引。在岛上，这样的闽南老宅不多。外地导游也总爱停在我家门口，说出各种历史介绍，每次都不一样，阿嬷在里头听得直撇嘴。遇到外地游客，她总爱故意讲一大串闽南语。

等到老师来家访的时候，阿嬷又能切换成普通话。每次老师来总会赞叹一番我们的老房子，阿嬷就会叫我背似的，介绍我们家房子是"一进三开间带双护厝"的传统老厝，有百年历史。老师说在他们北方，这叫四合院，可都是有钱人住的。然后阿嬷就会端来一盘番石榴，撒上甘梅粉。真是难得的待遇，我就只能蹭到一块。

今晚表哥没来，舅舅倒是来了。他才刚进门，夜空的厚云层里，突然爆出一骨朵发硬的雷声，重重的雨瞬时砸下来。

下雨时老厝就漏水，我们没钱修也没想过修。落雨的时阵，我和妈妈第一时间就拿着盆子瓶子到几个定点去接水。客厅摆三个，客厅左边爸妈的卧室靠窗摆两个，右边阿嬷房间摆一个。然后冲到天井左边的护厝，在厨房和厕所各摆一个。右边护厝是杂物间和我的小房间，漏水不严重，不用管。阿嬷站在一旁目光灼灼，总能通过红砖地板上加深的水渍，找到新的漏水点。我以为人人家里过雨天都这样，后来才发现有些同学家里是不漏水的，表哥家也不漏水。

今天很奇怪，妈妈没去管漏水。爸爸照例去上夜班，只有阿嬷，用木屐轻踢了我的屁股："鹭禾，紧去摆盆仔！"

我侧过身的时候，看到妈妈坐在客厅抹泪，赶紧转过头假装没看见。舅舅在一旁安慰她，末了，我看到他硬塞给她一个信封才走。应该是钱。

下岗。那天晚上我是第一次听到这个词。大概是一个跟"婚飞"一样难懂的词。

我抬头，看见客厅有个新的漏水点，而且，老字画发霉了。一共两幅，是用很奇怪的字体写的，阿嬷说是先人传下来的。上面的字没人看得懂，但阿嬷硬要挂。有时候穿堂风大，字画的卷轴就飘起来，回落的时候，底下的木棒就敲墙，咔咔咔，那一片墙上被敲得坑坑洼洼。

客厅右边是阿嬷的房间。走进去的时候我差点绊倒，一块地砖空鼓了起来，我熟练地把它顺势踩碎。阿嬷房间里，她爸爸穿着西装的黑白照片挂在正中，下面一个五斗柜摆着塑料菊花，淡黄有些褪色。我听见水滴声，雨水早就渗进了黑铁相框，水痕划过她爸爸的脸，再啪嗒打在花瓶里。这个人，闽南语里我该叫他阿祖，但又似乎跟我没什么关系，只是阿嬷的爸爸而已，听她说早年去了吕宋，也就是现在的菲律宾做生意，所以才有钱回来买了这个大厝。那时候，他就住在这间客厅左边的主人房里。阿嬷说，她爸爸在吕宋娶了番仔婆①，有另一个家。不过，每年的生活费都是按时给，一直到最后他被日本人的飞机炸死。

"下败！"是阿嬷，声音穿过大雨，从木窗湿漉漉地飞了进来。

"下败！我们家的厝，永远没可能租给那些死外猴啦！"还是阿嬷。

我僵在阿嬷房间里不敢出去。不要动，阿嬷用这种音量说话的时候，就原地不要动。有几只水蛾还在围着房里的灯泡飞。老师说，在潮湿天出现这种密密麻麻的场景，叫作白蚁 Hūn Fēi。

班上每个人都很认真地重复这个词，但好像都没懂白蚁后面是哪两个字。我们说："纷飞。""昏灰吧？""是风辉啦。"

是——"婚""飞"。老师用力又念了一遍。她说水蛾们一边飞一边结婚，然后翅膀就会脱落，双双掉在地上，钻进黑噜噜的地下，再也不出来。

想着想着，不知道什么时候我就睡着了。阿嬷房间里浓浓的樟脑丸味，总让我昏昏欲睡。

---

① 闽南语，指外国女人。

"伊给我骂……"我走出门的时候,妈妈跟舅舅正在庭院里低声说话。爸爸上夜班,在睡觉,这个时段谁都不准发出大声音。我被结结实实用蓝白拖揍过几次的。

"园子的工作也不错的。"舅舅给妈妈泡了铁观音,招手也让我去喝一杯。

傻表哥拿着一瓶乐百氏在喝,舅舅瞪了他两眼,他才从裤兜里甩给我另一瓶。这可是了不起的东西,好喝得要命,我用吸管轻轻嘬了一口,余下的倒在小碟子里放速冻。冻成硬块后一次舔几口就很满足,可以吃很久。

"一瓶乐百氏,鹭禾可以喝两礼拜。"妈妈缩在客厅的角落里,好像在夸我。

下过雨后,天气越发热了。天井里的芒果树,是外曾祖父种下的,已经一百多年了,结出黄翅鱼那么大的芒果。常要小心,果子砸到头很痛。掉到地上的时候,就是一摊香气酸甜的黄泥,里面爬满了果蝇幼虫,看得我浑身发痒。夏天老厝的房檐翘角、海浪型屋顶、天井红砖地面都铺满芒果的香气、黏糊糊的果泥,还有按照节奏蠕动的胖白虫。

舅舅家在巷子对面不远处,开起了食杂店,表哥有喝不完的乐百氏了。玻璃柜里面摆着萝卜丝、烤鱼串、旺旺仙贝、沙嗲牛肉干、炒黄豆很香很好吃。还有一种带着亮塑料尾巴的弹力球,往地上一扔,嗖地飞上天。

妈妈在家里两个月了,每天跟黏在地板上的芒果作战,要不就是催我写暑假作业。我也很希望,阿嬷赶快给她找到那座海边花园的工作。应该没问题的吧?那个园子,别人都要买三块钱的票才能进去，阿嬷总是拉着我径直往里走，看门的人都是熟人，也都没拦。偶尔有新来的，叫阿嬷去买票，阿嬷就用赤趴趴的眼神给他瞪过去："恁阿嬷的，这里是我家亲戚捐的，需要什么门票？"旁边就会有人冲出来不停道歉把新来的拉到一边，说着："阿丽姨，歹势歹势歹势[①]……"免得要被阿嬷在门口高声问候三十分钟。阿嬷上嘴唇中间长了一颗大痣，邻人都说她嘴唇一粒珠，讲话不认输。阿嬷自己说，那些少年仔都要怕她，他们懂什么？他们的阿公年轻时，都肖想[②]追我呢！她当年可是水当当[③]的岛屿一枝花。

阿嬷出门后，舅舅带着表哥来我家。

我俩在庭院玩亡命追追追，妈妈说他们在聊正事，小孩不要吵，所以我们就只好去杂物间玩探险。杂物间的锁早就烂了，一敲就开，只是里面有股老味，平常我都不爱进去。但实在无聊的时候，就跟表哥去里面翻翻。其实房间挺大的，但是里面挤满了窗框、门扇板，还有各种桌椅交错叠在一起。爸爸也说过这些都是垃圾，早该清掉了。可是他一说这话，阿嬷就会马上生气。房间又不是不够住！这些东西谁也不许动！然后就一直留了下来。我跟表哥最喜欢去杂物间深处，那里有一只发黄的浴缸。表哥说你那个曾祖父还挺洋派，学番仔搞什么浴缸。现在那个大浴缸里放着一只破掉的洋灯，鹅黄灯罩外面有深橘色流苏。还有生了铜锈的破钟，据阿嬷

[①] 闽南语，不好意思。
[②] 闽南语，妄想。
[③] 闽南语，很漂亮。

说新买的时候，钟里的小人还会走来走去。还有三只碎石雕，好像是寿桃什么的，但是一碰就掉碎屑。再往下探索，就是几个木箱。杂物间里所有的东西我们都摸过了，就剩这几个箱子从来没打开过，今天难得阿嬷不在，妈妈又不管我们，干脆就来玩一下。

第一箱，旧衣服。第二箱，字画。没趣。第三箱，乱七八糟的文件。我随便翻开其中一本相册，看到里面有一个跟我年纪差不多的女孩，穿着连衣裙，烫了卷头毛，眼睛跟龙眼核一样大而发亮。照片下面写着"爱女阿丽"。阿丽，这是阿嬷小时候？我看着她，突然感到非常吃惊，原来阿嬷也不是一直那么老。另外还有一张，在这老厝庭院里，盘髻的长衫女人抱着那小女孩，旁边站着穿西装的男人。哦，是阿嬷跟她的爸爸妈妈。那时候芒果树还没长多高呢。

表哥在旁边把能翻的都翻了，也没什么新玩意儿。不好玩！他大叫。算了，吃点东西。他从裤兜掏出一小包瓜子，分给我三颗。我仔细吃完以后，再伸手，他就不给了。要吃自己去买，他说。竟然还给我在那里叉腰，很得意的样子。我跟他说我家更有高级的东西，是他整个食杂店都找不到的。他不信。我说是南洋的亲戚寄过来的。他说那种苦得要命的巧克力有什么好吃。我说不是，是一整铁盒的曲奇饼。

曲奇饼。啧啧啧，曲奇饼。

我在那天阿嬷拆包裹的时候，就看见了。那个铁盒表面是白底蓝框，画成瓷器一样的花纹，里面办着欧洲人的舞会。我最喜欢右下角黄卷毛的漂亮公主，三层裙摆超大的。家里面一年大约能收到一盒，花纹都不一样，从来都轮不上我吃，阿嬷总收在五斗柜最高的抽屉，然后过几天就当作礼物捧给爸爸工厂里的领导。这次这盒放了三个月，都还在那里。我上次去小宇家做客，她家住在轮渡边的红砖别墅里，茶几上摆了类似的一盒。打开，里面是十个小格子，装着不同形状的曲奇饼，每个格子五块。我挑了一块上面有葡萄干的，吃了很久，没好意思再要第二块。但如果把阿嬷的饼盒打开，平均一格吃掉一块的话，就没有人会发现吧。

表哥听了就把瓜子全塞给我，求我让他入伙。我当然也需要他这傻大个，不然够不着那个抽屉。我探了头侦察情况，爸爸还在睡，妈妈跟舅舅在院子里聊得起劲。安全。我就带着表哥，偷偷溜过去。这个憨呆，还被客厅地板新翘起来的砖头绊了一跤，幸好他皮粗肉厚，咬着牙没唉哼。

计划很顺利，我们摸进房间，从阿嬷一堆的内衣和大号三角裤里面翻，迅速找到了铁盒。只是没想到，外围还缠着几圈透明胶带。但我跟表哥口水都已经喷出来了，就小心地揭开透明胶带，拿出饼干然后再平整地把胶带贴回去。全程，曾祖父都从墙上黑框里盯着我们，让我心里微微有点不踏实，但也管不了那么多了。我们瓜分了十个饼干，我六他四。带葡萄干、椰蓉和砂糖的那几块都是我的。他当场就吃完了，我忍不住也吃了两块，放在嘴里牙齿自动嚼得咔啦咔啦的，舌头在口水海里拼命搅，不知怎么的就吞下去了，感觉都来不及感受那种香味。剩下的四块我赶紧用纸包好放进自己的笔盒里，存一点，这样还可以有好几天的快乐。

那两天心情都超好，因为我储备了很好吃的东西，但选择不吃。想吃了就用门牙磨下来一点尝尝，或是舔掉一点上面的砂糖。

第二天下午我精神抖擞地想写作业，但最终还是被房门口那一群排成长队的蚂蚁吸引了注意力。我顺便把我房间、庭院和客厅的地砖都踩了一遍，又多了三块空鼓的。我捡起碎砖，轻轻敲客厅那几根梁柱，空空空作响，还有些沙子掉下来，蒙我的眼睛。这些柱子，阿嬷说以前上面是浓烈的彩绘，跟外墙上的瓷雕一样，画着先祖的故事，不过后来都被砸碎、铲掉了。我想象柱子里面住着一群小人，日夜不停地在木头里面建造城市，我试图用敲击来给他们传递信号——开门开门，开门！我脑门上突然挨了一巴掌。死团仔！跟你说过别敲！哎，被阿嬷抓到了。

"妈，这厝也是有够古了。陈老板说可以帮忙修的。"妈妈走过来说。

阿嬷的脸瞬时垂坠，深浅皱纹好像细流全都向下走。我感觉她身上有一层要发射龟派气功的结界。我默默闪开，免得扫到台风尾。

"蔡，鹭，禾！别走！"

阿嬷叫我全名的时候，事情就大条了，一定要跑！但她先一步把我拦腰抓住。鸡爪一样的手，怎么力气还那么大。

"啊这什么？"阿嬷掏出纸包。

我不敢说话。

"这什么？在那里生蚂蚁。"阿嬷看了我妈一眼，又问我。

我也看我妈，感觉她是不打算插手了。我爸，还在睡觉。好吧我完了。阿嬷从茶几上拿出一根不求人，竹子做的，除了用来抓背，也用来打我。打起来超痛的，比塑料晾衣架更痛，阿嬷买一根，我就偷偷藏一根。这根是新买的，还没来得及让它消失。

"啊啊啊啊啊啊！"阿嬷第一下甩下来，我就大哭大叫。身上起了一道红印，从肉里慢慢浮起来。

"搁不讲？"阿嬷的不求人挥舞在半空。

"是表哥拿的！我跟他说家里有饼干，他就去偷拿给我的！"我说。

"骗疯子！"阿嬷说这盒饼干是要给我妈走动门路用的，然后又啪啪抽了我两下。我迅速嗷嗷哭成个泪人，往我妈身后缩。

"唉，妈，海边花园那条路不通啦，我听说吼……"妈妈把阿嬷拦住，"阿禾爱吃就给她吃吧，伊已经很乖了。"

"啊你们在做什么啦？"我爸眼镜都没戴，头发乱七八糟地走出来。我们全都闭了嘴。阿嬷说没事，你回去再睡一下。

后来连续几天，我都在喊腰酸，也不知道为什么，感觉从尾椎骨一直酸上来。傍晚的时候阿嬷突然说要带我去海边花园玩一下。经过体育场的时候，她给我买了一支牛奶冰，问我那天不求人是不是抽到我尾骨了。我说好像没有，应该是前天不小心被门槛绊倒，我一屁股坐在地上才酸的。然后我说再买一支绿豆冰，阿嬷说想都别想。我很失望地说，蛤，干吗这样……阿嬷说，蛤蛤蛤（há），猪屎吃一篮（ná）。阿嬷总是有很多这种闽南俏皮话,我忍不住大笑起来,打算以后用这句话去对付学校里的同学。

到了花园,正要往里面走,才发现门口安了检票机,有三根会转动的大钢条围着,要往里面扔一枚铁币才会动一下,放进去一个人。阿嬷叫门口的给她开,他们说一定要去窗口买那个币,机器才会动,他们自己没有。阿嬷要带我直接钻过去,有人把她逮住了,我觉得很丢脸。那个人讲普通话,一听就不是本岛的,大概是个北仔。再仔细看下,现在门口检票的三个人,都不是本岛的。是不是岛上的人,我们一眼就能认出。我阿嬷更厉害,以前她带我去对岸吃饭,她扫了一眼隔壁就说出他家里上面三代人是干什么的,我们岛还真的是很小,本地人都认识的。

"买票。没票别来。"那个人很高大威猛,手上都有长毛的那种威猛。我拉着阿嬷走,实在太丢脸了,而且周围还有戴着黄帽子的游客,更不想引起他们注意。可阿嬷满嘴问候他们祖宗十八代,顺便也骂了我几句,好像要不是我拦着,她早就闯进去了似的。

结果就是我们俩在公园旁的海滩,找了棵松树坐了两小时。白绵绵的云朵很立体,好几团,碗糕一样。底下是灰冷钢铁大轮船。正在涨潮,海水哗啦,哗——啦,把白沫和一些淡金旋转贝壳推上沙滩。我就这样看着,倒也觉得满足。阿嬷说,你阿祖也这样带我来过,天上的云那时候也长这样。我跟阿嬷说,云的碎渣会融化在海水里,然后被拍上岸,变成那些发亮的沙子。然后我说每朵云我都认识,那个叫作大鼻头先生，今年一共来天上三次。他旁边那个暗色狗熊叫作浩呆，只要有桃子形状的云它就会追过来。每次它们样子会稍微变一点点，但我都认得出。阿嬷看着云说，唉，你妈的工作应该是安排不成了，那里的人都换了。我说那我可以吃那盒饼干了没有。阿嬷说吃什么吃就知道吃。然后她就不说话，我也不敢再说免得被打。灼热的阳光慢慢拉长变得黏稠，像麦芽糖一样透明，焦黄的云朵被烘烤出一种松脆香气。阿嬷站起来拍拍屁股，跟我说，要起台风了紧走。

阿嬷说得没错，台风来了。一个晚上都在岛上横冲直撞，到处牵拖花盆和树枝，搞出很大的声音。低矮的桂树被浇得全身发亮，红花檵木和黄金榕挤在它身边发抖，青苔浸泡在泥水里。大芒果树的果子几乎全被风摇光了，雨水自动冲刷地板，算是一条龙服务到位。海浪般起伏的马鞍屋顶也叫了整晚，蛇灰的粼粼瓦片被打出啪啪嗒嗒的声音，屋内滴漏连连，所有的脸盆花瓶都用上了，包括我的美少女战士漱口杯。

就这样，这台风在我们这里连续逛了两天，爸爸因此连续两天不用上夜班。我问他，这几天老芒果树摇得那么用力，会不会倒。爸爸说，树头站乎在，不惊树尾作风台。我说，啥咪？他说，意思是，你看只要树根还稳稳在，树枝摇再凶都不用怕。我说老爸你好有文化。他说这个是你阿嬷教的。

我们俩蹲在天井里看雨的时候，屋里的声音越来越大。

"妈，现在很多人都这样赚！不然老厝已经这样了，我们都没能力修理！"

"下败，下败！开门做外猴生意，给祖先没面子！"

我转过头看了我爸一眼,他缩紧了脖子,估计也不能不听见。早些时候,阿嬷把冒雨来看房的陈老板夫妇硬是撑了出去。爸爸拉着我进了屋。

"我没想让阿禾,一瓶乐百氏喝两礼拜,吃块饼干还要靠偷拿!"妈妈指了指我。

"只要我在,就别想!"阿嬷把手里的蒲扇扔到地上。我赶紧去捡起来,放进她手里。爸爸过去在妈妈耳边说话,试图把她拉回房间。

"没把老厝顾好,才是下败!"妈妈对着爸爸又喊了一句。

"好啦,别说了!"爸爸赶紧把她拖走。

阿嬷叉着手站在原地,头昂着,带着胜利者的神情。我哇地用力哭了,阿嬷和妈妈第一次这样吵架,果然还是因为我吃了饼干。夜深的时候,雨更猛了,用力伸手抽大地的耳光,然后开始打雷,炸得我寒毛直立,感觉怪兽就快出场了。我不敢回自己房间睡觉,就硬窝在阿嬷床上。她紧紧蜷成一团,像个干瘪的句号。看着她的背,呼,吸,呼,吸,起伏着,我偷偷伸出一只手轻轻搭在她身体边缘,自己就这样安宁下来,陷入迷糊中。

微光中,我看见外曾祖父的照片变得凹凸不平。他在墙上跟我说,这里太热了,应该装空调。我说,讲真的,阿嬷怎么一下就发现我拿了饼干。他说,怀疑我是很没道理,你自己招来那么多蚂蚁。我说都怪你那时候种芒果树,现在生了好多虫!蚂蚁、白蚁、果蝇还有蟑螂!他说我知道,我也后悔,经常有虫子从我相框边爬过去。我说那还算好的了,我那天洗澡，一只超大的白斑蟑螂飞到我背上，甩都甩不掉！他说阿丽小时候胆子比你大，抓起蟑螂就撕成两半。我说阿祖，阿嬷现在更猛，一扇子下去可以直接打死五只。他看着床上的阿嬷说，阿丽长大了。水把你的脸弄湿了，我说。

后来尿把我憋醒，都怪睡前打雷，害我不敢去厕所。我挣扎着起身，发现雨已经停了。世界一片安静。我轻轻下床，赤脚走过客厅，拐到左护厝的厕所。我把热乎乎的尿排空，然后卟噜地放了一个水屁。

然后"嘭"！然后"唰"……然后黄色的烟雾弥漫过来。

我冲出厕所，在月光里，看见对面冒出黄烟。右护厝全塌了，杂物间和我的房间灌满了黄土。

"阿禾阿禾！"妈妈在大声叫我，看到我后把我紧紧抱住。爸爸和阿嬷也赤脚站在天井里。

我听见潮水的声音，然后客厅的屋顶也塌了下来。我记得有密密麻麻的蛾子，像一股黑色的厉风，旋进了老厝，振翅的声音毕毕剥剥，如同浓焰。银冶的月亮下面，它们像一支来自未来的精密部队，在倒塌的尘土里兴风作浪。可爸爸妈妈后来都说，那天雨后没看见蛾子。

有些邻人也惊慌地冲过来敲门，爸爸把木门打开，他们看见我们全家都在，才放心下来。

"人没代志[①]就好。"每个人都这么说。

阿嬷，她站在芒果树和桂树的中间，老水缸在她身后蓄

[①] 闽南语，代志指事情

16

满了雨水。人们哄哄闹闹。安怎台风天没倒,雨停了才倒?这厝真正大,我每次路过都没进来过。哎哟全家都这样赤脚站着,不要冷到了!这里先不要住了,修好再搬进来,不然出人命啊!这个厝很多年了,刚建起来的时候真正好看,现在竟然这样。修理也是一大笔钱!先联系那些北仔拖板车的,起码要十车!别搁说了,也不是你家,不要假会①!出什么事情了?人怎样?哎哟你才刚过来,我给你讲啊……

阿嬷突然摔倒在地上,我和妈妈尖叫着冲过去,全家人把她抱起来。

过了不久,家里开起了店。

陈老板帮我们重修老厝。老厝被分成两个部分,右边三分之一留给我们一家住,左边三分之二开起了干果店,卖龙眼干、鱼干和鱿鱼干。天井里的芒果树,依然长满果蝇,打药都除不完,后来就被砍掉了。雨天的蛾子,于是渐渐少了许多。没有树遮挡的天井,每天在阳光里晒着海货,香滚滚。游客可以进来参观,顺便买点东西走。妈妈在店里帮忙,生意很好。她每个月都给我五块钱零花,我经常到表哥面前摆阔。阿嬷在床上躺了两个月,说是台风天冷到了,还受了惊。那个雨夜之后,她似乎被泡肿了一些。

不过很快,阿嬷就又精神抖擞地过起日子。有一天她带我坐轮船,还坐了公交车,去了一个很远地方,我晕车晕得

---

① 闽南语,不懂装懂。

想吐。下车后又跟着她爬到半山,她喜气洋洋地叫我看。

晕头转向的我,才发现这里是个墓园。她给我看的是一小块花岗岩墓碑。

她的名字和爷爷的名字在墓碑中间。我心一惊,眼睛开始掉水。阿嬷很凶地呵斥我,在咱闽南,提前买好墓地是好代志,阿禾你不要这样。等我百年,可以把你阿公的骨灰瓮跟我搁作伙。我还哭,她就拿手打我屁股,疼得要死,我就没敢哭了。我们坐在台阶上,阿嬷把塑料袋打开,给我吃里面那几只麻烙、带葡萄干的曲奇饼,还有菲律宾芒果干。她轻轻地把一小块麻烙含在嘴里,吃得那样慢,好像在等食物在嘴里自动融化。我的乳牙掉了三颗,但依然呼哧呼哧地吃得很欢,偶尔又记起来停一停,盯着食物,假模假式地问阿嬷吃不吃,但我知道她一定会说都给我。我低头专注地吃着,没有意识到我会一次又一次地梦到这段画面,并且在未来非常后悔地发现,我一直没有抬头。我或许是不敢吧。不敢在这个时刻,认认真真地看阿嬷一眼。

吃完后,阿嬷让我把新买的随身听放在她的墓碑上,开始播放赞美诗的磁带,然后她说你看这里多好,以后你们来,看到的风景是这样的。我跟她一起望向远处。整个墓园里只有我们两个人。天是宽阔高远,满山塔柏在微风里震颤,蒸腾着清香。阿嬷轻轻捏着我的手,跟我一起迎风面对四围凌乱的墓碑,好像我俩都只有五岁,好像世上只剩下我们这两个用尽了力气的人。

想来,阿嬷住进那里面已经十六年了。

浮梦芒果树

1

人身上也会长虫子吗?它问。

小女孩穿着彩色蛤蟆一样的游泳衣,打起一勺井水。凉!哗啦。

会的,我有牙虫。女孩在心里先回答了,但又奇怪地说,呃?谁在问我?

第二勺凉水,她在树底仰起头,枝头开着香喷喷的小碎花。芒果树伸展开身体,让阳光从枝叶的缝隙里流落下去,浇进她眼里。哗啦!

"哎哟鹭禾变得这么封建,已经不好意思脱光光洗澡了!"阿丽嬷老早换好衣服,进厨房炸韭菜盒,炖菜鸭母。

"不能脱裤烂![1]"鹭禾大声说。

"鹭禾!女孩子不要讲这种粗话!"阿丽嬷的声音从厨房传出来。

"脱裤烂!脱裤烂!脱裤烂嘿脱裤烂!"女孩有节奏地扭,一边搓着泡沫。

---

[1] 闽南语,粗话,指光屁股。

"好了好了别搁说了!"阿丽嬷走出厨房面露凶光。

鹭禾心里念叨,啊明明就跟你学的。之前你明明就笑嗨嗨。妈妈还会跟你一起笑。

哈哈。好笑的。芒果树点头舞动树叶,摇动起庭院里幼绵绵的风,蚕茧般包裹了她。女孩鹭禾抱住芒果树,原来是你跟我说话,你是我的朋友。

2

"大块呆,炒韭菜,烧烧一碗来,冷冷我不爱……"鹭禾在唱,学校刚教的歌谣。

妈妈还没回家,鹭禾伤心起来。爸爸也没回家。舅舅昨天问她想不想妈妈。她认真地回答,想的,晚上等阿嬷睡着了,就会想妈妈想到哭。周围的大人们眼神都软了。今天舅舅给她买了个布娃娃。阿嬷还带她去游泳。大人们对她很好。鹭禾的想法咕嘟咕嘟从树下冒出,一丸丸磨砂的气泡。

盛夏的气息涨溢这地。鹭禾冲完澡,裹着大浴巾蜷缩在树旁。我知道你在笑哦,她用脚趾轻轻地抠着树皮青苔,就要挠你痒痒!

阿禾,猴团仔。老芒果树的影子很薄,盖在她身上。

树知道,阿禾跟阿丽(那时候阿丽还不是阿禾的阿嬷,只是一个额头很大的小女孩),她们都会绕着树睡下。她们都可以听到土壤以下，根系的声音。雾煞煞。耳朵生根钻入一百米的地下，大地球像颗橘子，柔软皱褶的表皮，植物根系如同橘络盘布，进到汁水丰沛的内在。然后又在爬起来的一瞬间忘记。这些庭院里飘浮的气息和梦境，最终都挂在树上，容易招惹潮气，慢慢长成青苔。六十三年的青苔，浓厚得像只趴在树上的绿兽。

"来来来，看看看。紧来紧看！晚来少看一半！"门外的街上，有人吆喝。鹭禾爬了起来，换上衣服，顶着满头湿漉漉的卷头毛就想出去看。

"阿禾！阿嬷要去送菜鸭母汤给你妈，你饿了自己吃韭菜盒。知未？"阿丽嬷喊着。

"好啦。"鹭禾关上了门。从树上往下望，一颗湿漉漉的小黑点从门里游动到了街边，定在木棉树下。去年这个时候，阿禾就在那棵木棉树下，跟妈妈说过一个包子的故事。包子遇到意外，被撞破了肚子，它捂住自己说，原来……原来我是豆沙包哦。那天的风打着旋，把笑话也卷进院子里边。豆沙包。哈哈好笑。耍白痴。又有点残忍。笑话的主角要是树的话，撞破肚子，就会看到自己的年轮吧。不像人们有日历计数，树很难搞清自己度过多少年日。树想。

芒果树看见阿禾抬起手，发出啊一声，大约是打了个呵欠。柏油马路被晒化了一点。

"目睭看金金！"此时树下已经围了一大群人，里面那个面皮黑黑的男人又吆喝起来。口音不像是岛上的人。他随机叫人上来，坐在那只木凳上，然后从裤头拔出两根筷子，上下翻飞地从耳朵、眼睛抓虫。有时候是小虫子，有时候是大一点的毛虫。每个人都像是一棵树，孔洞里拔出柔软的虫。男人说抓完虫，就不会破病。近视虫、肝病虫、爱困虫。连癌虫都能抓。

他上次来的时候，鹭禾就想跟他学，被他手一挥："囝仔别来乱！"这次鹭禾可是攒了十五块钱，捏在手里，再把手揣在兜里，找机会用钱说话。

别在这里挡路，影响我做生意！隔壁干果店的陈老板出来赶人。

吵了一阵，带着深蓝色帽子的城管从远处要走来。

死北仔！管肝又管胗，管那么宽！那男人很不爽地收摊走了。

干你老母！陈老板这句闽南语回得很溜，大家笑起来。

阿禾却努力从人群中挤向抓虫男，可惜个子矮，不得方向，在涌动的大腿浪潮里乱搅。别走哦！别走！阿禾高高举起手里的钱。她的声音在喧哗中太过细弱。她在人潮里是个溺水的孩子。

突然有人一把抓住了她的领子。

油葱伯把她拦下了。油葱伯是全岛上唯一一个打领带又穿短裤的人，紫色斑点领带，白色长袜拉到膝盖，在街心公园那里开了家杂货店。阿禾有点怕他。他经常叼着一根烟，穿着奇怪的衣服站在杂货店门口，不说话的样子凶巴巴的。

不要花冤枉钱给人骗。其实抓虫没什么大不了的，关键是筷子。你多练就可以。说完，油葱伯不知道从哪里掏出一副竹筷。

真的哦？阿禾不敢接。

他挥了两下，隔空从阿禾的头上方抓出一只小飞蛾。你看，这个是怀疑虫，抓完你就相信我了对不对？阿禾说对。他说其实都不用真的碰到你，远远就可以抓。

哎哟，免钱的啦。你爸爸经常给我烟抽的。他补了一句，阿禾才敢拿。

憨团仔，只要多练，你都可以每天隔空抓虫。抓满十天，你妈妈就好了、回家了。油葱伯临走往阿禾脑袋上敲了一记，浮出小小的红印。

阿禾举起筷子，仔细看着。夕光浸泡下，筷子溢出亮光。其实树从高处看下来，阿禾的周围都在闪光。街道两边，阳台上晒到温热的陶盆，砖红、墨绿和暗蓝，钝的颜色，钝的光。红砖楼的围墙顶上，镶嵌着晶绿色的碎玻璃片，在光线里伪装成玉石般。柏油马路融化的部分，纯黑里隐藏着光。油葱伯的硬皮鞋，打着鞋油，又亮又硬地走远。所有的光粒都围绕着阿禾。

咔啦，咔。阿禾试着挥舞这双筷子，风起了，背后的葡萄藤开始尖叫，藤蔓互相撞击，有些发焦。叶子飞动着，咔，啦，咔啦，掉地上。吧唧，被一脚踩扁。阿禾走回了家。

她很怕虫子的。但是她开始壮着胆，贴着树练着。芒果树知道自己已经空心，树干内里的虫子，满满的一家白蚁。叶子的部分，夏天会贴上带白粉的臭虫。臭虫卵是一整串的，密密麻麻的小颗粒。树结出来的芒果，里面是满满的果蝇幼虫。白色的，蠕动起来，一下一下一下地扭。树想，自己每个器官都有虫子，就像是，人身上的癌。阿禾想到虫子就皮皮挫①，但她不管，还是硬练。

3

如今每天晚上，庭院的人都比之前多了些。阿丽嬷啊，人们眼神沉郁，总是欲言又止的样子，叹口气，看到鹭禾拿两支筷子在树上乱比，就说，"孩子还小，不知影②苦。"但阿禾不管，还是练。

阿禾继续练习隔空抓虫，累的时候，就独自看《封神榜》，现在爸妈也没空管她看太久眼睛会坏掉。她一直看。空心，空心菜，空心的人就要死掉。看累了，她又蜷缩在树下。阿禾舔了舔月光下的树荫。树的影子是清凉的。青苔涩涩的，带点豆子的味道。新掉的叶子没味，但被日头烤干了后又有。

空心的树呢，会死吗？它问。

又是谁跟我说话？阿禾摇摇头，自己跟自己玩。这个软乎乎的小人儿，影子就像是她的尾巴，被她追着跑。

阿禾你不知道，我们树也有软乎乎的时候。芒果树小时候就是一颗种子，蜷缩在甜蜜柔软的果肉里。被封在果实里

---
① 闽南语，吓得发抖。
② 闽南语，知道

面，悬浮在半空的厚船。内里的水流从根底向上，一路输送到果子体内，那核就越长越大。随后整颗芒果从高空坠下，被人拾取。再见到光，就是冒芽的时候了，好像也没过去太久。

鹭禾又靠到树边，用筷子比画。我要把妈妈的虫抓掉，抓掉，全抓掉。已经十几天没见到妈妈了。阿禾想起她不久前跟妈妈生气。妈妈削好苹果，命令她吃，然后就出门看病了。阿禾不服，就把苹果甩在地上，一边用力砸，一边用力哭，直到把苹果砸到全部烂掉。结果不小心被妈妈看见，她说这团仔脾气好硬。阿禾不理她，就是不停地砸和哭。

阿禾脑袋上积聚了一团灰雾，慢慢上浮挂到了树上。她觉得累，心也难受，就去鼎里拿了两只韭菜盒吃，又喝了点中午剩下的稀饭。大厝分成了两半，干果店那边吵哄哄的，晚上才消停。但这半边，可太安静了。只有芒果树站在她这边。

4

阿禾就这样练啊练，真的练到了第九天。

但这天到深夜阿嬷还没回来，阿禾睡是不敢睡的。她死撑着眼皮，快要睡着的时候，又拼命睁眼。都怪傻表哥带给她的那两本书，一本《聊斋志异》，另一本是台湾出的奇异故事，说是有些人睡着了，觉得脚痒，原来是被鬼摸了脚。这故事害她不敢伸脚。可夏天把脚缩进被子里，又实在太热了。

有爸爸妈妈阿嬷在的时候，她从来没有怕过。现在一屋子的安静让她怕。

她飞速跳到爸妈房间里，把那块软旧的薄毯拿了过来，盖在脸上。上面还有妈妈的气味。

树和老厝晚上的时候还特别爱出声。安静中突然发出"咔嗒"一声，好像有谁的脚踏在碎地砖上，可以一瞬间让阿禾的耳根缩起来。哎—呀。哎—呀。那是风在树上晃的声音，绝对不是虎姑婆站在外面叫，绝对不是。阿禾想起今天看到报纸中缝里浮尸的照片，黑白的，泡得鼓胀的头颅。越是怕，越是想，想到就后背发痒。脚趾头也跟着有怪怪的感觉。妈妈说过，天黑别害怕，人死了要么去地狱，要么去天堂，不会在我们的世界里乱晃。可是还是害怕。阿禾把家里灯都打开，背靠着墙，眼睛硬死要睁开的小孩子啊。树也努力收敛自己，不要发出啪嗒叶片掉落的声音，不要发出嘎嘎的树枝声，不然阿禾可能会干脆拉开门往医院跑。

过了一会儿，浓雾稠密地流淌进院子里，又湿答答地挂在树上，给树披上外袍。阿禾从床上坐起，对着窗户伸出筷子，发现可以夹到雾气，一种龟苓膏的质感。她走出房门，踏着慢慢凝结成块的雾气，竟然坐到了树上去。老厝环抱着树。坐在树的高处，阿禾可以看见老厝的秃顶。密密麻麻的瓦片，零星秃了几块。院子另半边干果店正在打烊，他们把灯光打得很炫目，也就看不到暗影里的阿禾。老芒果树的枝干，像妈妈的手臂，干干的，又很硬实。但是，阿禾坐在树上屁股一点都不痛。这里悬挂着一朵一朵的梦境，软趴趴的棉花垫。阿禾的梦。阿嬷阿丽的梦。妈妈秀珠的梦。爸爸阿城的梦。一瞬间摇曳出枝叶繁茂的喧嚣声。

在棉花般的梦境里，阿禾看见偷吃年糕的阿丽，不是现在老叩叩的阿嬷，而是小女孩的样子。阿丽在跟爸爸吵架。阿禾看见，阿丽的爸爸带走了哥哥去吕宋做生意。选了哥哥，没选阿丽。阿丽也像白天的阿禾一样，在树底下，蜷缩成一只红到透明的虾。后来的梦境里，还有炸弹、白纸花和哥哥最后寄来的钱。阿禾忍不住跟着阿丽一起喉头发疼。大概谁都会经历这种疼，阿丽也是，阿禾也是。

这时候树赶紧把另外一些梦境递过来。爸爸阿城坐在红砖墙上，偷偷看妈妈秀珠从路上走过去，喇叭花噼啪开了两朵，紫色的。秀珠香香软软的梦境，里面有一只玻璃天鹅、一碗浮着大牛眼的热汤和几张香港买来的唱片。阿禾偷偷跟芒果树说，原来妈妈小时候，看起来没有现在那么凶哦。

5

树身上的风声越来越大了。阿禾说。

嗯，是因为风传的口信越来越多，从一棵树，传到另一棵树。芒果树说。

阿禾开始念：风紧来，一钱给你买凤梨。风紧去，一仙给你买空气。这是妈妈之前教给她的。风好像水流一般汇集在一起。树是风里的夜航船。阿禾坐着的芒果树慢慢升起，她看见吊在树上的月亮，像个巨大的圆白茉莉花苞，饱满涨着冷冽的香气。

阿禾拿着筷子，指挥方向。

我跟你说啊，这个岛上，有可以跟树木说话的孩子、可以飞行的孩子、可以潜入海底的孩子。芒果树的声音跟妈妈很像。

我看过水孩子的故事。阿禾严肃地点点头。

对，差不多的意思。

芒果树带着阿禾飞起来，他们开始在浓稠的夜里穿行。岛上的树木都沉浸在夜里，木棉也好，凤凰木也好，三角梅、葡萄藤、木瓜树、棕榈树、龙眼树、玉兰树，所有所有的树，在阿禾他们拂过的时候，一同发出振动羽翼的声音，哗……哗……一层层，风所经过的庞大区域的声音汇合起来，一阵一阵，波浪的声音。

阿禾的脑袋扎进风里，听见那些气息，那些低语。门外的木棉说痒啊痒啊。好痒。阿禾骑着芒果树靠近她。我来给你隔空抓虫！阿禾大声说。她爬到芒果树顶端，对着木棉的方向，真的揪出了三只蛾子，顺手一甩就变成了星尘。她从来没在这么高的地方看过这株木棉，原来记得木棉的几百只手臂都是向上举着的，但现在好像有一大半垂了下来。她的身体裂开弯曲的痕迹，扭结出一个个疤痕。她变得黑瘦，好像在灶台被熏过一样，就像妈妈，还有阿嬷。

原来木棉也在变老。在没注意到的时候，偷偷地悄悄地变老。阿禾缓慢地摸着木棉，好像在安慰一只蓬松的大狗。

她还没呢，十年后的台风才会把她折断，现在还早。老芒果树动了一下。

树，你偷听我心里的话。讨厌。阿禾转过身，捏住芒果树的脊背。

这时候街两旁的圆球路灯发出橘黄的光。好像棒棒糖，阿禾咽口水。

这是木棉的谢礼。你舔舔看。芒果树悬停在路灯上面。

路灯还真的是橘子味道的。酸的口感。阿禾试着咬了一口，很硬。灯周围蔓延着一圈奶黄光晕，尝起来是棉花糖的口感。

再往前，是离家不远的虎巷。路灯照着，阿禾才发现，巷子上空悬浮着一只老虎。哦，就是那只妈妈说过的，几十年前一路游泳到我们岛上，然后被打死的倒霉老虎。它怎么还在。阿禾非要飞过去，摸摸它的皮毛。被碰触到后，它喵呜一声，下坠到地上，变成眼珠子闪闪发光的猫，匍匐在墙角，眼神不太友好。

经过虎巷，往左，是书店和教堂的方向。往右，是医院和轮渡的方向。

想看妈妈吗，阿禾？他问。

不想去。阿禾掐着芒果树上的花。她就去了几次，总忍不住在走的时候大哭大闹。她不想让医生剖开妈妈的肚子。阿嬷狠狠地凶了她，叫她不要影响妈妈休息。不想去。往左。

晚上九点钟，岛屿的路上就完全没人了。不对，还有个人在路上走，拉着两个大行李箱，嘎啦嘎啦，嘎啦嘎啦，整个岛都被他的声音充满。是油葱伯！

我们过去，哈哈。阿禾抓了一把树叶，往油葱脑袋上扔。他肯定觉得很奇怪，大晚上周围又没有树。阿禾就想吓唬吓唬他！

"阿禾！"油葱伯突然抬起了头，看着她叫道，"别再生你妈妈的气了！"

阿禾吓得赶紧掉头。可是油葱伯的声音飞得太快，缠在阿禾的头发上，阿禾忍不住跟它们吵架。别再生气了阿禾。不许管我！别生你妈妈的气了。可是妈妈怎么可以生病呢？别生气了阿禾。这些声音就像烦人的蚊子，可是阿禾的筷子却抓不到它们。

飞了一会儿，她和芒果树还是到了医院。

阿禾抹一把眼睛，开始对着医院隔空抓虫。抓，抓走所有的病和虫。抓，抓走所有老和死。有一次全家去外地看亲戚，妈妈和阿禾睡在一张床上。那是阿禾第一次看到妈妈的手上起了筋。蓝色的，蜷曲的。好几条扭曲的虫子。妈妈竟然开始老了。以前从来没想到过。阿禾转过身去，在床上悄悄地捂嘴哭。可是第二天早上，她又忘了那种感觉，继续跟妈妈因为早饭的事情吵嘴。不知道为什么，跟妈妈说话的时候，总是很生气。如今阿禾站在芒果树上，用尽全身的力气，对着医院的每一个窗户用力地挥舞。她每日努力练习，就是为了这时刻派上用场。不仅是阿禾妈妈，还有所有别人的阿嬷阿公妈妈爸爸、别人的孩子，阿禾只希望把他们身上的虫子全都抓光，让他们全部活蹦乱跳地回家，继续气势十足地活下去，哪怕是跟家人继续吵吵闹闹都可以。

哗啦。阿禾动作太大，好像岛屿空中的指挥家，全部的风都朝她聚拢，把她抓出来的伤虫、病虫、痛痛虫全都卷走。大功告成！全都卷走吧，妈妈过几天就能回家！阿禾头发被风高高扬起，她希望今晚自己浸透花香和月光的发丝可以飘到妈妈身边。

大风里，芒果树碰到了另一棵树。医院的小坡上，站着一棵紫荆。每天上学，鹭禾都会走到紫荆那里，按下树上一个圆形的树疤，仿佛按下一颗按钮。好，今天又是假装自己是普通人的一天！就像漫画里的月野兔，卸下水手月亮的外形，去上课。

这次，阿禾又忍不住从飞行的树枝上，垂下手去按了按树疤。

嘎啦嘎啦砰砰砰。然后树枝开始带着她往回跑，快到屁股冒烟。阿禾回头，看见木棉和紫荆都对芒果树晃了晃手，还发出各自的声音，原来岛上的树都认识呢。他们也看到坐在芒果树肩头的阿禾了。

阿禾站起来，对着他们用力地挥手，却差点滑倒。幸好，她被一把抱住了。

"猴团仔！整眠都动来动去！"怎么是阿嬷的声音。

"困醒未？紧来吃。"阿嬷又往阿禾屁股上揍了一下。

"出来时小心点，外面在砍树。"爸爸喊。

"蛤？"阿禾迷迷糊糊的。

"生虫了，治不好了的。不过心里有些不舍得啦。"阿嬷说。

"隔壁租客陈老板愿意给咱们预支那么多租金救急，要好好感谢他。树确实影响他生意，咱们同意了就别再说了。人家也那么爽快。"爸爸说。

阿禾赶紧钻了出去。她大叫："你们别砍，我可以把它的虫子都抓干净！"可已经来不及了。

6

锯子的声音，一圈圈一层层地震荡着芒果树。叶片振翅的声音。叶子细细碎碎地落下。树突然在枝头晃一下这些干叶，啪一声把叶片尽数甩出来。好像丢手绢的人。猫在围墙上用倒刺舌头舔手。人们走过，灰尘扬起来，发出轻微的鼓胀声。阳光映照，整座岛屿都在发光。头顶的温暖和根部的深寒开始断裂开。

阿禾感觉到，有从高天降下的一滴泪水。源自清晨的露水，从枝头凝结，滴落，融入她的眼睛里。阿禾不敢靠近，但偷偷从地上剪了一根树枝，打算永远存起来。她也确实把那根树枝放进了自己的宝箱里，搬家的时候也没有丢掉它，在二十年后回家偶然找出这个箱子，还想了很久，为什么在一堆点石贴纸、圣诞贺卡和贝壳里，还放了一根枯枝。

大门打开，有人在门口看砍树。他们身后，是街对面的木棉，再远一点的紫荆，那些在深夜里招手的树木。它们再过十年，会在正面袭击这座岛屿的超强台风中同时被折断，平躺着被抬走。只有那棵街心公园的老榕树还一直存在着，或许还会再活一百多年。

这本就空心的芒果树不需要太多时间，就慢慢斜歪着倒下来。鹭禾也跟着他，慢慢蹲在墙边。

这时候，油葱伯从外面走了进来，对着蹲在角落的鹭禾说："他不怕的。芒果树不怕刀砍的。"鹭禾过了许久，才慢慢站起来。

树砍完以后，爸爸和阿嬷又冲去了医院。鹭禾想看看树被板车工拖去了哪里。犹豫了一会儿，最终没走出去，只是待在家里，对着盆栽继续练习抓虫。她累了，就追着看《花王国的朋友》。从那天开始，她把那几个不多的频道翻来覆去，却怎么也找不到这个节目了。故事还没有完，怎么节目就不见了呢。花王国的朋友们，都消失了。

好无聊哦。她拿出布娃娃，假装哄娃娃睡。哦哦困，哦哦困，一瞑大一寸①。布娃娃还是睁着眼睛。你怎么不肯午睡，阿禾叹了口气。那我给你念个故事吧，她随便翻开，读起《老栎树的梦》。

---

① 闽南童谣，意为"睡吧，睡吧，一晚长一寸"。

7

雾气还是来了又走。

老芒果树的树墩,逐渐被浓厚的青苔覆盖。没多久,竟发出新芽来了。

第一片叶子,是被阿禾的妈妈发现的。

夜海皇帝鱼

1

从在渔村的那天起,我就一直担心玉兔她妈。

今天,我一边看画册,一边偷瞄她。她在客厅兴致勃勃地嗑瓜子,脑袋上顶着火烧云一样的头发,持续发出烧焦的味道。画册翻了两页,我看到亚马逊女战士为了方便射箭,会割去一半乳房。啧啧,好疼的样子,我把书扔到一边,继续偷看她。

"去摆碗筷!"我被阿嬷掐了手臂,才回过神去帮忙。

阿嬷刚给我们端来一盘鱼煮豆油水,盘子边缘花团缠着叶蔓。今晚,我家招待玉兔、小菲和她们妈妈来家里吃饭。我妈说她们之前都在岛上那唯一的食品厂工作。玉兔她妈本来是做销售,后来去开餐馆。我妈是质检部的,下岗潮内退,在干果店帮忙。小菲的妈妈有残疾证,能继续留厂里。爸爸上夜班,只有阿嬷和我妈在厨房兴奋地忙碌,竟然也没吵架。

"阿丽嬷,为什么这个叫皇帝鱼?"玉兔问。

阿嬷说,就是讲皇帝逃难经过我们岛,在船上吃鱼。这只鱼肥肥,吃一半,皇帝就饱了,可怜它,就放鱼回水里。

鱼沾水，马上活了，游走了。你看这款鱼扁扁，就是被皇帝吃剩下那半只的子孙。配番薯粥，最好吃。

"阿嬷又在讲这种骗小孩的故事了啦！"我说。然后就被敲了一下脑门。

玉兔倒是很信，她夹起鱼仔细看了看："真的很扁呐！半只放进海里真的会活哦？"

小菲也问："那阿丽嬷，这个菜叫什么？"

阿嬷最喜欢被问，嘴巴里还含着半口饭，就说着："啊这个，叫作打某（老婆）菜。是说买来一大包，炒炒没多少，想是老婆偷吃，就拿棍子……"

妈妈没等阿嬷说完，赶紧啫地把一大盆刚烫好的苦螺搬上了桌。阿嬷这才反应过来，赶紧转话头叫大家紧吃紧吃。小菲妈妈倒是笑笑，没说话，一颗一颗帮我们挑走苦胆。

"阿丽嬷你继续讲嘛！"玉兔还想听。我赶紧塞了两颗苦螺给她，别问了赶快吃啦！

之前阿嬷跟妈妈闲话的时候，会偷偷说"一家有一家事"。我在旁边假玩，听到不少，但手里的玩具不能停，要是听到入神停下来了，就会被发现，然后阿嬷就会叫我去写作业。她们讲到小菲爸爸的时候，阿嬷说"冤仇相欠债"。后来又讲到玉兔家的时候，我妈就会说"猪仔贪别人槽"。最后她们会叹口气，顺便得出结论，还数我爸是古意人，跟我爷爷一样。

小菲的妈妈，眉眼总是温和，头发顺得可以拍广告。她走路会有些不稳，头发跟着左右颤动，有洗发香波的气味飘出来。她今天准备了一大盒肉饼给我们,一打开就香喷喷。她进门就夸我读书好,说我写的作文她有看到。我讲话经常妈妈和阿嬷都懒得听,只有她会用那带着清亮光芒的眼睛看着我,认真地听着、回应着,有时候还会叫我妈过来好好听。唉,怎么会有人能对她凶。希望小菲和她妈妈能快点找到合适的新住处。

玉兔妈,就是反义词了。我觉得她是岛上最厉害的女人,连我阿嬷也只能屈居其后。这次她来家里,我有点不敢看她。三年前,我在街心公园遇到班里的跳猴,他故意拉我辫子,我追着他打,一定要给他扯回来。终于左手抓住他的书包,右手拉到他的校服,领口拖得好长。跳猴死命挣扎,我们俩都没注意,就扭打到了玉兔妈妈饭店门口,差点踩到她放青蛙和蛇的塑料盆。玉兔妈妈出来,把抹布甩在地上,指着我们高声骂:"死囝儿盖头盖面①!你祖嬷给你知死!"基本上第一个字出来的时候,因为那种力加势,语调加动作,我已经魂飞魄散。声音超响,整个街心公园所有人都安静下来往我们这里看。她大概是我见过全岛第一个文眉的人,眉峰深黑狠厉,头发是红色炸开的。她指着我们,金戒指可以在我脑袋上凿个洞。我脸顿时红了,赶紧跟跳猴一起没命地跑。那时候我跟玉兔不熟,还没去过她家。

后来跟玉兔变成好朋友,我在她家见过她爸爸几次,像台商那样穿着背带裤,金丝眼镜窄窄的,经常躲在房间里玩

---

① 闽南语,"盖头盖面"指没眼力,不知死活。

自己的音响，偶尔也出来陪我们一起看动画。没想到他会那样。她家出事后，玉兔妈妈的海鲜店关了两周，鱼都翻起肚皮，海螺死后还浸泡在浑浊的水箱里，发出浓厚的腥臭。

今天吃饭的时候，我又偷偷看玉兔妈妈，每盘菜端出来的时候，她都中气十足地赞好。头毛是新电过的，头顶拱起气势十足的波浪，跟她那件开满红花的连衣裙很速配。她是我见过的所有妈妈里，高跟鞋最高的。玉兔爸爸要是给她抓到，说不定会被她拿鞋跟打烂鼻子。

2

晚饭后的海沙坡，有人摆了十张白色塑料躺椅，旁边都放一个小桌，上面点着煤油灯盏，在海风里明明灭灭地闪。玉兔是会愿意花钱躺在那个上面的。但只要有我阿嬷和我妈在，就休想。凭什么呀，这片沙滩从来不用钱，外来几个人摆上椅子就想赚你祖嬷的钱？阿嬷选好靠近海又不会被溅到的地带，掏出黄底红方格的厚塑料布往沙滩上嘎吱一铺，妈妈把塑料袋里的好料都掏出来，浪味仙、旺旺仙贝、雪片糕、鱼皮花生、不锈钢薄碗装的盐渍旺来、五颗篮仔梓、小菲妈妈的肉饼、鹭芳橘子汁和菊花茶，堆在塑料布中心。然后大家跟着她们把鞋子脱下，甩甩沙，一屁股坐到塑料布上，七个屁股发出窸窸窣窣的声音，好一会儿才停。

安静下来，我们反而不知道说些什么，忍不住望着沙滩左边，那座夜海里浮在桥上的花园。白色石桥弯好几转，巨大的礁石上面有橘色的射灯，亮光微弱。海风灌进我的衣服里，暖热的凉爽的都有。海对岸没什么灯火，浮在水上的轮船到夜里就变成黑色的沉默巨兽，看起来一动不动，但分明有生命。天空里薄薄镶一圆扁白的月亮，倾倒在海里的倒影就松散些，亮晃晃地聚了又散。海面数十颗白色浮球围出一小片海域，有点突兀。外地游客不知道计算水时，通常我们都在涨潮的时候来游，这样才不会被波浪越推越远，而是会被往岸上推。而且光看表面波浪很温和，其实近岸处难免有些暗流，不注意的话就会被抓住脚踝，慢慢地安静地沉下去。每年都会有游客溺水的事情。后来就干脆往海上排了一大圈浮球，像排球一样大，划出来游泳的范围。这时有小贩走过来，身上挂满荧光圈圈，手上还抓了五只在我们眼前晃，说戴上这个，晚上游水也能看到。

妈妈带我去换泳衣。

走了一会儿，我忍不住问：玉兔爸爸去哪里了，不回来了吗？妈妈紧张地回头看看，然后跟我说：啊哟三八啦，别乱问啦！走了两步她自己又继续说，她爸跟那个汪老师，目一甩我就知，那阵已经有问题。只是没想到这么没良心，把阿霞的钱和首饰都卷去饲女人。听说是去嘉兴办厂。阿霞跑去那个女的家里，但又能怎么样，剩下的都是可怜人。那个女人的老公孩子也可怜歹啊。我说原来是这样，我还以为是玉兔妈妈太凶了，把她爸吓走了。妈妈拍了一下我后背，团儿人不要乱讲，你阿霞姨因为这事，好几晚拢没睡。你要多照顾玉兔，知道吗。我说那当然了我一定会。在玉兔家做客时，我时不时听见玉兔的妈妈大声训斥她爸，她爸爸一句话也没有的。叫骂声从楼下能传到楼上。玉兔有时候都听不下去，要跑去帮她爸回一嘴。玉兔的爸爸，总让我想起岛上那座国姓爷的石雕像。那巨大的石像已经立在岸边好多年了，感觉很熟悉，但仔细想想，我总记不清他的表情，到底高兴还是不高兴。

　　玉兔家刚出事情的时候，玉兔就跟我和小菲说过。一开始，她妈妈还没事，就是玉兔一直哭。但等玉兔好点了，她妈妈别说开店了，白天爬起来什么都不干，就只是上二楼把窗户关严，用棉被盖着，在里面练唱歌，唱的什么《含泪跳恰恰》啦，《雪中红》啦，《有影无》啦，而且越唱越高越唱越高，好像整个人要起疯一样。连唱了三天。我一直在想着玉兔妈妈避在厝内，两层楼的红砖墙里是她用美声唱法，大声高唱着闽南语歌曲的样子。玉兔跟我说，她好怕她妈妈会想不开出事情，那她就只有自己一个人了。那时候说完玉兔就又哭起来，我想到如果是我，爸爸妈妈都离开是什么样，也一起哭。小菲也想到现在爸妈分开住，之后不知道会怎么样，干脆三个人哭成一团，擦掉了两包面巾纸。那时候我们还在油葱伯的店里，搞得他紧张得半死，给我们一人倒了一杯茶，说是闽南查某（女人）厉害得很，别黑白讲。

　　走出店门，玉兔又说，她本来就没多喜欢她爸。生活里没他，也没差。我觉得怎么会有人不喜欢自己爸爸呢。就像第一次听陶喆唱爸爸妈妈没有爱，我也是很震惊。我没办法像小菲一样附和她说，对呀，就是这样。但如果这样想能让她更好过，那也不错。

"他敢回来，我才不理他。"玉兔说。她说之前爸妈吵架，还觉得爸爸总是不讲话，是被欺负的那个，有时候也帮她爸说两句。一直到她偶然看到爸爸寄给那女人的信。具体内容她没说，但每次提起，她总是气得满面通红。她说刚看到的时候，都能听到心脏在里面砼砼跳。但她没找她爸对质，也没跟她妈说，她只是空掉了，机械地把信折好重新放回原位，脖子僵硬地回到自己的房间。接下来的几天她都在想合理的解释。那些字句，在学校的时候可以暂时忘记，一放空就又想起来。这件事就一直紧紧缠住她不放过她。她突然发现爸爸其实一直都是另外一个人。偶尔她会忘记，然后因为我的笑话笑起来。很快又会觉得内疚，都这样了，她怎么还能笑。后来爸爸闷声不吭就走了，她才后悔，是不是早就该跟妈妈说。但也觉得，终于还是发生了。这个她预感自己无力控制，又希望别发生的事情，终于发生了。她也不用再用全身的力气去憋住这个秘密了。

"买六支，你送一支啦！"

"哎哟，你的钱难赚啦！"

从厕所回来的路上，妈妈大约讲价了十分钟，买到七支霜条，绿豆味和橘子冰都有，喜滋滋拿来分大家。出来玩就是这样，一轮一轮吃，一轮一轮讲。

我自己套上游泳圈坐到沙滩旁边，把脚丫伸给波浪，手在地上乱摸,有时候会捡到水晶一样的石头,今天却一无所获。我慢慢站起来,打算在海里游一会儿。虽然会游泳,但我喜欢套着泳圈,漂在海里,仰头看月亮,这样很省力,不用一直划水。在水里,有种被整个海抱住的感觉。

我听见有人踩水的声音。是玉兔妈妈,红贡贡的泳衣,一步步走进水里。我回头,看见远处阿嬷和小菲妈妈、小菲在塑料布上面一边吃冰一边下跳棋,连玉兔都开开心心拉着我妈挖沙,都没人注意看着玉兔妈妈。真是的!

实在来不及了,我赶紧抓紧游泳圈,手臂缠上绿色荧光棒,跟了过去。哗啦,哗啦,玉兔妈妈在海里上下翻腾。我在后面套着游泳圈奋力跟随。我游泳没戴眼镜,而她速度很快,有时候月光被遮蔽,我看不清她,心里就揪起来,然后又看见她鲜红的泳衣,就又赶紧跟上。我俩在浮球划出的区域边沿撞在了一起。哎哟,她哈哈笑了起来,一手轻轻搭在浮球上。一粒一粒的白色大球,被蓝绿色的麻线连接着,在海波浪里上下颤动。她说,阿禾,你知道"死人浮"吗?我惊到,赶紧抓住她的手,说阿霞阿姨,你不要黑白想。月光下我看到她张大嘴笑起来,真是一张血盆大口。憨呆,她说我。然后她向上仰,整个人一动不动,就这样浮在水面上,像具浮尸。她说,这个就叫死人浮。要等你学会在水里不挣扎以后,才能学这个。我说这个好厉害,都不用动,竟然就浮得好好的。她说对呀,关键是不要慌张,不动反而能浮起来,一慌就不行了。

然后我们往回游。我跟她说,你要是累可以搭住我的游泳圈，她又笑起来说我经常从这边游到对岸，你阿姨没那么弱。但她还是一手扶着我的游泳圈，我感觉不仅有海浪推着我，每一次蹬腿的时候，霞姨也会把我轻轻地往前推，回岸过程很省力。

3

其实那天，我去渔村时看到阿霞姨了。

我阿嬷跟天恩的阿嬷，一个住在岛东边，一个住在岛西边，平常也不怎么见得上。后来在教会厨房成了好姐妹，一起在周日煮咸稀饭给会众吃，两人关系迅速升温。阿嬷在自家鼓捣出什么好吃的，就恨不得让天恩阿嬷第一个吃到。她们俩姐妹情深，但跑腿的人是我。那天阿嬷派我去送新炸好的韭菜盒。她说还好岛屿很小，东跑到西也就是二十分钟。她这么说，不是心疼孙女要来回走，而是怕韭菜盒不酥脆不好吃，影响她厨房扛把子的形象。

我快到天恩家的时候，远远看见一个红色身影。是玉兔她妈。她倚在红砖围墙边，两只手用力地搓脸，然后猛地擤一把鼻涕，走到天恩家高声骂。

说是渔村，其实只有零星几家打鱼人住这儿。大家都很静，没人敢探头看。我有点怕怕的，但十个韭菜盒没有使命必达，回去会很惨，所以我就窝在一棵莲雾树后面偷等。阿霞姨是一座喷发的火山，她的脸有纵横交错的痕迹，像一面被吹皱的红褐旌旗。她响亮地向门内投掷各样的粗话，有的是三个字的短匕首，有的绵长带转弯，像鞭子。虽然知道不是在骂我，但听到这样高分贝的尖声叫骂，心脏都噗噗蹿。奇怪，为什么大老远跑来天恩的家里，骂玉兔的爸爸。

门猛地开了，是从里面踹开的。阿霞姨刚骂到一句很长的脏话，突然被横空截断了。她好像被门撞到，往后退了两步。天恩走出来。

"他们中午就走了。"他说，"我爸头先也出去了，阿嬷去追他。"

阿霞姨明显僵了一下，连刘海都硬得风吹不倒。

"我肚子紧饿。"天恩的脸慢慢皱起来，然后我看到有水急速从他脸上掉下来。

阿霞姨慢慢走过去，把天恩推进家里，反手把门甩上了。我觉得虽然天恩今年蹿到很高了，但也是虚壮，就是个瘦冬瓜，要是跟霞姨对打，还是会被K到趴下的。但我又没有仗义到出来一声吼吧？我跟天恩没那么好啊，不值得，我又不是玉兔。

犹豫了半天，我还是偷偷凑到他家窗台上往里看。要是有什么暴力事件，我就去邻居家敲门呼救，同学情谊仁至义尽。天恩的家很小，从窗户一眼就望到灶台。夕阳变得黏稠，被海风吹进屋子里，堆在印着以马内利和葡萄的日历下面。我看见阿霞姨在那里煮面，好像一直伸手找不到抽油烟机的按钮，满屋子都是白色蒸汽。天恩蜷在她身边，背对着我。

我把那十只韭菜盒轻轻放在门口，敲了门，飞奔跑走了。

4

海风是黏的。游完泳,在旁边冲完水,被海风吹一阵,头发又开始变得黏涕涕。我还在想,远处那座站在黑暗里的巨大塑像,他到底是什么表情,他到底有没有五官。我想了很久,很是懊恼,那么熟悉的东西,竟然怎么也想不起来。

我们三个小孩一起蹲在海边缘挖沙子。小菲说我们一起来掏一座宫殿,等海水涨到这里的时候,看它可不可以抵住浪头。

刚才玉兔妈妈下水,你们都没在看,我边挖边抱怨。我老是会想起每年在报纸中缝都会看到的认尸广告,那些泡肿的脸庞。海里明明每年都要死人,岛上的人却都不觉得海危险。我舅舅教表哥学游泳,就是直接把他扔进深海里,扑通到快没顶的时候,突然就会游水了。不过话说回来,我也不怕水,我更怕山,岛上有座九十米的山,我爬上去就脚软。

有一阵我也担心我妈。你妈妈白天还唱歌吗?小菲说。

免惊啦,伊没事情的。玉兔回过头,看着在沙滩那边,吸着菊花茶,跟其他人聊天的妈妈。她说,我爸跑路后,我半夜睡得轻。一日暗暝,听到有声。透过门缝,我看到我妈妆得很美,穿上阿姑从香港买给她的西装套裙,还甩香水。她轻摸到楼下,圆滚滚的门把手,轻轻转开。怎么半夜出门?我怕她想不开,就赤脚跟着。你也知,岛到晚上很静,只有夜鸟在丝瓜干藤上面轻啄两下,她穿着高跟鞋在路上咔嗒咔嗒地走。跟着几步,她突然停下来,我赶紧躲。啪一声,她点烟。然后就掐着这一支烟,好像持一柄宫灯,轻茫茫穿过岛屿。靠近海边,风很大阵,棕榈树在两旁摇得越来越响。月娘很大颗,照在头发上,妈妈闪闪发光。她一脚踩在沙滩上,鞋陷下去,差点站不稳。但她坚持一脚,一脚,往地上扎洞。走到沿海的一块平稳的石头上坐下,头也没回,拍了拍身边的空位。她早知我在跟。我乖乖坐过去。

妈。我不知道说什么。她把手里烟头一掸,细小的火光在海波里迅速泯灭了。她又伸手点了一支,回过头,问我要不要试一下。我接过来轻轻嘬一嘴,哇真苦!赶紧还她。啵。她嘴唇红红。啵,呼——她以前从不在我眼前抽烟。妈,有我跟你作伙。

"我知影。"她慢慢站起来。垫肩的白色外套。蓝色的A字裙。内衣,左胸加缝了三片胸垫。她开始一件一件剥掉外面的衣服。那是我第一次瞥到妈妈的身躯。要不是被我有次偷听到,我都不知道她乳腺癌切掉一粒奶,加厚垫之后根本看不出。天上的云开始迅速地飘动,把月娘牢牢缠住,有星在边上旋。

回过神的时候,她已钻入海里。我大声喊她,她说:"免惊!我只是想游水!"我就死死盯着她,过了一会儿,她从海里走出来,头毛湿漉漉滴着水,亲像一尾闪动的鱼。

妈妈穿衫。夏夜晚上大风灌,还是会冷。她哆哆嗦嗦地抽烟。呼——我认真地辨认着烟雾后面的脸,感觉有什么从她面庞流出来，像是一股气息。就是大润发门口的充气人，瘪瘪的，却突然动起来的气息。

那时候我就有放心。

玉兔说完了，就开始认真地啃一只青色的篮仔梓，嚼起来咔啦啦的，有酸涩的香气。月光下面，我看到小菲也目眶红红。

我和小菲继续挖着沙堡，连地下室都弄好了。浪潮一点点攀爬上岸，一点点灌进去，再勾回海里，然后这堡垒就像糖一样无声融化了。挖了半天，最爱看的还是沙堡被浪吃掉的瞬间。然后小菲开始带着我们向海浪扔石头，扑通扑通，暗色的石头沉进黑色的浪里，发出沼泽地的声音。扔了一会儿，小菲突然停下来，说，我们这样会不会砸到鱼，如果砸到脸会很痛，至少要痛三天。皇帝鱼说不定就是这样被砸扁的，眼睛都歪掉了。玉兔拉着她的手说，那我们不扔了。我说皇帝鱼会住进新的宫殿里，别的鱼都挤不进去，就只有它们能住的那种扁扁的宫殿。没有石头能砸到它们，没有人可以打搅它们。它们很安全。

我们头靠头躺在沙滩上。

5

今日的风真透。

沙滩上只剩下我们。不只沙滩，整座岛的人都缩回家里睡觉了。零食的外壳堆成山，但只要阿嬷妈妈她们还想聊，这个夜晚就没完。其他时候稍微多吃一点零食都要被碎念，这个时候可以不被骂地大口吃喝，根本没人管，只要别闹就行。玉兔和小菲已经靠在她们妈妈的腿上睡着了，小菲发出轻微的鼾声。我还很精神，但过了一会儿，我还是众望所归地闭上眼睛。我偷偷在想长大以后，是不是也要来沙滩聊天，趁孩子睡着后，互相讲老公的坏话。

小菲妈说，你那阵忧头苦脸，人都瘦下去。

玉兔妈说，别不好意思问，岛上人都知道了。

然后我妈犹犹豫豫地说，听人讲吼……你一路追去嘉兴。（听得我暗笑，平常她那个八卦劲儿，也就是在玉兔妈面前，才畏畏缩缩。）

玉兔妈说，干，没追啦！只去了别处。之前还从来没离开过本省，最远只去过泉州。这次把玉兔托给她外婆，自己坐火车，整整两天，换几趟车才到。到那里选了家便宜的招待所。收拾完行李，我想想，他拿着家里的钱又吃又玩。我全日吃菜脯，留下来的钱给他去开女人。干！我就直接冲去市中心那高档餐馆吃，菜是夭寿贵哦！选半日，最后点了皇帝鱼，在岛上同款的钱可以买一篮。干恁娘，竟然还臭嘎嘎。这鱼不新鲜，才会加很多番茄酱。不然直接蒸就很鲜甜。但我还是吃了。走的时阵，把桌上抽纸放包内。

回去旅馆，突然欲哭，包掉在地上。这天吃这一餐最不值。他蒸的鱼就真正好吃。他还是有本事的。想去拿抽纸，塑料皮竟脱了，散一地。风给伊吹得乱七八糟。干，他算什么本事啊。自头到尾,不敢来我面前。哪怕跟我说一声要走,我又不会不放!结果他到人家丈夫面前摆阔,猫变虎!我低头捡纸。那些纸巾散落一地、黏在脚上。用力踢,踢不开。

我就说,干恁老母诶!堵烂[①],整包纸都扔垃圾桶,出门去。

早听客人说过这地方好看,特别是一处竹林中的山谷。我都没看过山,看完这才知咱岛上那个不叫山,就是块石头而已。站在山上,风吹来,也不知冷。觉得自己跳下去算了。我本来都觉得那个婊孩要在外面玩,我敲锣敲鼓送他去。哪知道他真干得出来。那天他走,竟然还是把衣服洗完了、夹上夹子晾好了,跟过去的每日一样。我常在猜,他那天到底是怎么想的。

爬山的时候,我全日都在想,为什么留下来、没面子的人是我?我怕被人看没。孩子没老爸,我两人以后要怎样?我往山下看了一眼,就看见自己跌落去,血稠稠滴,玉兔啊在我身边号,说伊没死,是睡了,吩咐伊起来!那幻象灌进头壳内。还是怕死。就不动,还站着。我就辩,说我这狼狈,他对我生吃不够,还要晒干。

阿嬷突然插嘴,阿霞啊,免管别人七嘴八屁股。各人把各人日子过得好。小菲妈叹口气,说,女人苦命,眼泪吞腹内。

玉兔妈说,你们听我说。有人慢慢啊走来,看我是外地人,嘴还在那里碎碎念,估计以为我头壳坏了。这人生得黑

---

① 闽南语,郁闷、生气。

干瘦，不过都说歹竹出好笋，他那个小女儿倒是白泡泡幼绵绵，走路旷旷颠，过来就抱着我的脚，对我笑。我抱起他女儿，没话找话问他山那边怎么有个豁口。他说前几日山上得火烧，火从林子里一下蹿起来。风呼呼吹，火跟个箭头一样冲。那天他正带着女儿上山，离那里不远，跑是跑不过火的。我一听，本来要抽烟，吓得都不敢拿出来。我就问啊怎么办。他说这里的人，遇山火要隔点距离，对着火再放一把火，把新火赶过去，让火跟火对冲。两瓣火撞在一起，渐渐就灭了。他跟女儿都没事，身上一点伤也没有。那个豁口是烧得黑碌碌，但仔细看底下也开始冒出一些绿。

山顶那惊险！还是咱这海边好……阿嬷听了半天就说了这结论。然后呢然后呢，我妈问。

玉兔妈过了一会儿，才说，风从山顶上吹进头壳里，我慢慢走下山，突然想到，他拿走的钱，正好是他家留下来的房子价钱一半。他竟然会算那么精，我也竟然会算那么准。我没想过他会是这样的，我不认识似的。心内那酸揪揪的感觉，也不是恨。一半，一半。

阿嬷说，没缘的人，就让他去吧。玉兔妈说，讲真实的，那市里有那款酒店，我都想进去找两个白面皮男的来开一开。后来想想，还是不要让他们赚到。说到这里，玉兔妈带头笑起来。笑完大家又安静了。

不管怎么说，我都还多赚个玉兔。咱做事情，要顾钱顾孩，哪有人家那潇洒。那就是我那杯，该吞忍，我认了。账算完，回家！我就不是那种爱乱花钱的人。我还有海鲜饭店要管啊！你娘的，我就回来了。

我妈说对啊对啊，就要这样想。玉兔妈大声喊，他这款男人，给我搁脚都嫌占地方！阿嬷说，以前有人这样，手指头给伊剁下来。玉兔妈气势越来越足，她说剁手指有什么用，要剁就剁那里！我妈说，对，乱枪打鸟！小菲妈说，哎哟小孩子都在呢！阿嬷笑骂，讲正经，别三八！

我听她们笑成那样，也不是真的很介意我们在嘛。

6

海浪还在不远处拍打，风一层一层地铺在脸上。

我也不知道自己是什么时候睡着的，只记得逐渐看到两座挺立的山峰。云层与山峦晦暗不明地交缠。潮湿的、微凉的山风，从绵软的云雾而来，把泉水的清甜和小笋的香气洒到耳边。阳光像是耀目的金属切片，映射出左边破损的山体。山林里，有隐秘的鸟和虫在叫。有的声音是一串串，有的是一颗颗。大马蜂声音旋啊旋，像蚊香。山腰站着玉兔妈妈，传来午后长长的一声哈欠，化作一只巨型皇帝鱼，把山拨出了皱褶。这破掉的山峰逐渐被毛茸茸的竹林和鲜脆亮丽的鸟鸣填满。小菲第二天说，她躺在沙滩上也做了梦，梦见她妈妈被海里的鲸鱼吞下，三天后又吐了出来，满面红光强强滚。她大概是把主日学看到的故事，混到梦里去了。

玉兔说她没做梦，我想她根本就没睡着。

浓雾戏台

天恩今天想送花。

那一枝深紫色喷香的花，在等他。

他手里攥着三块钱，到避风街菜市场，穿过卤料摊，避开那一排发着微光的卤鸭。三块钱一个的鸭胗，要忍住，也不能买。大颗芒果、西番莲、释迦和莲雾挤在一起碎碎念，熟了、酸了、才没有嘞我超甜的。表皮压出汁液，引来翠绿头苍蝇嗡嗡叫，水果是嘈杂的。蜜色夕阳涂在它们身上，色泽勾人。再多走两步就到了。

"恩啊，放学了吼？"有不少认识他的摊主问。他们总是眼观八方，可以同时跟客人笑脸招呼，又跟老婆断断续续吵架。他每天早上跟阿爸一起来送货，跟大家都认识。

"嘿啊。"他红着脸，低头一路说。

水果摊和一家专门卖深海鱼的摊子中间，挤着一家芬芳的花铺。最中央的那枝淡紫睡莲，看到他来了，才放下心，大方地把花瓣铺展开。拳头大的花，鹅黄的花蕊是毛茸茸的眼眸，招展出一股若有若无的甜香。每次放学后经过花摊，天恩都被它香到。

这睡莲有一颗娇弱好奇的心。它相信有人类能很好地懂得植物。那时候，花店老板的女儿在它身边捧着读那个故事，

《小意达的花儿》。因此它借光读过安徒生，认识了那位黑白插图上看起来沉静阴郁的男人。它对着空气发出自己细细的嗓音，有人捕捉到了，就说真香。它不知道，在自己开得最美的时候，会在谁的手上。

天恩带走了这枝花。海边的雾气，一爪拍到了菜市场，碎裂成两百只白猫样的活物，四处趴趴走，被人一碰就变成一团湿气，让鼻子发痒。天恩躲藏在雾气里，手掌珍惜地环住花朵，食指和中指夹着花茎，靠住大腿——他可不想让人问为什么买花。那花感受到男孩掌心的温度，变得像支着火的权杖，烤得天恩脸红，直到夜风穿过巷子，拂在他的大耳朵上，烧烫烫的脸才稍微凉下来。花朵听见男孩的脉搏，开始阅读他的心事。向前吧，把我当作风帆吧，它在男孩手中细声喊，然后渐渐睡去。

天恩今天没去林老师那里补课。

玉兔和天恩，班里的倒数一二名，林老师每周让他俩到家里补英语，不收钱。他还给他们倒铁观音，冰过，加了蜂蜜。他说是他老婆提前准备好的，凉丝丝的甜茶。师母似乎很忙，天恩只见过她在家一次。进去厨房的时候，正好撞见她坐着在喝汤，一只脚跷在竹凳上，另一只垂下来穿着蓝白拖。他没好意思抬头细看，目光只触到那双蓝白拖，最长的大拇指，甲盖竟蜷缩发黑。

天恩今天不去补课，他说家里临时有事。

"白玉兔和黑煤炭，两个凑一担。"从上周就有人这样说。他们看见天恩和玉兔一起走。天恩从来没觉得自己肤色有什么问题，家里人都在渔船上晒得黑亮。直到上了小学，才发现跟身边的孩子都很白。

"新娘子，新娘子，天恩的新娘子。"他们围着天恩和玉兔，发出怪叫。

天恩急得满脸通红，可总是说不出话来，只摆出一张臭脸。他更生气的是，白痴玉兔也根本不辩解，竟然还能笑出来，继续跟着天恩一路走，速度再快都甩不掉。很多人都说，玉兔是傻子，她妈走关系才没让她读开智学校。玉兔要是摸了别人的书和笔盒，那人总要尖叫一声，拿湿纸巾来擦。天恩才不愿意与她被放在一处，她是仇人的女儿。

林老师补课的时候，玉兔总发出咻咻的笑声，脸憋得像一只粉桃。天恩不爱做题，只爱盯着老师的书柜，怎么有那么多夫人，《达洛维夫人》《包法利夫人》什么的，姓氏奇怪。

"老师你为什么结婚？"天恩有一次突然问。林老师竟然呆住了，是他自己说，有什么问题都可以问的。林老师喝了口冰茶，才说话。

"我们同个大学。她学艺术的，本岛人，我就随她搬到这里。"

大人从不直接回答问题。爸妈你们为什么结婚？她是我邻居。叔婶你们为什么结婚？那时候单位要分房子。爸爸，同学打我。你要在学校好好读书，要考上大学不然还是要讨海。妈妈你为什么要走？妈妈不做渔民，要去嘉兴开工厂。妈妈可不可以别走？妈妈偏过头不再回答。

翠云不是这样，翠云总是有什么说什么。

"你敢骂人我敢打……我就不信你多歹，今日给你来教乖！"这是天恩最爱看的歌仔戏片段，红衣丫鬟来挑衅辱骂，贴身婢女翠云直接冲上去，甩动白袖子抽她一耳光。

天恩也想抡出一个大耳光。那个带走妈妈的男人来家里的时候，天恩就想冲上去，用力地打他，撕咬他的手臂，把他的鼻子打落，把他的血都咬出来。可天恩终究只是缩在角落里，那男人摸了他的头，他一句话不说。那男人给了爸爸一笔钱。爸爸收下了那笔钱。妈妈走了。那男人正是玉兔的爸爸。

无人的路段，天恩偷偷把花举到眼前，仔细端详。花朵开始感觉到脱水的滋味，它的生命倒计时加快了。这朵花出生时就明白，人类喜欢拿它们来示爱，它是植物示爱最招摇的部分。当它刚出生，对阳光仰出面庞的时候，它看见千万张与它相似的脸，以相同的角度和间距活着。它甘心接受被切断、运输，又被取出、插在清水里，弃绝了自己为繁衍而存在的理由。花好奇自己这一生的终点。它没有感伤，多少花在无人之地出现，然后坠入土里，落入水中，都是无声间发生的事。而它，却得以穿山越岭，到达一座岛屿，成为这一时刻这男孩手中特别的花，它已然满足了。如今它明白，自己到生命的最后一刻，就是要陪伴眼前的男孩走段路。

现在，翠云正在台上呢。

天恩想到就忍不住加紧跑，靠轮渡越发近了。歌仔戏研习社每周三在轮渡边上搭戏台，《五女拜寿》每个月会演两次，翠云就在那里。另外两次演的是《莫愁女》，要挖眼珠子当药引，天恩才不敢看。

苹婆树被风摇动，落下粉色花粒。天恩手里是一枝芬芳的睡莲。戏台灯照得亮堂堂，三五个人坐在白色塑料椅上，有的还在剥花生。

"山野茫茫寻无路……"流落的翠云唱起尖调子，摆动柔柔的袖，在背景布绘出的雪地里转。蓝紫色戏服，白雪里的夜莲。天恩从没亲眼见过雪，在这座亚热带的小岛上。雪该是什么样的，大约是山楂片那么大的白色圆形，软乎乎地从天上慢慢地落下来，贴到额上，手心里，化在舌尖。如果躲藏在岛上的云雾足够浓，温度突然跌下来，会不会变成一堆雪？

总之，翠云此刻正在雪地里，也在海边迷蒙雾气的中心。她从台子的这里走到那里，他们唱起嘉兴、杭州，却从没说起过天恩所在的岛屿。

脸中心画了一团白油彩的家丁，蹲在舞台外的楼梯上抽烟。还有一个人穿着隆重的官服，跟演泼辣二女儿的红衣女人轻轻聊着天，笑得摇晃脑袋。一会儿等他们上台的时候，他们就立刻摆开架势，在舞台上变成另外一群人。

台上的翠云说，不论你去哪里我都会跟着。老太太怎么赶，她都不走，死生不离。

阿嬷也跟天恩念过，类似的东西。她说是《路得记》，里面写着："你往哪里去，我也往哪里去……除非死能使你我相离……"阿嬷每天晚上，都非要拉着天恩念那本厚厚的大书，闽南白话版。她说人的爱都靠不住，只有那书里的爱不变。

她真的很烦人，做的饭没有妈妈做的好吃，还经常在椅子上突然睡去，好像死了一样。再后来天恩看到了《五女拜寿》，原来在大书里叫路得的女人，在这里叫翠云。

"有汤先端二老饮，有衫先给二老穿……"翠云的头发好长好黑，盘成髻，上面绑着丝带在风里飞。老妇人老爷落难，好几个女儿都把他们俩拒之门外，只有翠云跟着他们。

玉兔也在辫子上绑丝带，可她那根辫子又粗又硬，一甩头常抽在天恩脸上。同学都说玉兔妈妈会挣钱，白痴玉兔读书不好，也没关系，以后买得一个外国人身份，想去哪里读书都可以。天恩知道，自己才是班级的最后一名，自己刚出生的时候就定了。妈妈走后，更是定了。玉兔也是轻易就要离开这座岛屿的人。她们都是如此，随时就会变成另一个人。

天恩确定，从今天开始，玉兔不会再跟他说话了。今天放学时，有三个同班同学走过来，天恩狠狠地甩开了玉兔。可她偏偏追着天恩，大喊大叫地跟他闹，那几个同学的眼神和笑意，击中天恩的脑门。

"别跟着我。"天恩感到愤怒，回身猛地推了她一把。刚好推到肩膀，玉兔滑了一脚，坐到地上，白裤子蘸泥。她身上的肉，是软热的。天恩看到她两颗眼珠逐渐发亮发红，这是他第一次看见玉兔眼睛发红，像只泥地里的兔子。玉兔慢慢爬起来，抓起泥地里石头向他扔过来，却还是扔偏了。天恩赶紧转头走。那时候就决定了，今天不去上课，今天去买花。玉兔不是自己的朋友，她也是要离开的，怎么跟翠云比。

男孩掌心的花，阅读到这段心事，猛然睁眼。它发觉这高大的人类男孩其实还只是幼小的花苗，脆弱鲜嫩，依然执着于人世的安定。它越发干渴，突然有些怀念自己的根系，那些真正扎入水土之中的部分，也是曾经紧紧拽住自己的部分。很难有人看见绵延黑暗的根系，毕竟没有花朵的面庞耀眼。或许有些人像是根系，总是将自己稳稳扎入土里，随着年岁更加稳定深入。可有些人，就像花自己，渴望着被运输到未知的远方，哪怕燃尽最后的生命。花一路感受男孩温热的手心，急切的心跳还有他杂乱不知所措的思绪，或许这就是人类的爱情。花在想，如果午夜之前天恩给它一个吻，它或许会变成一个女孩。

"天寿，后台停电了。"慌乱的脚步差点撞到天恩。舞台上倒是不受影响，就快结束了，又一场热热闹闹的寿宴，离弃的人都被惩罚，念亲情的都被嘉奖。翠云因为对二老的帮助，从丫鬟变成了五小姐，穿上绣着金线的软袍，头上插着发光的簪子。她轻快地在舞台上移动，投下黄色的紫色的光影。

天恩偷偷绕到舞台后面。这里靠着海，绵延的雾气从海上来。他望着海的远方，想着到底嘉兴在哪个方向。他嘴上说着恨妈妈，每天却在睡梦里，乘着眠床乘风破浪去那个有妈妈的远方。天恩抬头看月亮，雾气里的朦胧光点像花蕊，天空是紫色的。

男孩的心跳变快了。快了，花知道自己快要被送出去了。虽然花已经被男孩握得发暖，但花瓣和花茎都还很硬挺。男孩把那朵花捧在自己的胸前，怦怦、怦怦的心跳声，让因为温暖陷入萎靡的花再度振作,它的花茎像一根绿吸管,吮吸空气里弥散的大雾还有男孩手心的汗液。

花跟着天恩走到台子后面,临时搭建的更衣室里暗摸摸,停电。三个男演员在外面的空地上,支起简单的桌子,放上八只红塑料椅,桌子中间放着一盏电灯,没有灯罩,就是一个璀璨的大灯泡。那些演员退场回到这里,头顶的发饰摇曳着,他们是长了脚的花。

蓝的红的黄的外袍都除去,所有人都穿着白色的内衫,对着各自的小镜子,拆卸身上的珠翠,抹去脸上的妆。天恩慢慢走过去,他认得的,翠云背对着他,发髻用丝带绑成花朵形状,插着金簪子,两边各有一颗蓝色宝石。镜子里那双透亮的眼睛,瞪得很大,手里拿着湿纸巾用力地擦着半边脸。

"花……送……"天恩站在她身边,紧咬的牙齿缝飘出一丝声音,可手却还是背在后面,花被他掐得无法呼吸。海边的雾越发浓重,他和她,都在雾气的中心。第一次这么靠近她。他想伸手摸一摸那长长的黑亮的头发。

翠云没有听到,她握住自己的头。

突然一下,她把整个头发连根拔起。

"哇,热死了。"她说。

她看着镜子,好像看见了身后的男孩,正目瞪口呆地站着,手中的紫色睡莲微微倾颊,像昏昏欲睡的眼睛。

她转过身子,又随手拆掉左右两边的鬓角发片。

"你……"她盯着天恩,半边脸腮红娇艳,像枝头的桃金娘。半边脸还有些残存的油彩,眼睛晦暗不明。

天恩低下头去,看到一双蓝白拖。大脚趾最长,甲盖蜷曲发黑。

男孩转身,开始拼命奔跑。

钻进人群里,他跑。

穿过半拆的戏台,他跑。

夜晚八点的风。月亮的银光。路灯下的蛾子噗噜噜。男孩,跑。手里是一朵被握到温暖的花,芬芳的花。逐渐绵软的花尸。

海边的雾气,被男孩的花刺破,开始慢慢消散。

菜市钟声

1

过去,这座岛屿是需要钟声的。

那时,不是人人有手表。钟声响起,孩子们会认真地数,一共敲几下。这声音是众人的手表,缠绕在岛屿上空,从不出错。白天八点开始,晚上八点停止,十二个小时各从其位,切分得整整齐齐。钟声响起后,会有报时歌开始唱,女人绵软的声音,涨满了整座岛屿。

钟楼就在避风街8号。这里本属于一位眉毛很浓的吕宋富商,新中国成立后捐给了国家。一共两层半,最底下一层改作菜市场,没墙,带十八只大理石柱子,雕刻几何纹样的柱头,四里通透,挤满摊子,卖蔬菜和海鲜肉类。最靠近码头那一侧的柱子上,还镶嵌着一块石狮公,似笑非笑咧着嘴。

二层是红砖砌起来的,每面墙有一扇欧式拱形窗户,搭配琉璃。这里隔开了一间间商店,卖各色布匹和生活杂货,从一根针到一只太师椅都有,甚至还开着一家游戏厅。再往上,第三层原先只有一个圆塔,塔顶上一只长宽一米的方形钟,其他地方都是空地,铺着六角形的闽南红地砖,颜色烧得脆亮。

有人看上三楼空地，低价承包下来，以小圆塔为中心，铺上黄白相间的塑料雨披，挂了镜面灯球，放上音响和塑料桌椅，立个招牌叫"钟楼舞厅"，让人在这儿跳舞。只是，临近准点的时候，大家只能停下音乐，走到楼下，放个尿、抽根烟，等准点的钟声自动敲完，播完那首报时歌，再上去拧开音乐继续跳。也是因为这点麻烦，又是在菜场上头，所以价格特别便宜，来的人也不多。

小玉兔的爸爸说，这栋楼是在一个女人的身躯上建的。那个商人除了明媒正娶的本岛太太，在吕宋也有个家，带回一个皮肤白苍苍、眼珠透绿的女人。房子地基本来老塌、建不起来，直到有一日，那女人突然失踪，房子也迅速建好了。都说是那个女人打碎了太太的簪子，善妒的太太就把她放进地基里去了。爸爸说完故事，就带着玉兔进了舞蹈班。

玉兔记得是初春时候，汪水螺老师在钟楼舞厅办了那个成人舞蹈培训班。都说她的手能点石成金。经她指点的阿叔阿姨，还在对岸拿过奖。水螺老师爱穿一双带方形金属扣的亮皮鞋，转圈时凌厉又肯定，踏出熠熠生辉的步子。她总会说，跳舞一定要放松，当作在玩，一步步不要踏那么重，又不是练武术。步子越快，她跳得越好，似乎天生就适合这样的玩乐。兴致起时，她会突然把鞋子甩开，赤脚跳。

玉兔喜欢看水螺老师轻轻摆动裙子，就像海上撒网，有时突然伸出手来，手指绷紧，在虚空中拉绳索。水螺老师给玉兔买过一瓶芬达。她跟玉兔的爸爸添丁说过，添丁啊，离开这些年，她早不打鱼啦，对交谊舞更有兴趣，自己攒钱报班，很快练到能教别人。添丁啊，添丁啊，水螺老师叫玉兔他爸的时候，跟旧相识一样亲。

每周末，玉兔的妈妈要忙海鲜饭店的生意，爸爸就带她来避风街8号。老爸在三楼学跳舞，玉兔有时跟着扭两步，但坚持不了多久，就觉得无聊，拿钱去楼下跟同学天恩一起打电动。天恩是水螺老师的儿子，仔细辨认，他的眼睛跟他妈妈长得有些像，两枚幽黑的深潭。天恩也不愿跳舞，只是远远盯住水螺老师。楼下游戏厅有整排的拳皇，玉兔喜欢没命地乱按那些按钮，意外间也能放出几个绝招，把对方撂倒。天恩在的时候，总会赢过玉兔。玉兔剩点钱，就捎两瓶菊花茶上楼。她看见爸爸动作总是太过僵硬，让人忍不住笑。这时候瘦小的水螺老师，就会伸手捏住爸爸的肩头，他便像一只纸折的元宝——有棱有角、熠熠生辉，随时要被投进火盆里似的。

春天白雾散尽后，就是暑假。爸爸的舞已跳得很好。舞厅里，燥热的阳光被棚子筛去光线，只留滞涨的热气，充满圆形的大厅，像只热气球，随时可能跟着海风失控地起飞。里面三三两两的人，拖着淡金色的影子，跟烤久了的番薯一样，流淌出带热气的甜蜜汁液。闽南舞曲摇摆荡漾，爸爸脚步轻快，变得像少年人一样。

玉兔愿意来舞厅，是希望遇到天恩。有时等不到人，她就拿出草稿本，写他的名字，但发现自己写出来那三个字后，心慌得很，甚至不敢看。四下望望，没人看，却已脸红。涂黑、撕掉，重新来，只写拼音缩写。再涂黑、撕掉。天恩还真的会在撕掉纸后不久，窜出来，给她一支裹着红色糖浆的油柑串。好险。你别回头，你背后有个女人……天恩总要在玉兔开心的时候，补一句吓唬她的话，让她差点呛到。

玉兔被吓到，好一阵不敢在晚上独自经过菜市，老觉得背后有双绿晶晶的眼睛在看自己。天恩看到玉兔害怕，又重新跟她说了那个故事。渔民阿嬷跟他说过，那女人是海上的蚌壳精，被那个老爷捞上来，没办法，才跟他走的。富商是个大坏蛋，后来蚌壳精找机会跳进海里，跑了。只要她还在逃，钟声就一直会响。那个富商觉得没面子，就拿自己太太出来做挡箭牌。玉兔这才觉得好些，不害怕了。

一日放学，玉兔缓慢、稀疏地跟着天恩，走到岛屿西边。隔着些距离，偷偷地，一脚一脚踩在他影子拖拽过的路途上。路的尽头像仙境一般发亮。玉兔走近了，看见一棵通体金色的银杏，掉下的叶子稀稀落落染了一地。啧，连影子都是闪闪发光的。怪不得今天风有点凉，还涌动着甜味。原来，秋天来了。天恩已经被她跟丢。她随手捡了一片银杏叶放进口袋，往回走，感觉今天已经完满。叶子后来夹在《魔卡少女樱》第五册里，被忘记了，金色的领域慢慢发出一些棕色的纤维，最终变得暗淡。

熟秋，玉兔发现爸爸逐渐变成另一个人。月亮的清辉降临在他额头上，一圆渐渐秃得光亮的额头。前额秃了，爸爸两侧的头发却留长了，齐肩，像玉兔一样自然卷。很多时候，玉兔都觉得他像石狮公，像那块立在街角的花岗岩石像。

天恩说过，花岗岩是又硬又软的，很奇怪。把膝盖磕在上面的时候，是硬的，用手轻轻触摸的时候，是软的。玉兔回答说，石狮公也是又死又活的，每次看到它，都觉得嘴巴咧出来的幅度不太一样。她没说的是，天恩，也是阴晴不定的，被人撞见他和玉兔一起走，天恩就会突然生气，把玉兔远远甩掉。还有一次，玉兔和爸爸走在路上，天恩突然把一条死鱼甩到他们面前，爸爸差点滑倒，天恩却面无表情地走开。

玉兔在游戏厅等，天恩却一直没来。这个月，他不知从哪里积蓄的怒气，下课常常握着拳头，站在操场角落一动不动。有时还看见他捶墙。天恩一直拒绝跟玉兔说话，连在游戏机厅也是，闷头打游戏。男生都很奇怪。玉兔抬头，看到月亮出现干燥的裂纹。对哦，才想起爸爸今天跳舞跳到天黑，都没打算带她回去做饭吃饭，连菜都没买。玉兔把换来的游戏币都打光了，走到一楼，闻到炸枣的味道，觉得饿。返身找爸爸拿钱，上台阶，快到三楼，六点的时钟"荡，荡"地开始敲打，三两个人往下走，没有爸爸。六下钟敲完，是报时歌，唱到"海水鼓起波浪"时，她走到三层，音乐震耳欲聋，淹没全地。

爸爸贴着舞厅中心的小圆塔站住，有一双细手捂着他的耳朵，红色裙子贴住他的身体。爸爸的手也捂在对方耳朵上，汗的痕迹，在他头上闪闪发亮。灯球的强光扫过来，玉兔闭上眼，觉得爸爸像座裂开的雕像，里面有暗红的火光透出来。

报时歌停下，玉兔突然哑了。退了两步，努力大叫了一声"爸"。声音劈叉。有些忙乱、窸窸窣窣的反响，爸爸过来说，哎哟，太专心学跳舞，都没注意时间。他迅速拉她，到楼下买鸡胗和猪耳朵，都是她最喜欢的。刚才的红裙子，不是妈妈。玉兔从塑料袋里拿出鸡胗嚼着。爸爸难得亲热地搂住她的脑袋，用期盼的眼睛看住她，好像在求她提点要求，好让他做点什么。所以她顺从地摇摇头说，我还要吃梦龙。爸爸快乐地买了一支，拨开皮，递到她手上。整个菜市都会看见，添丁最疼这个娇滴滴的女儿。就在那刻，她感觉菜市深处有一双绿莹莹的眼睛在看她，那眼睛的主人长着水螺老师的脸。

冰淇淋在手里蔓延出一条乳河，冷吱吱，沿着手腕向下探。一边吃着，玉兔忍不住想，妈妈呢，她是不是还在忙。是不是还饿着。

2

玉兔的妈妈，阿霞，算是厂里最早懂得做生意的。

大家都跟添丁说，早看出阿霞不一般。她在刚进厂那阵，白天做会计，下午四点半就旋出来，跑到菜市帮妹妹摆摊。这里的摊子多，阿霞总会出奇招，比如她声音清亮，就会放音乐唱起来，招揽客人。菜市里的人都叫她小摊歌后。那时候阿霞年轻，嗓门已经很大，但阅历还浅，有人盯着她看时，还会微微脸红。

添丁最初是在一个潮湿的日子认识阿霞的。那天，雨算是勉强停了,这条街排水不好,路面积水涨溢,浮动着一些被风打下来的朱红三角梅,像一只只轻盈的纸船。阿霞站在一张崭新的红色塑料椅上,像个渔女,站在波光粼粼的河道上。她眼睛里噙着水,面庞波光潋滟,慢慢地唱着《渔光曲》。五分钟前,她刚跟妹妹吵了一架,她妹说完重话,扭头就跑进雨里了。阿霞想哭,又觉得没面子,还是努力高声唱起歌来。鼻孔里积着鼻水,喉头也发紧,她自己不甚满意,添丁的耳朵却听得发酸。每一根音线,都柔柔钻过耳膜,盘踞在他脑海里。

  东方现出微明,
  星儿藏入天空。
  早晨渔船返回程,
  迎面吹过来送潮风。

  青灰色的雨披滴啦落着水,雀鸟在湿透透的树枝上发出零星的碎叫,往空气里撒了金粉。阿霞像个一无所获的渔女,眼眸委屈,却依然钉在原地。顶棚有些漏水,她蓬松弯曲的长发上面停留着水滴,像佩戴着满头细小的珍珠。河面映着她,双倍好看。

  添丁心里被软软地推了一把,突然觉得非得走过去买点什么。走到摊子里,阿霞跟他说随便看,他才发现卖的都是女士用的发绳。阿霞会做生意,别人卖的发绳都是黑的,她不仅进了不同颜色的,还顺便串上一些塑料珠、贝壳或是铃铛，这样发绳就能用翻倍的价格卖出去。再搭配那只悬挂在正当中金光璀璨的灯泡，给每个货品铺上光彩。要不是落雨天，她的摊上人绝不会少。

"帮我小妹买的。"添丁不知如何就说了这句。那时他还不习惯说谎，鼻头每一只毛孔都在冒汗。添丁是独生子，根本没妹妹。

唉，第一句话就是谎话。即使是三十年后，阿霞还会遗憾地想。

添丁终归是顺利买下了那只发绳。不会讲价的憨呆，阿霞因此跟他笑了一下。发热的灯丝亮得像黄金，阿霞湿漉漉的卷发透出金光，以至于添丁闭上眼睛后，还残余光亮的纤维。

添丁的"妹妹"显然很喜欢阿霞的发绳，添丁总跑来买。不同颜色买了个遍之后，又开始带各种吃的——五香条、蒜蓉枝、绿豆糕、青果什……反正他在附近读技校，总归要经过这里的。他来了，也不管阿霞理不理他，就把东西分给大家，吃完，走掉。后来添丁也给阿霞带自己做的煎薄饼和蛋液甜粿，打开饭盒，会有香味的蘑菇云飘出来，隔壁摊子都能闻到。在闽南，一个男人愿意做饭，还做得那么好，大家都啧啧赞叹。

除了吃的，添丁还会附赠渔民俱乐部的电影票，说是他朋友办起来的，要大家斗热闹。东西吃都吃了，阿霞摆出为难的样子，要拒绝是绝对说不过去的。更何况周围的人也都吃了，阿霞的妹妹第一个抢着把姐姐推出去，旁边水果摊菜摊猪肉摊的也说，紧去紧去，你小妹忙不过来我们会凑手脚，别担心。

添丁忙活了一个月，阿霞还是一副若要不要的样子，电影已经看过三场，手还没牵过。阿霞妹妹说，这就对了，这样反而要成。

如果添丁不是突然消失了，菜市里的人都觉得这两人迟早要结婚的。

他们不知道，有个渔家女孩汪水螺，正赤着脚从渔船下来，挑着担子缓步走上岛屿。或许阿霞还跟她顺手买过几条黄翅鱼，却不会记住她。黑瘦的渔女，戴斗笠，穿宽大及膝的布裤，蹲在那里小小一丸，根本不起眼。

添丁有个老大，叫老鼠，负责在菜市收保护费。菜市场外面那圈，只要站在路上面做生意就得给钱。还没有人敢不给。大部分人很自愿，起码可以不停地赶走外地摊贩，也就这些少年人有体格能干这个，拖家带口的摊贩要是位置被占了，也未必打得过新来的外地人。更何况——用水果摊主的话说，外来的人，一来就是一串，占了一个位置，第二天左右的位置也能占走，人家住在一起吃在一起，一帮人拴在一起，没有老鼠他们，外地人早就干翻岛上的本地摊。

老鼠跟添丁说，当时一眼就看到水螺了。他说新来的，给钱！可老鼠眼前这个矮子女孩竟抬起头，盯着他，说，这钱我要拿来买鞋。我给你别的来换。老鼠的眼睛被她吸走，就说好，你要给我什么。

她来了，一切都乱了。

添丁第一次见到水螺，是因为老鼠把她带来山顶。岛上都知道，这是老鼠他们的地盘，临近夜晚从来不敢踏足。这是专属于他们的乐园。渔女穿着亮晶晶的蓝色塑料鞋，说自己叫水螺，是讨海的，此外一整晚没说一句话，只是低头啜着玻璃瓶里的甜水。这名字适合她，齐耳短发带着弧形，还真的像颗螺。其他人捡来山上的枯枝，点了火，一起烤番薯吃。

树叶枝子烧起来的苦焦味，噼里啪啦地炸开。夜晚露水降临，满山丘的土湿气。他们点着烟，灰白的气息弥散着，众人感觉到有些冷。有人热闹闹地冲进来，带了酒，"进贡"给老鼠。大家一人一口喝着，这才润滑热络起来。添丁总在晚上偷偷出现，他掏出扑克，老鼠大叫一声，恁爸今天要让你知死！就摆开架势洗起牌来。老鼠的手下们躲在暗处，忙不迭地和女朋友亲嘴，牌出得慢且不认真，毫无胜负心。水螺凑近老鼠，手轻轻放在他大腿上，可他却一动不动，眉头皱在一起。添丁紧紧盯着牌，所有的头脑都用在这上面了。三个回合，都是添丁大胜。

你娘的，输得像国民党一样！老鼠说道。他兜里的票子都没了。把水螺轻轻一推，他跟添丁说，你们去迷宫玩。添丁脸马上红了。老鼠对水螺说，他爱假死[①]，你帮我给他处理一下。其他人怪叫，添丁整个脑门全是汗。水螺不说话。干，不敢玩？老鼠对着添丁说，眼睛却看着水螺。起疯。添丁打

---

① 闽南语，指装腔作势。

算要起身回去，水螺突然揪住他的衣角，往迷宫拖。稍后他拽她手的时候，才觉得这女孩有一双铁手，满是茧子，手臂也紧而硬。迷宫里有些阴暗，久没清理，枯枝落叶在地面交叠着，青苔绵密而柔软地铺到墙上，有些潮湿角落里还冒出嫩白色的尖蘑菇，闪着微光。他借着月亮，第一次看见她乌暗的眼睛，那么寒凉、湿润，顺从又挑衅。他想起深秋季节，家里古树上掉下来的黑色果子，那种黏腻香甜的浓烈气味。他总是想捡起来咬一口，可阿母总说不能吃，就伸手拍落。

水螺嘴唇抿在一起，该是害羞了吧。添丁叼了根烟，细声说，干，在这里避一会儿出去，那群疯仔。可她突然说了声，干。后来的几分钟添丁都在眩晕当中度过，脑中被远处的钟声震得嗡嗡作响，水螺走的时候他都反应不过来。只记得她拍了拍腿上的叶子，膝盖上留下细枝的痕迹。他伸手想拉她，可是力气都消解了。他后来走出去作出镇定的样子，别人笑他那么快就出来了没本事，他还能敏捷地骂出一长串不重复的粗话。可是他知道，他的魂已经被融化了，附着在水螺的额头，变成微酸的汗液。他回家后还沉浸在震惊中，他忍不住去闻自己的双手，指缝间似乎还有水螺头发的味道，带着海风和盐味。那滑溜溜的头发，曾被他惊慌失措地按住。那晚上他醒了好多次，睡梦中只觉得热。迷宫。枯枝烧起的火。鱼的气味。他愿意为她下跪。后来的数十年，他还会重复地再做这样隐秘的梦，以至于再无法区分那段记忆的真假了。

水螺。添丁什么别的事都没兴趣了，打牌没再赢过。什么老鼠、阿霞，什么人都不重要了，什么都比不上这个瘦小的女孩。从此之后，他可以是她的奴隶。后来他们还去过几次迷宫，没能走到迷宫的中心就精疲力竭。

水螺。想起来这个名字，他的心就变成被撞击的钟，发重，生疼，但还会笑出来。如今时间像柔软的潮水一下一下往他脸上拍，他鼻子上的毛孔绽开了，发际线磨磨蹭蹭地上涨了，眼睛下的肉袋子轻微地鼓出来，垂下去了。那个白面皮的少年人，现在被泡发了，疲倦了，手脚发紧。水螺啊水螺。

3

最难的时候，添丁家吃饭都成问题。

老鼠接到风声，知道会被抓。临走前跟添丁说，我觉得这次事情大了，估计要关一年两年才能出来。他们之前小打小闹，进去出来，不过是三五天的工夫。这群少年仔，平常也就是聚在一起，得意出出风头。跟商户是收了钱，但也帮他们把地盘保住，没让外地人占去。闹最大的，是不久前跟那伙外地人打架，谁叫他们欺负水螺的卖鱼摊。

老鼠家里人说，"血债"是绝对没有的。几个少年仔聚在一起，有时候拿把刀威风威风，也没有强抢过什么人，厝边[①]

[①] 闽南语，指邻居。

都看着呢。有女的就喜欢跟他们一块儿玩,但怎么能说是他带头作弄呢?对方都是自己愿意的。不知道里面是怎么说的,老鼠这个憨孩子,其实一点不机灵,把事情全揽了。他是讲义气,但不知道严打会有多严吧。大家都没想到贴出来的,是白底带红叉叉的告示。游街那天,大家拥去看。也有人在下面说,人家不是重罪,不至于要死啊。他家人到底是古意人,不知闹,不敢闹,还那么年轻,就枪毙了。

添丁一连几天,都梦见一颗子弹打穿自己的头骨。白日行路,总感觉后脑有东西飞来,随时要击中他。他跟家人说,自己跟老鼠玩得不多,偶尔打打牌。老鼠没有说出添丁的名字。老鼠没提水螺。也没提手下。老鼠什么人的名字都没提。但添丁还是害怕,屁滚尿流地跑去山区避风头。

八个月后,事情过了。八个月在山上的日子,添丁想好了自己的未来,拿龙眼核和芒果枝子诸般推演、反复论证。回到岛上,才发现许多事改变了。

首先是水螺消失了。添丁一回来就跑去找水螺,发现她不见了。一开始她也被抓了,后来被定性为受侵害的妇女,配合地给了供词,很快就放出来了。水螺迅速找人结婚,丈夫同是讨海人。水螺自此消失,有人说她一直住在船上,也有人说在对面大岛有时候会看到她,打扮得颇为妖娇,让人认不出。大部分人从未在小岛上再看见过她。本来就没多少人知道她,于是她越发透明,变成一股清淡的影子,被忘记了。

然后添丁发现,阿霞即将是自己的老婆。他回到自己家,一家人跟阿霞在灶台做饭，连狗都围着阿霞。她在中心叫这个切菜，叫那个递菜，身上围着添丁阿母的围裙。众人看见添丁进门了，把阿霞簇拥出来。她见到添丁，拨了拨头发说："来啦，坐着等吃。"就又返身进了厨房。

　　原来就在添丁跑路那阵，阿霞却精神起来，几乎每天都提着一篮吃的去添丁家。有时候是菜头、鸡蛋，有时候是北仔饼、蚵仔煎，跟着时令变化。添丁他妈开头总哭，后来也安静下来，回赠阿霞自己缝的物件。后来阿霞给女儿玉兔说起这段的时候，眼睛里分明闪着甘愿。她说了几句，然后又说起乱世佳人。就是在放电影的渔民俱乐部，他俩一起看的第一部电影《乱世佳人》。在黑暗中，阿霞越看越觉得，添丁长得像白瑞德。而且他跟别人风度不一样，到底是读书人，说话声音那么轻，贴在耳边细声细气说。他谈电影的时候，大段说着普通话，字正腔圆的样子，都没有自己那样的地瓜腔。阿霞觉得自己声音，怎么那么响，一不小心就能把空气炸开一个洞。不管说什么，普通话听来就很文雅。就连骂脏话，哪怕说的都是同一个部位，阿霞就觉得普通话的傻逼比闽南话的鸡掰温和很多。她想，自己能做郝思嘉那样的女人，就算是家里被炸塌了，她也能扯块窗帘继续撑起来。

　　添丁家里，早把阿霞当自己人。添丁后来开玩笑似的说，阿霞早就购买了他。一天一篮吃的，不容拒绝地购买了他。家人的明示暗示，都让他明白，婚姻是必须的道谢。更何况，阿霞准备开的饭店也需要人手。添丁的计划不再重要，继续活着才重要。添丁觉得，也行吧，本来就是愿意被摆布的人。女儿玉兔在回想起不同时候父亲和母亲的叙述时，会陷入迷惑，反正那是一个不在场的现场，拥有着过去记忆被现在记忆搅乱的证人。因此那个时空永远不能被准确地还原了，无法为现在的任何一方辩护。

某个吃完扁食汤的晚上，添丁带着阿霞爬上晃岩，岛屿的最高点。他那群朋友曾经在这里，把白色裰子衫绑在扫帚上，起劲地挥，也不知道在挥个什么。甚至有一瞬间，添丁说服自己相信了岛上的传言，或许老鼠没有被处死，他家人作出顺服的样子，其实早已经安排好了，执行的那天带着他离开了。平常当然知道，生活不会是这样的儿戏，可只要站在岛的顶点，总有不知哪里来的气魄灌满心胸，哪怕是现在漏风的心胸。他莫名地可以去相信一些自己想信的。

添丁装腔作势地说，满天星斗。阿霞感觉普通话里的这个词，说的是有一个巨大的斗，里面灌满了细碎的星星，好像钻石的粉末，然后大把大把地往蓝黑色的天上撒。他到底是读书人。她伸手指，你看，那菜市的钟楼发亮。

添丁抬头，长刘海糊到了油脸上，岩石上的风很大阵，从海洋吹来。他皱了皱鼻，最近有赤潮，鱼尸很多，蒸腾着一股死咸的腥味。水螺怎么样了，鱼肯定不好打。站在最高处看，这个岛这么小。但只要想，两个人就可以永远碰不上。他搂住阿霞。嗯，她比水螺更高大些。搂抱早就不够，他探手进去，阿霞身体更加暖热了。她"啪"一声抽疼他的手。

咱俩人什么时候作伙，添丁凑近阿霞耳边问。

死鲈鳗！她转身倚着栏杆，望着钟楼。

风声太大了，遥远的钟声都听不太清楚。阿霞自顾自喃喃，岛上人都说钟楼是吕宋富商盖的，什么富商，那时候还是个在街上给人剃头的穷小子。去吕宋，娶了当地绿眼睛的女人。那个女人，手指像芦笋，白白嫩，不像咱岛上女人的手，鱿鱼干一样，放进嘴里都嚼不动。他们夫妻俩挑着担子卖咖啡，卖杂货，卖蔗糖，就这样卖成了有钱人。

添丁好像没在听，他站在晃岩顶端，可以看见全岛红顶的砖楼在黑暗中变成暗暗的猪血色。楼里一方一方的小窗户，框住绵密灯光，一个个悬浮的家。阿霞还在说，说她想清楚了，要结婚。两个人一起，什么都能度过，哪怕是最难的时候。

三年后，添丁和阿霞有了女儿玉兔。

就在女儿十五岁那年，添丁跟回来教跳舞的水螺一起，离开了阿霞，离开了这座岛屿。

4

老公添丁和别人跑掉的那段日子，阿霞和女儿玉兔成了最好的朋友。

她们俩一起下决心，要过得比之前还要好。玉兔常常去海鲜饭店陪阿霞，阿霞也经常提前下班，带着玉兔去对岸逛街，顺便吃一顿麦当劳或者牛排。但逐渐地，阿霞发现玉兔总窝在她身边,不跟朋友在一起,就又很生硬地推开她,叫她别老黏着妈妈,别培养出什么恋母情结,去跟你的同龄人聊天去。去。她推玉兔的背,独立一点,她说,女孩要从小就学会独立。

玉兔的成绩,本来阿霞都不怎么看,稳居全班倒数第一。可后来玉兔的日子开始不好过了,因为阿霞紧迫盯人,花时间花钱给你娘往上冲,每一科都不能跌出前十名!能第一是最好!玉兔考完后,发成绩的时候肚子会剧烈地疼起来,发完卷子手心就会从冰变成热乎的。阿霞看到考卷,慢慢地越发有底气,在妈妈们的茶会上,特别是那些不熟的妈妈也在的时候,阿霞会大谈教育经,把玉兔的成绩一一报出来,让所有人都夸赞。那种得意的姿态,玉兔感到厌恶。

"你做什么都是为了你的面子!"玉兔长大些,不再沉默,对着阿霞吼。"死孩子,敢跟我使个性!"阿霞身高上还是有优势,用力把手边的书向玉兔砸过去,但也精准地控制着,没砸到玉兔身上。玉兔从此跟阿霞开始了几年的激烈争吵,最生气的时候,玉兔会把阿霞的毛巾放到地上用脚踩过再挂回去,阿霞会用力摔破一两个脸盆然后嗷嗷大哭。

年岁再过些,阿霞突然发现自己的女儿已经很久很久,没有轻轻依偎在自己身边,跟自己一起咯咯大笑了。女儿更多是抱着电话,跟朋友没日没夜地打,笑容和兴奋都在朋友们那里。玉兔还学会了自己热饭、自己做家务,独立得很。这不就是阿霞要求的吗?玉兔尝到了甜头,不再跟妈妈那么亲近了。阿霞开始有些后悔，用自制嘎吱嘎吱的牛奶刨冰、香味酸甜的草莓酱、最新的电脑和几张五月天演唱会门票笼络，玉兔也开始柔和下来些。

有一天，阿霞在客厅听见玉兔在念英语，一个词一个词一串一串地蹦，都是阿霞听不懂的，读累了就吃两颗葡萄，还去厨房用乌龙茶加蜂蜜，咕嘟咕嘟喝下去，继续念。阿霞慢慢觉得放心，玉兔以后长大了哪怕就是自己一个人，哪怕去很远很远的城市，也可以过好的吧。阿霞心中舒爽，躺在沙发上睡着了。

其实一直有个软软的阿霞，躲在杀气腾腾的外表下。

那是阿霞第一次在饭店里杀蛇的时候。那时候还是最初的海鲜饭店，主打生猛海鲜，吸引来了第一批香港客，人家要吃蛇，她也有备货，可是厨房里竟然没一个人敢动手。蛇是冰凉的，无声地蠕动。是她自己，脚上还穿着高高的皮靴，举高菜刀，狠狠给它剁下去，蛇的头，弹到了一边。

阿霞整了整自己歪掉的皮裙，厉声训斥厨子没路用，以后好好学着点！可当她自己躲进厕所时，软在地上，委委屈屈地无声哭起来，叼着的烟都哭掉在地上。这不是男人该干的吗，那该死的男人跑了，让她自己来面对。哭过以后，她就可以面不改色地搞全蛇宴、蛇皮烧烤、蛇肉炖汤、龙虎斗、双蛇入海、金蛇出洞，举刀剁小蛇，徒手抓大蛇，反正没有她拿不下的。

阿霞自己一个人，也要把生意做得吓吓叫。这么多年来，阿霞改了好几次生意方向。最开始，来饭店的顾客都是外国人，那就搞点半洋不洋的海鲜西餐。后来是港台人，要吃生猛海鲜，什么怪来什么，山里海里、长得越歪叽拽的越好。港台人走，上海人来，别的倒还好，就是超爱讲价，一条街比价过去，有的店都被逼急了，往外撵人。那时候阿霞当机立断，把海鲜饭店改成岛上唯一的咖啡馆，不用每天在灶台转，生意反而更好。再后来，高铁通了，各地的人越来越多，咖啡馆不划算了，拖家带口进来只点一杯咖啡，蛋糕也不点，五台手机还要一起充电，租金也疯涨。还怎么做嘛？后来阿霞开过芒果饮品、烧仙草、奶茶店，最后发现都干不过那夭寿的烧烤摊，小小一方炉子，几分钟就可以烤上一百串，客人拿了就走，也不用大场地。阿霞不肯做烧烤，累，也怕熏坏房子，最后干了民宿，偶尔还忍不住做饭给住客吃，等着大家夸她，头家娘，人美心又好。

添丁跟水螺逃离岛屿多年后，终于还是独自回来了。

回来的那天，他竟还有脸去敲原来的家门。家里一个人都没有，添丁在对街找了个房子住下。那时阵，玉兔已在上大学，二年级例行体检后，突然被医生叫回去。她经过进一步检查，就直接住院了。阿霞真的五雷轰顶，天天在医院里陪床，看着瘦成一把骨头的玉兔，自己偷偷在楼道里憋着哭。不知何时，孩子身体里竟然埋了这个定时炸弹，明明从小到大都把她照顾得小脸红扑扑。

连阿霞也不能否认，回来后的添丁，终归还是爱女儿的。玉兔确诊后，他忍不住哀哀抽，哭得上气不接下气。他还愿意去配对，给出内脏。只是医生说，那肿瘤盘根错节，实在不能切，只能把它控制住，越久越好，才是最好的方式。

后来在医院里，都说添丁是有孝老父——对女儿孝顺得很，对阿霞也孝顺得很。添丁自得其乐，每天帮着阿霞看民宿，还换着食材给玉兔做饭。他说，民宿和医院他都能一把罩。有一日，他给玉兔送完自己炖的菜鸭母汤，在仁爱医院楼下遇到阿霞。医院的小花园挺局促的，阿霞靠着那棵歪歪的小紫荆，玫红色的花瓣，像片薄脆的船，停在她的波浪卷上。她佝紧着。当年一颗多汁的木瓜，怎么变成了山核桃。添丁过去跟她借火，她轻咳了一口，伸出两根短手指，从屁兜里夹出打火机，甩给他。他点上烟，猛吸几口，忍不住问，你说，玉兔这样是不是因为我……结果被阿霞打断。店没人看吧，阿霞问。没，添丁说。那你还在这儿抽烟，阿霞说。以后怎么办，添丁还想说话。早不想这个了，不然怎么活到现在，阿霞低头看了看她那只金灿灿的表。添丁赶紧把烟掐了，扭身往民宿跑。她不是多愁善感的人，挺好。

添丁回民宿，认真地刷厕所，先用强力洗涤剂刷一遍，再拿消毒液擦，一只又一只晶亮的马桶，他把它们刷完，阿霞就不用操心这个。他突然觉得很踏实。他明白自己过去一直可以逃跑，是因为总有人给他兜底。他从老鼠身边逃走，从阿霞身边逃走，都觉得理所当然。他觉得自己尽心尽力地贡献了价值，陪老鼠找乐，给阿霞一段日子，依靠他们活着。直到跟水螺在一起那几年，添丁才搞明白，自己不是做生意的料。他瞧不上的饭馆，其实一点也不好做。他认真管理余下的钱，用股票让钱生钱，间或赚过几次，心情大好，但大部分时候跌得一塌糊涂，大概是惩罚。他知道自己活该，再用力抓住的钱，终究也用了个精光。

水螺是愿意在一起快活的人，这样的日子结束了，他俩也就完了。她把话说得很明白，很坦然，就像几年前面对她的渔民老公一样。添丁说再等两个月，我可以赚。水螺说添丁算了吧，别搞得一身债，不值得。然后她就出马，跟房东把押金全数抠了回来，还给添丁。到那城市第一年，水螺就能说当地话了，跟房东交涉从来都是她去，这最后一次也是如此。水螺收拾好东西搬走时，世界还拢在梅雨季的湿黏里，风一丝一丝绵延地吹，阳台的衣服发出隐约的臭水味。陶罐里种的发财树和芦荟歪倒，死于烂根。

水螺走的那天晚上，添丁独自坐在房子里。他把脚放在茶几上，珍惜地嗑着一包葵花籽，感觉轻松。窗台外的玻璃瓶接满了雨水，在水壶里咕嘟嘟地煮开，向空气里散出更多潮湿的丝絮。那只紫砂壶养得温润亮滑，添丁冲了一壶茶，倒掉，再冲，放进小杯子里，趁着烫嘴小口小口地喝。这里的人不懂茶，一缸一缸地牛饮。之前想做生意送人一盒珍稀好茶，竟然后来被拿去煮了茶叶蛋，添丁想起来就觉得好笑。好笑，但是心疼，钱越来越少的时候，他开始知道跟水螺的日子也在倒数。但花钱却越来越猛了，就像沙漏最后的沙子，总好像走得更快些。那天，他们轻易就买了这只昂贵的紫砂壶。慢慢倒数还不如快点结束。

添丁记得那一天，外面暖湿的风吹进来，他忍不住想，这风经过他的岛屿（那里有阿霞和玉兔），牵拖了满满的水汽，然后被这座城市困住，凝滞在这里就没完没了地下雨没完没了地下雨。他突然抬手。噗嗒！热烫烫的茶壶甩到地上。声音沉闷，并不脆，茶渣飞溅。晚上雨停了，纤细的月牙带着毛边穿透出来，随即被水汽晕染，又渐渐融化进云层里。这样的安静，会这样膨胀，对耳膜施加压力。她们过得怎么样？添丁在客厅角落里，抽出水螺本来打算大干一票的产品，据说是数百种细小的籽粒磨成的粉。一小包三十元管一顿，包治百病、长生不老不是梦。添丁自己从没舍得喝过，泡一杯来尝。哎，也就是浓稠版芝麻糊。他认真地字字阅读着产品背面的说明，绿色的黄色的漆黑的晶亮的种子，香气甜的酸的涩的花朵，森林阴影里柔软的黏腻的菇类，最后都成了粉末搅和在一起。他想起有一次玉兔上火，他拿来绿豆用开水烫了绿豆衣水给她喝，再拿绿豆仁用砂锅炖成糊，在冰箱里冻成冰棍，小女孩兴奋地舔了又舔。还有岛上那家花生汤，把花生捶了又捶，打出透明的色泽，再熬成一锅奶白色花生汤，加入细白糖，香滑，阿霞有时下班后会给他买一碗。还有糯米麻糍，黏糊糊在牙齿间纠缠，一家三口去看完电影后，买上一袋，回家配着茶吃。他肚子咕嘟嘟响起来，手里那杯粉末什么都有，但就是不管饱。走进厨房，厨具都落了灰，自己好久没做饭了。原来做饭不是负担，是爱好。

　　就是那刻，添丁决定要回去。哪怕要向岛上所有人低头认错，也不觉得羞耻。

月亮从南边的岛屿再度冒出来，是满月。玉兔坐在医院里，刚拿到添丁塞来的鸭汤，不知道他为什么变了。之前不管不顾，随便就走的父亲，现在又一副把她捧在手心的样子，很享受慈父的操劳定位。

玉兔总是把汤推给自己的男同学。这个高个子男孩周末经常趁没人偷偷来看她。有一天，他们一起听五月天的《憨人》，玉兔问他你听得懂吗？在岛上这么多年了，闽南话也只会说两三句。他会说谎，认真听啦。然后下一首就播《心中无别人》，还是闽南语。正是午后昏昏欲睡的时候，缅栀子的香气悬挂在风的尾巴上，窗台上的白猫都舒服得睡出鼻涕泡，男孩脑袋在逆光里毛茸茸的，跟着音乐摇晃。听到一半，男孩问玉兔，你听得懂吗？玉兔脸就红了。两个人没话，相对坐着怪尴尬，脖子酸酸的。

出院第五年，玉兔开始筹备婚礼，还是邀请了添丁。就当个美满的摆设好了。这些年添丁开始"吃老倒缩"，整个人瘦了下去。阿霞让他搬回了家里的地下室。添丁常跟人炫耀说自己好命，到哪里都得人疼。玉兔听了，发现自己瞧不起他，但也可怜他。

对于自己竟然会准备结婚，玉兔有时候还是不信。不到万不得已，结婚不是必须项。玉兔出院，跟男友在一起后，才明白家里三个人在一起不开心，不能怪自己。她跟男友在一起的时候就很开心，没那么容易生气。她小心地观察着男友的父母，不知道他们什么时候要袒露出真面目。一日他们逛街，吃饭的时候男友父母有些言语上的磕绊，走到饭店外面，他妈却习惯地伸出双手，扑住他老爹的一只胳膊。继续走。再没起吵架的话头。原来，夫妻相处可以这样。恩爱装不出，那种内里透出来缠缠绊绊的热乎。后来好多日子，男友的父母也有吵闹，但底子上总不肯互相伤害。啧，夫妻竟然可以这样。自己也是有可能，会有不一样的婚姻吧？

少年时，玉兔也曾偷偷想过结婚。像天恩那种男孩，两个人在一起，不说话、一起吃饭也很好。可是父亲走后，玉兔和天恩之间就永远变了。谁叫天恩是水螺的儿子。谁叫玉兔是添丁的女儿。两个人在操场或者走廊面对面遇到时，就能感觉到有一道深厚的海浪永远地横在他们之间。一开头玉兔还没有觉察，反而用力想抓住天恩，我们都是可怜的孩子，我们一样。可天恩愤怒地推开了她，把她一把推进泥地里，好像做错事情的是她。她也狠狠地抓起泥地里的石头，向天恩扔过去。从此他们俩在学校里再也不说一句话。长大以后，他们都觉得少年时的事情不值一提，也知道那时候的彼此攻击是一种无地处理的悲伤。都能理解。玉兔很少想起那支红色的油柑串，到底是小猫爱小狗的情绪，随意就消失了。

玉兔觉得自己早学会了接受。大约就在医院里，在针头找不到血管那时候开始。护士扎针，血流不出来，于是她们会把针在体内轻轻转。大概就是从那时候开始，玉兔开始学会了接受。这种品格妈妈身上有，没办法先天遗传，只能后天习得。接受，然后继续。接受，然后继续。就接受，如羊被牵往待宰之地那样接受。本来发现自己得病的时候，她就决定了自己一辈子单身，不拖累任何人。可等到大学毕业回到岛上，男友在她面前跪下来的时候，她立刻把手递过去，让他用那只偷偷买来的透亮钻戒套住手指。

如果你非要这样，我陪你。玉兔不知哪来的豪气。

5

天恩盯着海，觉得波浪是秒针，哗……哗的，往复推动着海洋中心的这座岛屿。泡沫牵出丝线，时间的发条乱窜。

岛屿已经变了，开始老化。

附近的避风坞前几年建了一座矮堤坝，当地人忍不住直骂憨呆，这只会让淤泥越积越重。果然船坞污泥渐深，到今年，几乎无法再停船。不过，船早也没有了。阿爸的渔船被收走了。收走就收走吧，天恩的阿爸，也在变化中。他长期浸泡在受难的沉默中，甚至一度变成了某种类似于石莲的植物，歪倒在墙边或是沙滩上。家里的渔船因为有段时间不怎么使用，生出根芽，每日被海潮和缆绳反复挑衅，反而有了声音和动作，变成类似于动物的东西，比如褪色、滑腻的白海豚。他和它都被剥夺了原有的样子。

天恩现在承包了菜市钟楼，改成了一家网红咖啡馆。他偶尔还会想起小时候，妈妈跟他说，晚上别乱跑，钟楼的指针在夜里是射出来的箭，为的是寻找、瞄准那个绿眼睛的女人。要是被箭误伤，人就会消失。那女人依然躲在岛上，只要一直躲下去，她就不会老也不会死。汪水螺女士，还真会胡编。

天恩今天打算回家最后收拾一下。这老房子终于中了拆迁，开出来的待遇优厚，左邻右舍都恨不得连夜搬走，生怕政府反悔。天恩和阿爸早就搬去街心公园一带了，这房子有一段时间没住了，旧围墙顶端缠满了石莲，看起来像是一朵朵饱满的莲花，可却一点香气都没有，呈现薄蓝紫色，覆盖着冷白的霜。门口的莲雾树，无人打理，都再也结不出粉红透亮的莲雾了，只有些青色细小的果子，还未成熟就全数脱落，掉在地上。

天恩站在海边仔细端详这房子，却没发现他的妈妈，汪水螺就在不远处的电线杆下看着他。她终于忍不住，叫了一声"小恩"。天恩的背突然拧紧了发条，更快地向前走了。从太平洋来的风，用力揉乱他的头发。

汪水螺怎么又来了。这十年来反复降临的幽灵。她总是肆意横行。她每次都突然袭击。天恩有些迷惑，究竟她是真的存在，还是自己脑子里的幻象。今年她回来过两次，一次是回来宣传神乎其技的气功课，另一次是要天恩加入她的白茶事业，包治百病。天恩他爸虽然不见她，但总会叫天恩看着给些钱。可她一次也不要，她说她要的不是钱，是要他相信跟着她干，有前景。天恩没想通，她怎么可以这么理直气壮。她跟人跑掉的这十年，不知道换过几个男人，她的名字成了天恩在学校打架的理由，一直到去岛外上大专才消停。她从不想这些，在天恩面前就是不停提要求，然后不停地被拒绝，到最后反而似乎是天恩跟她在闹别扭。

"你不管我吗？小恩！"

"有完没完，又被哪个甩了？"

啪嗒一声，天恩回头，才看见他妈坐在淤泥里。作甚！摔倒了？也可能是新一场表演。只要她想，她就能得到注意力。汪水螺香槟金的纱裙上裹满了黑色黏腻的泥，那双皮鞋早就陷进去了。她双手撑着地，脸也蹭脏了。这些年，天恩第一次这么凑近她的脸。才发现她的脸上有浓厚的粉，堵塞在细小的纹路上。

"你年纪也大了……"天恩没有说下去。他看见水螺的眼睛木了一下。天恩突然想起自己小时候，用尽了全力，把玉兔推进泥水里，她的白裤子也是这样浸透了泥水。玉兔也是那样呆呆地盯着自己，更多是害怕，连哭都不敢哭——那时候，如果没推她就好了。

他拉起眼前那个黑糊糊的女人，回到旧家里。五年前，玉兔她爸就先回岛上了。知道他们过得不好，天恩发现自己竟没有觉得开心。开头几次在岛上遇到玉兔她爸，天恩总是在他面前吐口水，可那男人笑笑的，又老又窝囊的样子。他跟自己长久以来记忆里的、想象里的，长得都不一样。跟在黑暗的梦里挥拳的，被自己打得头破血流的那个人，长得不一样。天恩后来真的给过他几拳，但他顺从地倒下，一言不发。天恩也曾经在他经过的时候，往他脑袋上浇过一整桶拖地脏水。但他连一句回骂都没有，脸上还带着满意的笑容。报复反而让那老家伙心安。恨意没地方发作。岛很小，后面老要碰见，天恩于是跟他达成了某种互不干扰的默契。而今天，他发现妈妈也发蔫了，说不定，就能被驯化了。

洗发香波的味道隔着浴室潮湿的雾气飘出来。要是妈妈没离开过，现在是不是也就是这样，跟个孩子似的唱着歌，洗着澡。小时候，妈妈跟天恩玩，说我来给你表演一下。然后就这样唱着歌，烧开热锅，从水盆里捞起两只蹦跳的虾蛄，在锅沿按住它们的头，却让它们的身子泡进沸水里，虾蛄拼命地挣扎，蹦跳，身体不断弯曲，像抽动的鞭子，最终被固化下来，熟了。妈妈哈哈大笑，天恩就试着跟着笑，但心里却觉得难受，脸也僵着。还是算了，都倒进去吧，他说。妈妈还是乐此不疲地演示了两遍，直到他忍不住哭了，才一次把剩下的都煮熟。他还哭，妈妈就戳了一下他的脑袋，小恩，其实我真的不该当妈。

她说得对，其实她真的不该当妈。他早知道了妈妈偷偷试过要去诊所杀掉他，在他未降生之前。阿嬷说是爸爸发了大火，妈妈才把他留下。

天恩随手收拾着零星剩余的东西，这房子再过两天就要拆了。大部分家具都不打算要了，那么旧也卖不到几个钱，整理到现在，大概也就装了两小袋该带走的。突然，天恩在翻弄书桌时，掉出来一个包了又包的东西，一层又一层的布，打开后是一层又一层发黄的纸巾，最中心是一枚心形的晶体。像是这些年心脏流出来的液体，所有的愤懑和不快，都凝结在这块微小的、颤动的淡紫色透明石头上，被他多次握在手心。可他竟然忘记了它的存在。再度看见，想了一会儿，才想起是什么。

那是天恩妈妈走的那天早上，玉兔他爸来了，塞了一大袋钱，天恩爸爸不发一言地收下了。反正水螺要走的，收不收钱，都要走，收下来可以养小恩和老母，他爸爸后来是这么解释的。小恩，我会回来看你。他记得妈妈跨出门楣的时候，正是中午十二点，岛屿上钟声最漫长的时刻，她回过头来说了这么一句，笑容天真。随后脚磕到门槛，凉鞋上掉下来一块暖紫色的心形塑料。

少年时的天恩把它紧紧地握在手头，想的是妈妈妈妈，我最爱妈妈。妈妈，我最恨妈妈。他想起妈妈抬动手指，让一颗颗细小的砂糖掉进他嘴里。他想起妈妈推他肩膀，说干你老母给我走开！他看见鸽群绕着岛屿飞，白的灰的在天空中的影子，黑的银的在地上的痕迹。绕着，跑着，划动着。海浪推动着。他一年年拔节长高，胡子穿破下巴，鞋子顶出脚丫，他长大了。

浴室的水声停了。水螺在轰隆隆地吹头发。那台电吹风，已经快坏了，发出拖拉机一样的巨响，却吹出细小的风。水螺一边吹，一边在虚空中投掷了一句话，小恩你也该谈恋爱了！

可这句话却叮咚坠落在地板上，变成细小的气泡，碎裂了。因为听的人不在。天恩早在十分钟前，就背着工具包冲向钟楼咖啡馆。

水螺走出浴室，闻到这个家有股气味，是鱼在阳光下晒出来的味道，但又混着一股陌生的潮气。他们父子俩或许早就不在这里住了。她想起天恩的爸爸，每天早上会到菜市卖鱼，话很少，不玩花招，直接给的就是实价，要是还有人讲价就一言不发，也不看对方，直到对方假装要走，走掉，对比了一圈又回来，还是原价掏了钱。他用的是沿绳钓的技法，钓上来的深海鱼好得很。老实人，一辈子是老实人。她看这里海边已经没船了，估计他也不再打鱼了。

浴室里连牙刷都没有，卫生纸上一层灰。这么多年了，怎么也没再娶，憨呆。

"呱呱"，手机传来新信息，水螺打开，熟练地回复，请求对方陪她一起去挑泳衣。这次是个KTV里认识的台湾人，老婆在对岸，自己到处玩，喜欢推拉的游戏。

6

天恩觉得今天就是那天，要做他一直以来想干的事——拆钟。

妈妈还在浴室里洗澡，他背着工具冲向菜市咖啡馆。其实那个大钟早就没声了，岛上无人在意。现在的人手表都不戴，哪里需要一只报时钟？钟声哑掉之后，人们才发现根本不需要它。可是天恩那年听了钟楼的故事，就一直在想，那个女人去了哪里？

那时候，天恩的妈妈水螺还没走，他就跟妈妈打赌，那个钟里肯定有一截楼梯，所有人走到里面，都会去到自己想去的地方。妈妈却说，钟里面有一片海，那个女人其实就躲在大钟里，所以富商和时钟都抓不到她。

天恩说以后他要把那个钟买下来，就知道谁是对的。妈妈说小恩要是赢了，你母带你去台湾玩。天恩从小就想打开那只钟。岛上几乎每个人，对那只钟都有着自己的一套故事，但打开它，或许就解开了一切的谜题。

今天咖啡厅几乎没客人，玉兔和男友带着婚庆公司在一旁看场地，规划着这里布置个甜品台，舞台做成半圆形，用青苹果与百合花点缀。天恩蹲在角落里，摆弄那只钟。

没想到你肯在这里办婚礼，男友偷偷跟玉兔说。

我在这儿又没做错什么，有什么好回避的，玉兔手插兜里爽快地走着。玉兔站在场地里，还是会想起当年的舞厅。那时候，水螺老师还不是巫婆，是个漂亮女人。她会穿裙子，她说话轻软，她不像妈妈阿霞那么凶神恶煞。不对，她就是个笑面巫婆。玉兔想起水螺有一次趁添丁不在，捧住玉兔的脸，笑盈盈地跟她说，小玉兔你真幸福，小玉兔对不起。那大概是爸爸跟她逃走前几天。这女人为什么可以那么理直气壮，一点都不觉得自己理亏。

前几年，玉兔在轮渡遇到过汪水螺。玉兔见她鞋跟掉漆，层叠的蛋糕裙还在努力装年轻，头发已变得稀疏，虽然烫过小卷，还是没能遮住中心的大片头皮，隐约露出来。汪水螺没买票，试着趁验票员不注意，快速走过收票处。玉兔上前把她往后推，说，老阿婆，让开点。然后头也不回地冲上轮船。汪水螺被拦下，没有跟上船。在船上，玉兔命令自己昂着头，死死盯住汪水螺，幸好那天自己穿得很精神，看起来很幼齿，而汪水螺，就是个龋齿。她要让汪水螺看见，她现在过得很好，比她好，自己全家都很好。汪水螺好像认出了她，竟然缓缓地对玉兔笑起来，然后在岸边对她摆了摆手。检票员嫌汪水螺碍事，把她推开了。玉兔绷着脸，转过身上了轮船二层，坐在塑料椅子上，手指紧紧抠住栏杆，然后才慢慢泄了气，有点诧异自己究竟在干什么，这样对待汪水螺，自己反而更难过。

　　差不多安排妥当，玉兔和男友二人坐到天恩身边，看他摆弄。玉兔向来对机械着迷，特别是钟表。她一直感觉，菜市场这只无声的钟好像还会发出咔嗒咔嗒的声音。有人说这声音是来自建筑本身热胀冷缩，嘎啦嘎啦的。但她经常在这菜市四周转，也找不到声音来源。玉兔记得自己在医院里的时候，也听到了这种咔嗒声，应该是奶奶去世前那两星期。那时候菜市的钟就已经哑了，但她觉得脑门里时不时都能听到钟运转的声音。她做梦，看见岛屿在旋转，大潮咔嗒咔嗒地向岛屿扑，来一次，卷走一两个人。结婚后，她要跟男友绑成一个人了，她也怕自己有病的身体，会提前被卷走，牵拖到爱人。有时间在，有死在，什么好事的终局都是悲剧，可是人由不得自己。

　　啪。啪啪。那只钟好像在微弱地响。

　　玉兔早就想看看，这钟里面到底是什么样。一直以来，给岛上时间划范围的就是这只钟。受不了天恩在那里慢吞吞，玉兔让男友按住外壳，拿起螺丝刀用力搅，天恩合力伸手扒，咔嗒！大钟冷白色的外壳终于打开一片，里面有些许的细尘涌出来，被咖啡馆透下的阳光晒成了白纱。他们下意识捂着鼻子，一只绿莹莹的蛾子在眼前飞过，翅膀像金属片一样闪闪发光。三人凑在一起，等灰尘落定了往里看，里面黄铜色的齿轮零件却异常地新。天恩随手拿布轻轻一抹，机芯亮晃晃的，竟能映出他们三个的脸。

里面，也没什么嘛。天恩说。

天恩本打算把这只废钟拆碎了，一只只零件平铺摆开，放在咖啡馆做装饰。可惜工具不够，天恩把钟复原，说今天就先这样。他要去买睡衣和吃的再回家。

告别天恩，玉兔和男友围着菜市场无目的地转，前后一快一慢地走，就像分针和秒针。玉兔突然停下，靠着男友，感觉着他温暖的身体和柔软的帽衫，她的头发粘在他身上。下个月就要结婚，玉兔心里突然涌出愧疚感，爸爸抛弃过妈妈一次，自己如今又要再抛弃她一次。无论如何这些年，是她俩一起过的。玉兔要结婚，要从家里搬出去，房子在晚上就会空下来。三个人、两个人的房子会有声音，一个人的房子就很安静。她这时候才开始庆幸，爸爸终归回来了，至少房子里不会只有妈妈。玉兔想起自己和男友带着爸妈去吃饭的时候，妈妈总要跟在玉兔身边，四个人形成两行奇怪的队伍，第一梯队是男友，玉兔，妈妈阿霞，第二梯队是独自跟在后面的爸爸添丁。玉兔越是依恋身边那个温柔的男孩，妈妈就越显得突兀。

玉兔明白，要结婚，就要心狠，把什么愧疚感都咽下去。

自己咔嚓一声，要剪断阿霞连在自己身上的脐带，这样才能有自己的小家。玉兔跟男友最后挑选了岛外的房子，不必商量，直接通知了阿霞和添丁。阿霞想反对，玉兔告诉她，已经定了，这就是我们俩要的家。阿霞跟玉兔吵过几架，爸爸添丁两头劝，趁机站在离阿霞更近的地方。几次冷战之后，阿霞是敏锐的人，开始慢慢调整自己的位置。双方家长见面的几次聚会里，阿霞都拉住添丁，带着笑意站在一边，跟对方家长相谈甚欢。接下来，会好的吧，玉兔想。

突然间，玉兔听到菜市方向有钟声响起。玉兔和男友对视了一眼，不是幻觉。刚才他们胡乱鼓捣了一番，难道那大钟又开始启动了？男友说，真是怪事，这钟都停了不知多少年了，我都忘了岛上有钟。玉兔跟男友说，你小时候没听过这钟楼的故事吗？我们这片海里，有个绿眼蚌壳精，她一直想逃开海里的龙母。偶然，她被吕宋回来的富商救起，就嫁给他做太太。龙母上岸找她，富商为了留下女人，就出面跟龙母比赛。龙母说，她拥有的海是最大的，你能有什么比海更大？商人说，我有。他建了一座小小的钟楼，钟楼提醒着时间，时间覆盖着所有，比海还大。钟楼在，龙母就退下了。男友揉了揉脑袋，说，哦，蚌怎么会有眼睛？这傻小子真可爱，玉兔拉起他的手。

钟声里，夕阳有股湿答答的气味，分泌出柔软的膏体，抹在玉兔身上，暖的。玉兔好像看到自己穿上长摆尾的白色婚纱，气势十足，仿佛奔赴一场葬礼。走入会场的时候，钟声也会响起，添丁乖乖坐在阿霞的身边。有点可怕吧，他们都完成不好的题，现在也要递到自己手里。更何况，自己当年，曾经跟爸爸合谋，对他的游离闭口不言。可是玉兔也相信，自己即将会看见，牧师伯身边男友发亮的眼睛，他肯定忍不住哭。但玉兔不会，她会对他笑，对所有人笑。虽然她走路的时候，老觉得有具不知由来的尸体，躺卧在鲜花和钟声的边缘。但她会踮起脚，跨过去。

对，即将会有一场婚礼，婚礼上爸爸和妈妈坐在一起，自己和丈夫走到一起。故事可以重新写。婚礼上会有钟声，钟楼里的女人绿莹莹的眼睛会熄灭。那一晚，她的梦里，看见数年后，花朵如烈焰缠满钟楼，延烧到她的身上，于是腹部中间长出细密的疤痕，里面像一只橙子样被剖开，反复掏出生命。她看见爱人，从光里走近，背后是连接天空的一层层巨浪，即将扑来，却不能把他们淹没。

但愿如此。

7

钟声突然响起的时候，天恩吓了一跳。仅仅只是把钟拆开又合上，它竟然就恢复了转动？还是那时钟里的女人用镜面躲过了他们三个，再度成功逃开，所以钟继续了生命？

此时此刻，他刚刚在木棉照相馆楼上的睡衣店里，买了一套红色暗格的睡衣和两双软袜。或许这次，妈妈可以留下、睡去。他还打算买点吃的，晚上总不能让她饿肚子。钟虽然响起来，时间却不对。现在是晚上六点半，那钟却敲了十二下，旁边的人听到都摇着头笑起来，钟在起疯。没人会相信现在是中午十二点，半个月亮像只白孔雀停在空中，只有合乎习惯的钟声才会被尊重。天恩想，如果钟真的能给时间套上缰绳就好了。但好像这只钟反过来，让时间给驯化了，像个迷糊的老人。天恩本想着要不要回去修理，但岛上早就没有修钟匠，从对岸请过来也要明天早上了。他索性不管，发了条微信，叫代理店长关店时把门锁紧，别让钟声吵到居民。继续走，从菜市二楼走到了一楼。钟声停了，报时歌开始唱起来。

天恩太习惯于听这首歌了，从小到大，每天十几遍。现在隔许久听，仿佛是第一次，不仅听它的旋律，而且第一次认真听见了歌词。歌者唱，他站在岛屿晃岩眺望，只见云海苍苍。不对啊，那九十米的小石头上面，怎么会有云海呢？歌者唱，他看着对面的岛屿，远处的岛屿才是他的家乡。原来，歌者的心，永远不在这里。这首歌虽然是以这座岛屿命名的，可是从头到尾，怀念的，深爱的，想快快见到的，一直是那远处的另一座岛。天恩第一次发现，这首歌不属于这座岛。

天恩觉得自己有些可笑，这歌词又有什么好在意。他想认真听完，但歌者声音越来越小。天恩索性站在卤料摊前面停下，细细地听。他突然发现，唱着报时歌的女人，有着跟妈妈一样的声音。或许那个绿眼睛的女人，就是歌者，就是妈妈。

歌声停了，他提着卤猪舌、五香条和女士睡衣，大步往家里走。他想跟妈妈说，留下吧，这次别走了。

钟声突然响起的时候，添丁还在街心公园找猫。

他近来养了只一直要跑掉的猫。金色，幼小，布满闪光绒毛。他刚结婚时，就跟阿霞说过，想养只猫，叫沙茶，再养一个女儿，叫玉兔。现在终于有了这只猫，玉兔也会过来摸一摸它，露出娇憨的样子，还像个小孩。这只猫对添丁脾气很大，动不动就咬他一口，挠破他的手，也不是第一次这样跑出来了。

钟声敲到第十下就有点走音了。添丁看到那只小猫，颤巍巍地躲在石凳下。他咕咕唧唧地哄它过来，把它轻轻捧在手上。早点回家，不要到处乱走了，他对猫咪说。他今天知道水螺来岛上了。准确地说，他闻到她了。现在只要感觉到她的气息，第一反应就是远远避开。他没想到阿霞会让他重新有地方住。现在民宿的生意好起来了，自己的女儿也要结婚了。阿霞昨天吃马蹄酥，还给他留了一份。其实本来也不是给他的，只是下意识地买多了。添丁听见阿霞叫了一声"来吃哦"，红砖楼里空空没人应，那语气也不是在叫他。她还不习惯女儿不在吧。添丁觉得这空旷催逼他，他从房间里走出来，说了声"哦好"，就接过来吃了。马蹄酥的味道，让他想起他们俩新婚那天。朋友们来闹洞房，添丁和阿霞准备了糖果，还奢侈地泡了速溶咖啡来招待。隔壁的老人刚刚失去妻子，没能参加他们的婚礼，也不好意思出来道贺，阿霞走过去，塞给他糖果和鸡蛋。客人都走了以后，阿霞和他才发现屋顶漏水,床铺中心被打湿了一大块。他们俩干脆在床上放了一只大红搪瓷盆,滴答滴答作响。阿霞拉着他,躺在沙发上,忙了一天,两个人到晚上一口正经饭也没吃上,又实在懒得去煮,干脆分吃一大包马蹄酥。他们同时舒爽地长出了一口气,笑盈盈地看着对方,接下来是两个人的日子了。他们俩在落水的屋顶下,听着脸盆咚咚声,依偎着沉沉睡去。

钟声突然响起的时候,阿霞正在木棉照相馆帮女儿取婚纱照。

阿霞听见钟声,想起添丁在晃岩求婚的那天,他俩走到了添丁家准备的新房,在震颤里一起度过那个夜晚。白天,两人甜腻地牵手,偶然路过木棉照相馆。阿霞只多看了一眼,添丁就心领神会,硬拉她进去。老板问拍什么,他说婚纱照。那时候新冒出来的项目,还能穿上那一身白色婚纱。阿霞满心欢喜,觉得款式跟郝思嘉那身大裙摆一模一样。老板娘还给她戴上了两只沉甸甸的玻璃耳环,让她捧着一束塑料玫瑰,阿霞的眼睛闪闪发光。你老婆水当当!老板娘用手肘捅了捅添丁。添丁换上了黑色西服,笔挺地站了过来。

照相馆角落里竟然还摆着当年阿霞和添丁的照片。阿霞许久没看过这照片,现在才发现那玫瑰歪瘫瘫的,而且婚纱布料怎么跟蚊帐似的。鸟枪换炮,添丁那时候换上这西装还真有点人样。她仔细看,才发现那西装口袋还插着手绢。装得挺像。

钟怎么突然被修好了呢。钟声敲打着阿霞的头壳,她突然想起另一条手绢的主人。他为什么不在她结婚之前来，也不在老公跟水螺跑掉之后来，偏偏在那中间出现。那天是包场的全蛇宴，她忙累了走出来，站在海鲜饭店的三角梅花树下抽烟。这树很旺，花一股一股冒出来，比叶子还要多，稠密地压在一起。路灯都穿不透这浓烈的花盖，阿霞站在枝下阴影里。那个男人走来递烟，还帮她点火。饭店里面是已经酒醉开始喉头滑腻的人们，他却很清醒。他俩没说话，站了一会儿，然后八点钟的钟声响起来。今晚最后一次敲钟了，他说。八点钟路上都没人了，在我们岛上算是很晚了，她笑，忍不住把手搭在他肩上。他迎合着，吐出烟雾，慢慢把手放在她的短裙下面，一点一点往上，越抓越紧，几乎掐痛她。吃酒仙，免在我这儿起疯！阿霞用力拨开他的手，咚咚咚走到后厨，用力控制呼吸。她悄悄躲到鱼缸后面，发现心脏还在怦怦跳。

　　他总照顾阿霞的生意。你老公呢，怎么总不在这儿帮忙？这个男人来来回回问过几次这类问题，眼带笑意，一直锁定她。头家娘，跟我免辛苦，他劝。喝酒面红红时，他也试过牵她的手，抓到两次，不超过三秒。戴翡翠金戒指的男人，阿霞见多了，可他身上有股危险的肃杀之气压着，一点不俗。阿霞承认自己的心魂也被他勾去少许，只是最终压平了，像张手绢一样薄。

　　最后的一个夏天，他独自来，没带生意伙伴，点一盘虾姑簇，一碗鲎卵炒蛋配酒。他让阿霞陪吃，吃完了还抽出西装口袋里的手帕给阿霞擦嘴。阿霞没动，许久没男人如此怜惜地触碰她的面颊。可稍后她还是起身,说,我老公和女儿还没吃饭,我先去送饭,你慢吃。她大概是说了这话,打包一大盒炒螺片和卤面逃回家。玉兔和添丁都觉得奇怪,她从来不送饭回家,总是说忙都忙死了。手绢,他没拿回去,但他再不来阿霞的店了。偶尔碰上他到岛上招待客人,已经换了别的饭店。他有礼貌地跟阿霞打招呼,善意提醒她,现在客人喜欢去带KTV的歌舞餐厅,阿霞的饭店该重新装修了。阿霞点头,回家后,想起自己还留着那条手绢。找出来,下次见面一定还给他。可那之后,他再也不来岛上了。对了,那手绢放哪去了?等钟声停下的时候,阿霞已经忘了。她叹口气,终究还是当了个好女人。好女人就跟脚踩的地一样,踏实又引人遗忘。她又想起添丁,她被添丁抛下是种不幸,但这种不幸让她确认了爱的存在。

钟声突然响起的时候,水螺穿着半干的衣服站在航船上。自从有了儿子,水螺的生命就有了度量。离开他,自己的时间好像就可以静止。回来看他,就会发现时间在他和她身上都建造或者拆毁了些什么。今天,她看见自己的儿子有些变化,他的手爆出来冷硬的筋络。洗完澡,她看见桌子上晶晶亮的一颗塑料心。她轻轻拿起,觉得自己的心好像刚烤好的馅饼,呲啦冒出柔软的白汽。太危险。她把塑料心掷回桌上,冲回浴室抓起湿答答的衣服,用吹风机烘到半干,急忙忙地逃跑。那种突然要涌起的东西,将会是对未来的束缚,类似于孕吐。所以她逃,一定要逃。她什么都没拿,好像根本没来过。她总归不能留下来当妈。

船开起来了,钟声就听不见了。

少年时,水螺就想逃离海域。会腻,生命里出现太久的东西她都会腻。老鼠,添丁,天恩他爸,久了就变成一段无尾巷,走不下去。或许她在人群中依然探寻的是一片无尽的海域,这个意义上,她知道自己永远离不开海了。唯独她儿子,是生命中永远新鲜,永远变化,永远不腻的那个。或许就因为她跟自己的儿子不熟。他甚至没有再叫过她妈妈,她反倒觉得自在。她希望自己不用缠绊他的人生,就像他也不用来叫她负责。云在天上迅速滚动,海风愈大,把盐分拨进眼里。水螺只得往船舱走。这老派的旅游船上,旋转着灯球,任何人都可以拿麦,唱歌。水螺的脚步如同鼓声,她走上去,她随意唱:

> 你不要对我望
> 黯淡的灯光使我迷惘
> 你不要对我望
> 将来和以往　一样渺茫
> 就算你　就算你　看清我模样
> 就算你　就算你　陪在我身旁
> 也不能打开心房
> 你不妨叫我神秘女郎

有只亮晶晶的蛾子从灯球的乱光中朝她飞过去,停在她扶着麦克风的手上。她轻轻一挥,蛾子扑簌簌地又飞起来,在光线中抛撒粉末。

钟声突然响起的时候,苹婆、芒果树、紫荆、木棉、莲雾树轻晃,岛屿上数万枚叶片被钟声敲击。砖墙上的猫,停止拨弄爪子,微微偏过脑袋。浅滩上的螃蟹,踩着节奏走成一条虚线。

钟声突然响起的时候,岛上的人们纷纷抬起头,停下了手中的工。

送王船

1

阿母说自己生是渔民人,死了也要扔海里。

她不知道,现在骨灰坛想入海,没那么简单,要统一调配船只,在规定时间规定海域才能海葬。人家说了,啊不然海水浴场是给活人还是死人游泳?不然渔船出海捞活鱼还是捞死人?

哥哥大炳说,干,管那么多,阿母要在爸纪念日这天入海,就这天。要扔在小时候打鱼的地方,我们就给她做到。有些人没种就别去。

明明只有弟弟阿彬还保留一只小舢板。阿彬说就你不顾不管,大炳你这死肥猪,光出一张嘴,早就不是渔民人了,还不是都靠我。

阿母不在了,大炳和阿彬这兄弟俩多年不见,一见面就吵架。哪怕闭了嘴,内心也在互相干谯。只是无法干对方祖宗十八代,因为是同一套祖宗。亲兄弟,恨得更深。阿母死前最不放心的就是这个,所以千交代万交代,两个人相体谅,一起好好给她放海里。

结果偷偷摸摸出海没一阵,兄弟俩就开始相打。

一开头是大炳先出拳的，他块头大："像你这款，我一出手就多费一副棺材！"阿彬体格精壮，人家都说他是"铁骨生，龙骨硬"。大炳出拳打他，结果手更痛。两拳后，阿彬反击。大炳只能蹲着挨揍。肉乎乎的大圆脸被按在木头船板上，全身脂肪几乎被打碎。

"免打了！"大炳求饶，从船头爬到船尾。爸说过，船头打架，人爬到船尾就算认输，就不能继续打。再打，就要走衰。可是阿彬竟然不管，估计他已经一衰到底，百无禁忌。

"没空跟你答牙！"阿彬没有放过大炳的意思，哪怕大炳龟缩在船尾。过了这么多年，爸欠下的钱，可都是他和阿母一点、一点给还上的，他照顾妈到百年，临了大炳倒是最后一刻的床前孝子，阿母的房子还大剌剌要分走一半。干！

大炳说自己走是走，每月给阿母寄钱从没断，不然怎可能那么快还上钱，还换房子？可是谁知道啊？大炳说的话有哪句能信？阿母死了，你倒是在这里给我装老板派头！两个人加起来一百岁了，但打人的阿彬嘴巴瘪着，委屈得像个少年。大炳砰砰砰一拳拳忍受着，无力招架。

"别搁打了！死老猴，好好跟你解释，你还不听！"大炳试图站起来。打是打输了，但阿彬永远是杀人犯，害人精！大炳站起来的瞬间，脚底一滑。扑通，他歪进海里。大炳太重，船太轻，被他这么一扑腾，就倾斜倒扣过来。骨灰坛"咚"一声入水。阿彬反应不及，也掉进水里。

那一瞬，大炳在哀爸叫母，而阿彬感到一阵暗黑。再睁眼，阿彬已在海中，手脚自觉地推着水。他四顾，大炳和船已不见。没良心的歹人，肯定又是不管不顾地走了。

正是退潮时阵，浪不停推，天上的云安静。不知何时，海面突然起雾，那种浓密的奶白雾气。刚才阿彬光顾着跟大炳打架，都没注意到周围的风变得又湿又冷。阿彬想向岸游，却根本不知道岸在哪。空气中有一种铁质和油混杂的气息，不如海浪的气味那般自然，令人不安。

2

海浪突然剧烈起来，有一瞬，弟弟阿彬觉得是在雪山里穿行，一层层厚雪涂抹的山巅在眼前抖动。突然，身后有一股温暖的浪，好似阿母已融进水里，伸出女人的软手，轻推阿彬的肩膀。他回头，看见雾气中过来一艘船。

阿彬大声呼救，船上却无动静。定睛一看，那船穿过雾气越靠越近，船头是个圆胖的橘色狮头，眼睛是两丸翠绿的亮球，有神地盯着阿彬，狮子下巴还有绵延的红须，在水里扭动。船上全无彩绘，似乎还未完工。船中央是两片白帆，写着"一帆风顺"和"合境平安"，船两侧插满桃红的三角旗。

阿彬一眼认出，那是"王船"。

可这里怎么会有王船？而且这王船模样有些怪。他开始感到头晕，手臂生疼。干，不管了。来不及多想，他怕自己在水里要抽筋，赶紧往王船上爬。

好不容易爬上去，阿彬下脚的时候被竹签子扎得脚疼——船上插着密密麻麻的纸人，个个外形完好，用竹签固定着。但有不少被水冲掉了五官。帽子、头发，金的领子、银的头饰，男的手上抓着微小的发亮的刀兵，女的轻轻举着纤细的花。这就是船上所有的乘客，除此之外没有了。

这事奇怪。

讨海人都会唱那首歌："天黑黑要落雨，海王船要出岛。阿爸出海去讨鱼，阿母烧船送王船。一送金银和财宝，二送粮草摆酒席，三送神明去护保。"古时候王船还会推入海里，现今都直接在海边烧掉。每隔三年，渔村都在涨潮最满之时，在仪式的最高点一举焚烧精心准备的王船。庆典就在明天，阿彬早不参加送王船了，可时间是绝不会记错的。更何况，这船没放祭品，不像是已经办过仪式的样子。莫不是那突然起的怪风，海潮拍进停船的地方，把这船直接放到了海上？

船没桨，本来王船受造，就不为航行。唉，王船。阿母总爱在渔村工棚里绘船，债还清了也扔不下这门手艺。阿彬不肯阿母老来辛苦，总不让她去劳碌这个。阿母也乖乖听话，说是改成每天出去跟姐妹们话仙①。谁知清闲日子没过多久，阿母就一病不起。

雾气愈重，凝结成一颗精密坚硬的珍珠，把阿彬封在里面，连太阳和月亮也都灭没了。阿彬突然想起昨天在梦里见到的那粒水晶珠，里面大雪弥漫，一只满载的船停在海中心，

---

① 闽南语，意为聊天。

动弹不得。

正想着,风突然有了肌肉,爆发出力量,推船行进。阿彬趴在狮子船头,突然看见远处竟有个灰色岛屿,散发点点光芒。他高兴地叫起来,可当船漂过去的时候,他才发现光亮早已熄灭,那里什么都没有。唉,海市蜃楼。

阿彬坐在船头。

雾气带着股焚尸炉的味道。天空苍白,世界是泡影。骨灰样浓密的雾,从海潮顶端生长出来。此时此刻,隐约的脆弱风声,海水贴着船身黏浊的声音,海浪的泡沫和低垂的云朵互相研磨,混杂成一种绵密的吟唱声。阿彬发现自己也开始哼着相似的调子,这些声音就这样无知无觉中进入了他的身体。那更像是在万籁俱寂之时,耳朵会听见的一切受造之物的叹息。唉。唉。

眼前的这些,让他怀疑,难道自己进了地狱?不,自己是死是活都不确定。初冬季节,阿彬竟然感觉到炎热和干渴。他试着扑通跳入海里,可是不管如何往下跳,他都会跳回船上,脚被纸人的竹签插痛,最终还是踩断了一个纸人的头。好像世界就由连绵无穷尽的船只组成,垂直接续着,没完没了的地狱。

他跳了又跳,跳了又跳。他朝大海吐口水、撒尿,大海全都接纳,可就是不接受他本人。

他试了一阵,精疲力竭,在寂静中战栗。恐惧消减之后,他又感到愤怒。我口渴了,给我水喝!我饿了,给我东西吃!他终于忍不住大吼着,像一位债主。可是船似乎停泊在雾气的中心，他哪里也去不了。他有个预感，有人会来。通常有了这样的感觉后，就能等来点什么。

什么也没有。

3

哥哥大炳发现，即使在海里，他也能顺畅呼吸，不觉海水呛人。身体被海抱着，温暖、舒服。太阳在头顶，如同层叠摇摆的光耀葵花，不害物，不伤人。

他试图朝太阳上浮，靠近水面的那刻，用力一蹬，想跃出海洋——但跃出之后，自己一头扎进的，还是海洋。他试了好几次，仿佛两片同样的海互相接壤，中间是一片薄薄的夹心海面。他，永远在海里。

他忽然想起弟弟阿彬，阿彬在哪里？自己呢，又在哪里？

再抬头，已入夜。一群沉默的黑影游荡过来。他细辨，是游泳者的影子。随后又有一片巨大的黑色毯状活物，呼一声从身边滑过，像一片薄的烧仙草。大概是轮船的影，滑溜溜的，抓也抓不住。大炳想到，泳者和船上岸之后，他们水里的影子就被割断了，一片一片沉降下来，到海的根基处碎散开来，因此海就泛出微微的暗影。他自己也是，失去了依附，在海里下沉。

很快，隔着海，大炳辨认出那枚月亮也在迅速下沉，比以往的速度快了很多。霜色的月亮,渐次融在海里,渗出发光的油膏,在海里稀释,拖出松松垮垮的长条。大炳伸舌头舔了一下,嗯,西番莲的清甜。这时突然有一枚极速坠落的黑影,从他眼前落下。他看见那形影,感觉自己像只锣被敲中,震得难以动弹,大脑依旧空白。

他冷静下来,开始听见怦咚,怦咚,怦咚。难道大海也有心脏?

声音好像是从一旋一旋的螺贝壳群那里传来,类似于行进的鼓点,催促他往深处里钻。他死命抓住一只额上有发光体的鱼,才看清楚深处的黑洞。他的面前,大约有一千扇形态各异的门,褐色雕花的古早铁门、木头松软如纸的雪色木门、刻着葡萄苹果浮雕的石头门……他仔细地一扇扇走过去,有些还需要转动门把手,打开,又关上。走了一会儿他想,人真奇怪,只要有门,就想穿过,即使是在没有墙的海底。

他穿过门的长廊,眼前仿佛是海底的失物招领处,或者是神灵巨大的仓库,端坐在海的半明半暗处。大炳突然有种感觉,这海里有人要见他。

他看见一艘艘从高往低整齐排列的沉船。寻找蓬莱的船。运输瓷器去欧洲的船。有发动机的铁皮船。渔民的渔船。各式各样的船,无穷尽。深处还有许多王船。他想起岛屿多年前,王船都是"游地河",放到海上,随它漂去哪里,许多王船漂到台湾,那边人就会在船靠岸处建座庙。但更多的,就这样被海吞下。到了如今,王船都是直接在海边烧掉,化作烟灰,不再归入海底。想来,明天就是送王船的日子。

再往下，还是连绵不绝、竖着交叠的一摞船，直通海幽暗的根基。

大炳钻进最近处的黑船，它外表结满细密的贝壳，还有些巨大的珊瑚向四面八方伸手脚。大炳从窗户探头，感觉自己站在一座摩天大楼的顶端。一艘船，两艘船，三艘船下面是无尽的船。按理说，有沉船，就该有其他沉没的人。自己这么顺畅在底下溜来溜去，怎么一个人影或者鬼影也没有呢。难怪说，死就是隔绝。

感觉累。想回家，眯眼想睡，却睡不着。

啊怎么死人也会失眠？还是说永不睡觉？

他试着老办法，一粒珠，两粒珠，三粒珠……没用。愤恨睁眼，一粒珠，两粒珠，三粒珠……奇怪，眼前缓缓漂来的是一颗一颗巨大的白色气球，怎么那么眼熟。他伸手抓住一颗，捏破，里面是一只香皂和一张传单。这不就是，海漂气球吗？

大炳突然想起自己少年时练习喊的口号。缴枪不杀！缴枪不杀！大炳小时候，全班人下课后会去海沙坡"打鱼"。当时台湾方面源源不断地从海的那端，顺着潮水放来一颗颗枕头大的海漂气球，或是亮晶晶的瓶子，随着海浪起伏闪耀。说不定还有什么坏人一起漂过来。拿到海漂球，打开后，里面有罐头、饼干、糖果，甚至更贵的有手表什么的，夹带着反动传单。他们的任务就是收集这些物资，然后全数上交，免得让心怀不轨的人捡了去。

怎么在海的府库里，三十五年前的物件还在漂？他辨认着,海漂气球带着许多玻璃色的内胆,如同一只只慢悠悠的活物,集结成气球群,慢慢行进。间或,有大鱼钻进气球群,打开发光的下巴,想咬,圆溜溜的球体便灵活闪开。

大炳很想吃颗糖,过期的也行。死者没味觉吧。如果吃到甜味,是不是就会醒来?他毅然冲进气球群里,想要捕捉有糖的气球,可一股痛苦的水泉从脑里往外涌,他视线模糊了。气球。是礼物。我没拿。拿了。小偷。女特务。夕阳。跳啊。急速下坠的身影。还有弟弟阿彬愤怒的喊叫。一个个词语碎裂地从内里迸发,大炳感到眩晕,被气球和水流裹挟。

4

青色雾气裂开处,海中有白球。

瘦子阿彬所在的船,几乎是悄无声息地平滑移动过去,稳稳靠在那些白球旁边。海市蜃楼已经开够了玩笑,一开始阿彬都懒得去摸、去看、去判断这数百颗兀然出现的白球是不是真的。可他实在太渴了。阿彬盯着海面,知道再渴再焦灼,他也不能喝海水。那一颗颗白球,如同滚圆的明澈露珠,实在诱人,让他愿意再失望一次。他用锚钩起一颗球,竟是真的。里面一罐糖水蜜桃,<u>丝丝缕缕的甜</u>,吃喝完,满嘴留着清爽气息。

那种滋味,令他突然想起多年前的夏日,有个女孩给他准备好木瓜,甜津津、幼绵绵。她教他用发光的铁勺轻刮过去，就像软滑的冰淇淋。一勺勺吃着。到底是岸上的女孩，会那么小心地吃一片木瓜。遇见她之前，阿彬只会埋头啃食，一次嗑掉半颗。

他也曾蹲在礁石背后，偷看她裸身游泳。女孩有珠贝一样细小洁净的指甲，木瓜一样饱胀的乳房，还有发汗之后那一圆光亮的屁股。他只敢偷看，在学校里却不敢多说一句话。讨海人跟岸上人是永不可能的，讨海人连鞋都没有。

想到这儿，他突然一惊，拿出那白球和罐头细看。海中这些白球，正是他少年时看过的。那时候，台湾会把传单和各种物资塞在这白球里。他头毛有点竖起来，这船，这白球，是那女孩来讨公道了吗？

若不是因为这个，那女孩也不会死。

但这事情归根结底，还是怪大炳啊！怎么所有人都爱冤枉我？

"我只是想给你欢喜！我有什么错！"阿彬对着海大声叫着，把手里的白球和空罐头用力甩向海面。

少年时，阿彬常常拿起地上断裂的木棉树枝或是凤凰木豆荚，用力地掷向那个女孩。可是她连头都不回，连那头绵密的发丝都不抖动一下。只有在意外的时候（真的是意外，他只想击打她的影子、她踩踏过的路面），偶尔击中了她的脚跟，她会回过头来，蹙眉望向他。而他现在还是这样，手里有什么，就向她投掷，心里却期盼着没有任何东西能伤害她，她是光辉的，消融一切伤害。可谁会想到，是她，最终在光辉之中消融了。

她是骄傲的。她总是挺着胸脯从他们面前走过。那个年代每个人都穿得差不多，可她的衣服特别贴合身体。夏天的时候她会折下冷玉一样的茉莉花，插在浓黑的卷发里，常被老师一巴掌打落，说没事戴白花，假鬼假怪。她不反抗，打落也不捡，总有人悄悄捡起来夹进书里。不管是围着她，或假装无视她的憨男孩，都看不见她笑脸。

冷静下来以后，阿彬想，不对，若来寻仇，又何必让自己吃喝得饱。

天空不见日月，他只能呆呆地看着海上白球出现、消失。来走，来走，来走，来走。长久地绵延地盯着，耳中口中又不自觉地响起吟唱声。日光一动不动。阿彬觉察这变化，知道这白球出现、消失，一个周期就算一日。有了白球为尺，阿彬终于能让无聊的虚空多一点刻度。白球出现，白球消失。一天来了，一天过去。他过去以为自己拥有时间，现在才明白时间是赠予，拥有的东西，自己可以任意处置，但被赠予的，只能一日一日感激。

没有夜晚，没有早晨，这是第三天。

胖子大炳呢？过了许久，阿彬这才顾得想起大炳。太安静了，他忍不住想，时间还存不存在。他需要另一个人作为尺度。然后他缓慢地想起，是他模糊的记忆故意忘记了，在落水的最后一刻，大炳用力把他推出水面。记忆是自爱自怜的，会帮自己做遮掩。

死胖子不是真的死了吧。在无边际也无出路的海面，一人一船对立着，阿彬形单影只。他想对影子说话，对船桅说话，却突然对着海高喊："大炳！大炳！大炳！"可惜毫无回应，连回声都无。声音被包裹，被吞没。多年来，他是第一次用这样的语气叫这名字。

过去，他无法不恨他。爸偏他。女孩偏他。临了，阿母也偏他。可最后一刻，大炳托起了他，死胖子到底跟多年前不同了。

如果那女孩的死，真的怪大炳。那反过来，爸的死呢，是不是该怪自己？阿彬真的不敢回想那一天。

此时，阿彬竟开始感觉晕船，他起身放下船帆。天空上少量灰云互相缠绕着，像包裹好的弃儿。他站在船尾，海，就是只濒死颤动的蓝色大猫。这艘王船，不过是大猫身上的一只跳蚤，随时可以被按进皮毛里，死去，毫不可惜。

阿彬看见自己那团萎缩的影，在海面上被浪拨弄，有一只通体发红的鳗鱼，穿过影子的脖颈。

5

感觉有人呼唤，胖子大炳用尽全力定住身体，却发现已漂到深处的深处。

怎么海中也下雪？他抬头，是一只巨大的布满了圆点的章鱼，八只软足遮天蔽日，一边行走，纯白的圆点纷纷掉落下来，像是一场纷纷扬扬的雪。

他环顾四周，千万微尘般的粉末，正孕育出一具具人的形态，闪耀微光，就像是尸体的牧场。水里总蕴藏着很多东西，适当时才倾吐出来。之前，有过被分尸的死者，手臂漂去了台湾，后来被渔民捡到、归还、破案，还原一个整体再焚烧。但很多时候，死者并没有浮出水面，他们消失了。原来，他们是以这样的形态居住在深海里，带着一脸抱歉的微笑。他们被重新凝聚、泡发，在水中等候着重生。

大炳向深处走，那里停着一只巨大的狮头王船，周围满是血红的胡须，被浸泡在水里的星宿幽幽照亮，仔细辨认，是正在旋转的发光鱼群。大炳靠近，船上满载着开开合合的蚌壳。他窥见蚌壳里装着完好的人体，许多面容让他感觉似曾相识。一瞬间他有种感觉，难道这片水域为他量身裁定，难道这数百具身体与自己有着隐秘的联系？他又听见心脏的细声，循着声音而去，他看见那只传来心声的蚌壳里装着个女孩，身上裹白衣，双臂自然地随着水流上下摆动，头发活物般蔓延生长。大炳想起女儿，滋生出类似父亲的怜爱，他凑近，才发现女孩睁着眼睛。虽然如此，女孩却像木偶般一动不动，像在做一场白日梦。被那双眼睛再度看见，大炳感觉脑子进了水，潮湿了一大片。

他记得这双眼睛。大炳给小时候的女儿念过《水孩子》的故事，那时他总觉得画册里的女孩有双熟悉的眼，下垂的长眼睛。常常入梦的梦魇也一样，不论是怎样的形态，面容上除了眼睛空无一物，提醒他，多年前那个女孩好像就是这样看了他一眼，而他，动都不能动，被噩梦啃噬。这几十年，他没有睡过一次舒爽的觉。

他忍不住用力打开蚌壳，想释放女孩出来。可就在那一刻，女孩动了，灵巧地钻出来迅速游走了。大炳情急之下抓住了身边那只通体血红的鳗鱼，像根滑溜溜的棍子，向那女孩掷去，也不管鳗鱼一向凶猛异常的名号。管他是死是梦，反正肯定伤不到她，至少能让她回头看。女孩头都没回，她的手只是一扫，一股巨大的水流就让鳗鱼和大炳滚出了船。

他觉得有什么东西浮到手边，抓过来一看是只无头鱼尸。身边鱼群在顷刻间散去，重回寂静。身后有一颗柔软的气泡，像头颅一样大，晃晃悠悠地靠过来，在他腰间碎裂。咕嘟。突然，万花筒一样的白沫气泡，碎裂的海草和塑料垃圾，从下方旋转着向他急速喷涌而来，他一下被裹着头重脚轻地颠倒过来。

轰隆的巨响中，他用力睁开眼睛。

那艘死者的王船，竟变成一只活着的狮头怪鱼。无数红须。无数只张开的臂膀。无数指甲延伸。漩涡的中心许多荧光闪闪的翠绿眼睛。他看不清，海中心的百臂怪鱼长了几颗狮子脑袋，怎么每颗脑袋都用不一样的声音，在对他说话。有的在吼叫，有的在呻吟，有的温柔感人，有的好像在哭，有的甜腻诱惑。他不能动弹，四肢被这些喷射而出的，海葵一样的密匝匝的手臂牢牢抓住。又是那老朋友，常常造访的梦魇吗？还是说，自己已经挂了？活该就近直接下海里的地狱？他挣扎不动的时候，发现自己听清了海中怪鱼的每一个声音。鱼的头颅在模仿着他曾经的心声。所有诡诈的、嫉妒的、苦毒的、怯懦的声音。每一个声音拥有一个头颅，每一个头颅绽放出花朵一样的手臂，病毒一般旋转复制。无数的人头，无数的浪。他无力抵抗，自己该死。

他在巨鱼手里。

大炳迷蒙之间，身上的压迫感突然减轻，渐渐放松。他听见雷电脆声，然后是拖着长尾巴的嘎吱声，像铜勺刮过瓷片，水下万箭齐发。

再次睁眼，面前的光是那位少女的形态，长而细软的头发铺展在脸庞四周，像只黑狮子，每根毛发似乎都有自己的意志，探着触手，掩住全身。她隐约露出的面皮粉白，像白海豚的皮肤，身后庞大的剑鱼群像人脸，像聚散的植物，个个头带长剑，闪动威严的灿金光芒。百臂巨鱼已经坠入黑暗深处的深处，激起百万颗珍珠气泡，看不清了。女孩无话，起身要走。大炳伸开手脚蹬过去，孩子，我们到底在哪儿见过。你是个人，还是一缕魂呢？

你是谁？大炳知道他认识这个女孩，可他怎么也想不起关于她的事，脑子里全是雾气和海潮。他奋力游着追着，但女孩还是不见了，仿佛巨鱼与少女都只是一颗幻影中的气泡，消没得毫无声息。大炳却看见了，光亮，一晃。手表。女孩掉下来一只圆形的暖金手表。

是她。

他想起了这个名字——许丽珍。对，许丽珍。

大炳笨拙地伸手猛抓住缓缓落下的手表，努力循着光亮追寻那女孩。

6

那时候，大家都不敢靠近许丽珍。唯独大炳不同。岛上靠海的庭院，常常搞家庭音乐会。庭院主人把谱子弄好，分配好这个人弹琴，那个人和声，家里钢琴、小提琴、曼德林、手风琴、鼓、笛子各从其位，主要表演的都是南斯拉夫的曲子。许丽珍常爱来听，大炳总早早去给她占个窗户的位置，让她好好地坐在松绿木框的窗台上，视野清楚不拥挤。每次音乐会要结束的时候，她就笑着跟众人一起拍手，说"没够没够，再来"！大炳清清楚楚看到，她是对他笑的，哪怕在学校里不说话，在街上遇到的时候，她的眼光也是扫到他身上的。他不敢看，但他肯定。他壮着胆子跟她借过书，她也答应的。庭院主人笑着问他，窗户上的这女孩是谁，他说是朋友，她也是点头的。

他们是朋友，她认的。可是后来他约她单独出去，她拒绝了。大炳从阿彬那里偷来手表，把阿彬口中"家传的好宝贝"送给许丽珍，她收了。他试着用手攀上她的肩膀，却被她打落。他在朋友面前夸口，结果朋友都笑他乱膨风，许丽珍忽冷忽热就是要吊住你这傻乎乎的渔民仔。也不看看自己什么样！

再后来，那个"好宝贝"出事情了。许丽珍那时候辩解说，手表是家传的，不是海边捡的，大家闹哄哄的都不信。

这亮晶晶的手表，肯定是台湾来的。许丽珍，捡传单，女特务，戴手表。一个传一个，不知在何时夹杂进去许多恨意和嫉妒，最终滚成一个荆棘巨球，劈头扎得许丽珍面容带血。说话的都不是恶人，被讨厌的人总有些问题吧？你看看许丽珍那张孝男脸！对呀，伊总是装一张脸，憋得不放屁。干，她就是欠修理，欠人给她整理到舒适。

听说有人在暗巷抽她巴掌，踹她肚子。听说有人故意把一桶海水浇在她头上。听说有人剥开她的裙子，把底裤扯烂。但终归出事后，这些做在暗处的，没人会承认。许丽珍撑不住了，她说这是别人送的！但已经没人信她了，把她作弄得更狠。后来她爬上了三层红砖楼的顶端，下沉的太阳在她身后显得极为庞大，她的两只细脚在鸽群的围绕下晃啊晃。大炳跟众人围观，焦急难耐。大家调笑，说她就是爱演，开始有人叫嚷着让她去死，叫得越发大声。大炳禁不起别人拱，你怎么不跟许丽珍喊话，你跟她是一伙吗？她怎么吊着你的你忘了？他硬着颈项也跟着喊，你死啊，你跳啊。那女孩在上面听了，慢慢地瘪了下去，最后在众人的哄笑中爬下来了。

可谁会知道，第二天，同一时间，就在大炳他们去海边"打鱼"的时候，看见她的身影，一身白衣的许丽珍，闪闪发光的许丽珍，干脆地从山上直跳进海里。似乎那一刻的夕阳是她身上溅出的血，那么黏稠，牵绊着绵延的长发。大炳无法自制地高声大叫，疯狂地冲进海里，可是没有人找到许丽珍，海也未曾释放她出来。大炳总会反复回想当时，众人没有要治她死罪的意思，可她却容不得一点玷污。那天夕阳软酡，她就这样跳进金光灼灼的海里，再也找不到了。怎么会是这样。他恨过她，他也喊过叫她死，他就是杀人者。

大炳就是太害怕了。可哪怕最后一刻，许丽珍也没有说出他的名字。许丽珍是替他白白死了。许丽珍比他有种。

那一阵子，他感觉她经常来梦里找他，并不愤恨，只是诚恳地反复问，明明我们挺好，你怎么反而要害我？明明我没有说出你的名字，你为什么叫我去死？直到她的面容越来越模糊，只剩下一双眼睛。

消失的许丽珍，还在施加着对他的诅咒。

许丽珍跳海的那天，大炳杀气腾腾地去找阿彬算账。这事不能怪大炳他自己，不能，就怪阿彬，全怪阿彬！可是大炳等到的，却是哭到昏厥的阿母和一脸颓丧的阿彬。阿彬本来那天要骑自行车载着爸拿钱去对岸还的，结果听到许丽珍的消息，就心狂火烧地想回岛上。爸明明说没事，他可以，可是他行了一辈子船，根本不太会骑车。他就是不想让阿彬着急，想让他放心，就自己骑走了。谁知道爸会遇上那辆失控的土方车？谁知道许丽珍和爸，会在那同一天惨死。

算账，算你的狗屁账！

阿彬那时一把推得大炳倒头栽。

大炳还敢来推脱？弟弟阿彬个子小，手脚灵，爸那时候每天求他一起去海边捡白球，淘到好货就偷偷卖了还债。哥哥大炳话多，偷吃不会擦嘴，爸就没跟他说，让阿彬也不要跟妈说，这算是父子秘密。阿彬帮爸做这事，虽然不耐烦，但也是为家里好，只能照做。只是阿彬心想，爸到底是偏哥哥大炳，危险的事情不敢让他去做。在海边，收音机、罐头、时钟他们都捡到过，说是家里传下来、吕宋华侨亲戚寄过来的，都能卖得掉。只是那天阿彬在海漂气球里捡到一只手表，他偷偷放进裤袋，想等下个月，送给许丽珍当生日礼物。到时候跟她说，这个东西不要让人看见，自己偷偷戴着就好。他也没想多跟女孩要什么，她如果收了，自己偷偷开心就够了。

哪知道在家被大炳看到了。他问这好货哪来的。阿彬说，哪来的，咱爸给我的，渔行送给爸的。爸喜欢谁就给谁。然后他就放到柜子里。谁知道，大炳会早早把手表偷了，说是爸传给他的，第二天就献宝给了许丽珍。要是早知道他送给许丽珍，阿彬一定会提醒她的。可是发现时已经晚了，许丽珍被揪起来了。

再后来，就是许丽珍要跳楼的事情了。阿彬不敢说话，他怕家里受牵连。可他最看不起的，就是大炳在底下虚张声势瞎嚷嚷。闭嘴很难吗？结果害死许丽珍，还害死了爸。都怪他，都怪大炳。

大炳，当然是另一套说法。说都怪阿彬，全是他，害死许丽珍，又害死了爸。

两个人一直吵。瘫在地上的阿母，突然站起，给他们一人一个大耳光，把两个人抽得转螺旋。哭的哭，闹的闹，安静后，阿母说，咱渔民人天天拿命在海上拼，早就知道，命什么时候被收走都是没法度的事。有债要还，有嘴要喂，日子要过。三人这才咬紧齿根站起来，安排爸的后事。阿母是家中独女，向来要强，不然绘船技术也不会传到她这个女人的身上。有阿母在，两个儿子也知道要振作精神。

不久，大炳和阿彬先后退学，大炳离岛打拼，阿彬留下打鱼。

7

天空是青黄的光，船上竟然开始落雪，南国的海域从不下雪的。

算了，想那么多干什么。阿彬感觉到自己被雪覆盖，像裹上尸衣。雪攒在他身上，不冷，也不化。他匍匐在白色雪毯里，船在身下，起落起落起落。他叹了几口气，在空气中凝结成一团一团蓬松的球，许久才消散。

他不知道过了多久。饿了，就捡起地上凝结的雪来吃。他还得等。在等候所来的到达之前，他还需像一只海上玻璃瓶一样，里里外外被波浪来回清洗。迷迷糊糊睡过去又醒来，天色依然是一动不动。但船上的纸人都没有褪色，连衣服都没有磨破。

世事难估算。他越想越远。生命里那些日积月累的绝望感，究竟从何时而起？爸死了之后，他就感受到了那种声音的催逼，好像松树摆动枝条的声音，也与海上听到的唤声类似。阿彬童年时第一份绝望是许丽珍赠的，然后是自己阿爸。而后是连绵不断的、海浪一样的撞击。

他起身，拨开厚雪，坐在桅杆边，手头是一只被他上船时踩断了脖子的人偶，他想要把脑袋安回去，可总是软趴趴地弯下来。他索性放在一旁。累了，就睡去。

睁开眼的时候，雪都消失了，身边多了一个人。或许，不能说是一个完整的人。是一位断头者，坐在他的身边。很好，依然是安静的，至少他没有嘴，不吵闹。阿彬看了他一眼，并不骇人，是父亲。他出现的时候，阿彬就开始想，自己果然还是死了。或许人死后就有这样一段漫长的、孤独的、告别的时间。

"阿爸，你来了。"阿彬说。他小时候看过阿爸的尸体。头部被覆盖着，身体下面流淌出一摊绛紫色的影子。阿爸本是海上的一尾活龙，可以把小小的渔船控制得好像破开大海的斧子。每一次劈开水面，就捞起许多的鱼虾。

阿彬以为自己会有很多怨和悔，结果阿爸出现的时候自己只想哭。只想揽住他，然后坐在一起。

父子一场，有恨有爱。阿彬记忆里，阿爸个头不大，但人都说他是静静吃三碗公，在海上骁勇非凡。阿彬记得有好几次家里都得到渔家头鬃，渔行的人敲锣敲鼓，拿着长长的红布来家里，肉菜都用红纸包裹，装着钱的红包也有整整一大封。那时候阿爸笑嗨嗨，烧酒杯杯灌。但后来，阿爸上大岛越发频繁，阿母后来才知道他是迷上了赌。憨憨渔家人，怎么能玩得过大岛上的人，三两下给人吃死死。短短一个月，家里的钱赔光，还欠好多。

最后，阿爸扛不住，终于跟阿母说。那天阿母差点昏落去。她说我们辛苦那么久，就希望两个儿子可以在岸上读书，不再做讨海人，你怎心肝那么硬？阿爸阿母在他面前抱着痛哭一把，哭完就下决定从头拼起，把债还清。阿彬和大炳饭边扒，泪边流，气得三个月不跟阿爸说一句话。阿彬甚至指着天，大声说，一辈子不跟你多说一个字。阿母捂住他的嘴，叫他不要指着天起誓，不要指着地起誓，谨慎嘴唇里结的果。可他肝火旺，还是那个硬脾气，要么不发火，一发火就气不停。阿彬从那天就知道，许丽珍不是他可以肖想的了，阿爸断了这路。

可阿彬后来想起跟阿爸一起，在海边捡东西、去海上捞鱼虾、去石头上撬贝壳的日子，哪怕那时阿彬憋着一张臭脸，却依然是父与子最好的日子。他不能真的一直生爸的气。爸也不能生他的气。

阿彬想不明白，阿爸去还钱那天，不知道是那个坡道的错，还是那辆土方车的错，或者，真的就是他的错，他没有耐心载着阿爸走。那时候，每个月都去还钱，还了两年多，从来没出过事。怎么偏偏那天，许丽珍出事，他阿爸也出事了。反正最后的时刻，阿爸被刮倒，碾断，身首异处。有人说他的头颅最后还喊了一声疼，有人说当时只有刹车尖锐的声响和行人的喊声。不知道，他没有亲眼见到最后一刻。

现在，阿爸就坐在身边。比记忆里高一些，即使没有头。他主动伸手揽着阿彬，仿佛阿彬还是那个十岁的男孩。也是，阿爸看不见现在阿彬满脸的纹路，看不见阿彬的年纪已经比阿爸死的时候还老了。阿彬想说阿爸我不该让你自己骑车，可话说到一半就被阿爸打断,他递来一只纸包。阿彬打开,里面是一块只剩下一半的绿豆馅饼。

每次阿爸出海,阿母会给他准备一只绿豆馅饼,不多,就一只,因为是岸上的东西,贵,偏偏爸爱吃。大炳和阿彬也爱吃,每次趁着深夜,两个死小孩,一次偷捏一点,偷舔一口,最后都只剩布满细细牙印的半只馅饼。爸每次在海上打开,怎会不知?但他从没说过一句不是。

阿彬悉心捡起那饼,揉成药丸大小,一小颗一小颗放进阿爸脖颈露出来的食管里。自己也跟着吃,阿爸的手势,阿彬知道是小时候爱说的那句:一人一半,感情不散。

才一起坐了少时,阿彬就把此生积攒的恨意全都消散了。

那一点久别重逢的感激,阿爸手掌的完全接纳,让他突然有勇气自愿接受所有。他有些记不清阿爸的面容,现在也无法盯着他的眼睛。所以说话的时候,他就盯着阿爸薄单衣上那不断颤动的源头,里面有颗心。他就盯着那心脏的位置,把所有说进去。不讲什么亏欠,就跟他说自己现在过得不算差,也当了爸,儿子孝顺忠厚,阿母也是自己和大炳好好送走的。阿爸捏着阿彬的手,阿彬说即使阿爸没去赌,即使他活着,即使阿彬能上岸读书,像大炳那样,成了岸上的人,他的日子也不会翻天覆地地不同,他也不会日日欢喜不忧愁。只不过怪别人,会让他好过些。但如果,那天没有捡那只手表,如果没有撇下阿爸就好了。无头阿爸轻轻揉着阿彬的脑袋。

两人无语间,海却传出声响,好似万箭齐发。阿彬抬头,看见一千只腰肢柔软的四翅天使,展开冰蓝色的翅膀飞跃船身。咸的海水滴乱喷,在光线下白若珍珠。飞鱼!他兴奋地大叫起来,毕竟困在船上多时,已很久没看到海中活物了。

那飞鱼,却似甘愿献身一般,无止境地往船上扑,飞散在船的四围。一瞬间,竟堆了满满一船飞鱼,帆布下的纸人都被压倒了。阿彬和阿爸把鱼一只只扔回海里,两人在比赛,一个比一个扔得快。但实在太多了,大约有十几只掉落在角落里的鱼,来不及扔回海里,还是窒息了。刚死的鱼身上会突然迸发一丝脆弱的光泽,幽幽发蓝。阿爸熟练地用竹签剖开死鱼的肚腹,放在船头晒成鱼干,这是讨海人闭着眼睛也会做的事。那股海水的香气勾人口水。风干后,他呈给阿彬,等他吃下。阿彬依然是阿爸的儿子,阿爸依然能给他吃饱。

吃饱困,困饱吃。阿彬躺卧在断头阿爸的胸膛,听着里面怦咚的心脏,他眼皮发黏。海摇着船,船似摇篮。这是他的阿爸,抛开脑袋,留下心。没有晚上,没有早晨,阿彬猜这是第七天。

他再醒时,头壳枕在自己麻掉的手臂上,阿爸没在。阿彬眼睛尚未睁开,觉得自己好像做了梦,看到断头者离身的样子。阿爸被阿母牵引着走了,姿态潇洒不受拘束,而阿彬自己嘴巴呜咽着,如婴孩一样伸出手,却留不住他们。从此,阿彬,还有大炳,是无父无母的孩子了。

成了。阿彬突然张眼,天色微红。

他先是感觉到一种甜蜜的清爽,感觉自己沉沉地睡了十年,然后被早晨带着香味的气流唤醒。但随后感觉到身体的下坠、沉重、潮湿。对,潮湿的气息从脚心绵延而上,毫不客气地穿过他的肠子和胃袋,抵达他的脖子。他低下头,发现自己的身体如同一座泉源,向外渗水。于是,衣服吸饱了水,越来越重。痒,他摸了摸头发,黏腻的发就像刚刚从海里捞出来的海胆。眼睛也被盐分刺激得难受,他揉了几下。

是错觉吧。

仿佛自己刚刚从海里登上船。

阿彬的脑袋微垂。他想起某个睡醒的午后,暴雨快降下,偏偏沟渠旁有一朵沉重硕大的野花却选择开放。他此时的脑袋,就是彼时的那球花,向外泼溅着隐约的花粉。

醒了吗?在梦里吗?他不知道。

8

海中女孩回头的同时,大炳也看见那巨鱼从深处再度蹿来。

注意身后!大炳朝女孩游去,指着她的身后。

巨鱼已到身前,腹部瞬时张开肚脐,里面满是尖牙,卷起强力漩涡,鱼虾都被裹着向他们冲来。大炳纵身上前,用尽全身气力,推开女孩,自己却被吸向巨鱼肚腹。黑色波浪漫过他,水草缠住他的头。他上半截身子卡在外面,急忙喊:

快走!我早该赔你一条命!

旋即,大炳被吸入腹中。他大叫,腿软,手抖,眼发黑。

他想到，这些困在水里的，都需要有替代者。那就让自己去替代许丽珍吧。替她死一次。

鱼腹内静谧无声。大炳稍稍冷静下来后，才勉强站立得稳。他看见内里是冒泡的深潭，布满蓝色的细小浮游生物。微光里，他瞥见潭中心有一截鱼骨，像小拱桥。大炳头晕目眩，慌忙坐上去。空气里有一种肃静而压迫人的气息，让他的心发痛。他想着，诸水环绕我，深渊围困我，海草缠绊我。如果死之后还有再死，那这就是自己赎罪的机会。但这也意味着，他要永远欠女儿、老婆、阿彬，永远还不干净。

令人沮丧。自己一个人的死，根本还不上欠那么多人的债。

空气里带着粉末和焦土的气味，焚尸炉的味道。

大炳说，啊。鱼肚却吞噬了声音。太静了。这里是一个小小的隔音密室，待一会儿就感觉一切心灵都被吸食干净。大炳时而对自己摇着拳头高喊，时而唱歌唱得泪流满面，时而豪情壮志，想吟首诗却发现自己根本记不起来，时而对着黑暗微笑，感觉那些亮光在转圈圈。他想，亿万条鱼还在海里巡游，亿万个人还在陆地上活着，亿万颗星星排队等着升起。自己这些年，没学到什么实在的手艺，倒是在生意桌上学会了些风雅本事。

他抬头看鱼腹里细密蜿蜒的纹路，那些暗色的血流像冬天的林子。林子。木头。棺材。重新来，林子。柴火。火葬。呸。换成冬天。冬天。白色。丧宴。怎么脑子里还是充满这些想法，离不开死。唉，我这一辈子就这么结束了。大炳想着妻女，差点嗷嗷哭，不敢想了。大炳想着阿彬。大炳临入海的时候，用力向上推了阿彬一把，但不知道阿彬是不是活了下来。大炳想着许丽珍。他是不是可以说，至少不欠许丽珍了？他感到些许安慰，努力把脚缩在鱼骨桥上，但不知道什么时候这底下的液体会涨溢，然后完全地淹没他，消化他。为什么不呢，许丽珍也没有得到比这更好的结果，自己又有什么不能经历的。但死了以后再死，他又要去哪里？别想，别往深里想，还是继续作打油诗好。噼里啪啦噼里啪，我就是个大王八。把自己逗笑。噼里啪啦噼里啪，大鱼有个大懒葩。笑更大声。然后安静下来，开始忧愁。

没事干。在死中等死。大炳开始想象自己在读一本书，脑子里带着图片的那本，他在浮游生物明明灭灭的光里反而看得很清楚。大约就是自己的过往。可突然，他感觉到世界倾斜了，几乎无法坐稳，他的头感到无穷吸力，他在上升，在一堆黏液里保持上升，眼前又暗了下去，没有浮游生物了，什么都没有，只有长长的黏腻的贴身的道路。他不知道持续了多久，但每一秒都很漫长，他试图伸手抓住什么来减缓速度，但实在太滑了。最后在长路的末尾，他感觉有光从头顶渗下来。

一股包裹全身的迫力传来，他每一寸都被重压，难道这就是最后的死亡时刻了吗？眼前有一扇大门打开，熠熠生辉。来不及想，他就发现自己被喷射而出，又进入了海里。他回头，眼前是一张空洞的大嘴。嘴吩咐他，上去吧。每颗牙都有一扇门那么大。上哪里，去哪里，大炳整个人雾煞煞。

这只巨大的深洞般的嘴，开始越变越小，最后小到足够安放在一张白面皮上，这是许丽珍的脸。大炳才发现，吞下他的大鱼，就是女孩。梦魇，就是女孩。她们本是一体。许丽珍幻化狮头大鱼，将他吞进腹内，而后又吐出来。顶上就是海面，大鱼若船，带大炳一路上行。

许丽珍轻轻一推，大炳感觉自己浮出了水面。大炳回望着水里渐渐下沉的她，突然想起那张脸。许丽珍夕阳里的脸，那么清晰。他知道她在说，悔过之后，给我扎扎实实咽下这些亏欠，乖乖地在身体里受苦，以至于得救，而不是出逃。她送他，不是耽延，是怜悯，是惩罚，是送他回去身体里坐牢。

他盯住许丽珍，不肯闭眼。她干脆伸出湿润的手，脆脆地给了他一巴掌。就像阿母当初的那巴掌。然后又是一巴掌。左右开弓地扇，扇得他天旋地转。如果能再见到阿母，他愿意被一直这样抽耳光。

他闭上眼睛，又睁开眼睛，看见红色的苍穹里有只大船。他眨眼。天空没有船，有一只巨大的纯白飞鸟。他能看清鸟脖上的每一根绒毛，如何在光线中倾斜、抖动，还有它贝壳圆扣般的眼睛。他看见飞鸟穿行于云朵之间，云朵游动于天光之间，那些细薄的、如烟的天光，倾斜着透下来。高天之上的光，原来也在不断地纵身下坠，从云朵的高峰上跃下。他再眨眼，看见光的下面，有张黑脸，有只粗手，还在抽他耳光。不停地抽。

阿彬？

怎么是阿彬？大炳坐起来说，哎哟，夭寿疼！阿彬兴奋地晃他，醒啦醒啦！大炳说作甚啊，我差点被你打成猪头！

就在五分钟前，阿彬在船尾盯着海。他发现海浪在翻动的时候，露出殷红的底色，赤潮席卷了这片水域，甚至卷到天上去。他注视着满天绚烂明亮的红霞，眼睛逐渐变得透亮，就像新的一样。

时间重新动起来了？

不再是白天白夜，天上有了夕阳！阿彬听见打水的声音，转头看见了他自己的小船，而大炳，手抓着船边，在海上漂着。阿彬跟颗子弹一样迅速射入海中，单手从小船上拽过渔网，裹住大炳，把他拖上了船。只是大炳明明有呼吸，却闭着眼睛，阿彬不论怎么叫，也叫不醒。阿彬说绝对不是出于报复的心态，只是救人心急就拍了大炳脸几下。大炳摸着红肿的脸，跟阿彬话道谢。大炳说，感恩你救我命啦。阿母的房子全给你，反正我有钱，房子一直没打算要，故意气你的。阿彬说哦，半间房换一条命，你想得美哦。大炳说，有量才有福，生孩不会大头凸。

阿彬才刚刚意识到，自己竟然能跳出船了。小船舱里卡着他的黑白机，他打开一看，还能用，时间还是出海这天，仅仅过了两个小时。他有些惊愕，大炳也还没回过神，两个人对看一眼，就知道对方应该也遇到了差不多的怪事。阿彬想不通，把小船靠上王船，又爬进去。大炳说什么也不肯自己待在小船上，也跟着爬上王船，嘴里还在啰嗦说这王船怎么刮进海里了。

阿彬觉得这船是那船，又不太像。船上密密匝匝的纸人还在，崭新，无一损坏。他从船尾走到船头，没有余留的飞鱼干，船帆未曾降下，形状也变了。船头狮子的颜色也转为草绿色，眼睛变小，胡须短了许多，嘴巴打开了，有白牙露出。船身不再素净，遍布绘画。阿彬感觉大脑打结。大炳也看呆呆，他刚刚发现这船，与追逐他吞噬他的那条大鱼，长得像，又不像。

9

白日将尽，缓慢行至弥留的夕阳时分。抓了抓带着盐分、发痒的头皮，阿彬突然说，我要把这船拖回去。大炳说，起疯。阿彬说，我要把这船拖回去。大炳说，真的假的。阿彬一边放下船帆，一边说，你不用动，我自己来。大炳看见他那么疼惜，那么小心地收束风帆，说，算了算了算了，今天情义相挺，陪你啦！真是讨皮疼。

大炳在船上张望的时候，突然大叫起来，指向栏杆上的画。他俩看了又看，太熟悉了，这是阿母画的。可是阿彬确定这画，之前明明没有出现过。他俩仔细看了栏杆的每幅画和船尾的龙像，明白过来，这是阿母死前绘画的最后一只王船。看来之前她天天跑出去，还是去绘船。两人沉默了一会儿，抬头看见落日，浮肿的太阳在海的边缘失血，血液喷溅在棉花云上。

两个人趁着夕光，用渔网和缆绳把两船勾连在一起。一人一桨拼命摇，嘎吱嘎吱嘎吱嘎。

"干你老。"大炳低吼了一声，被阿彬的眼神封杀，赶紧闭了嘴。他后面忍不住补一句，手疼嘛，还不让喊两句。手心的疼，像根钉子逐渐入肉。嗓子干渴，大炳每摇几下船，就要猛烈地咳嗽几声。他怀疑自己喉咙的内壁已经丝丝缕缕地裂开了。眼见着明亮的云朵渐渐暗下来，天空从深红凝结为暗紫。

天深处，大风刮起，摇橹甚难。忙活半天，船也没移动多少。阿彬刚刚不小心站着睡着了，猛然趔趄一下，被大炳用力撑住，两人都没有松手。夜海像座鬼魅横行的城市。特别是现在，赤潮泛滥，波浪卷起时就有蓝莹莹的光透出来。

浪潮上，木船拖王船，草蜢拖鸡公。一根绳，两个人，无数相反方向的浪。

阿彬不止一次听到大炳肚子的轰隆声，弯弯转转那种。后来阿彬的肚子也九曲十八弯地回应起来。肚子膨风。两个人站在船上，脚靠在一起，弯着腰，时不时要用力拉动一下缆绳，他们就像是同负一轭、在海上犁田的两头老牛。后来眼尖的阿彬先看到海中的小灯塔，一闪一闪地绽放信号。离岸越来越近了，他们盯着即使在夜里，也被灯光挤得密不透风的岛屿。自从看到小岛，两个人精神大振，忍住背部和双臂的剧痛，继续猛摇。

潮水的方向终于也改变了，把他们往岸上拍。

真正的艰难，总在陆地上。后半夜更像是一场疲惫的梦游,四只手凝合在一起,把船拖上岸。阿彬感觉到缆绳嵌入肩膀,有血渗出来,又被衣服上的盐腌渍过,疼得发麻。大炳在滑溜溜的沙滩上摔了三次跟斗,奇怪的是他不再碎碎念,而是默然无声,爬起来继续拉。阿彬想起那天,跟大炳和其他亲戚,一共八个人,一起抬着阿母的棺。

阿彬一觉醒来,已是另一个黄昏。

他身下是冰凉的石板。头顶上,一个浅蓝铁牌写着"公厕"。昨晚竟睡到了这里。他记得的最后画面是看见远方和近处,事情同时发生,风的声音灌满露台。路的尽头,灯带极速闪烁,桥那头,黑影里的人在搬动些什么,对岸有人打开一扇门。阿彬觉得身上长出了那只船,血肉和船的木板结合在一起。他好似在梦里穿梭,看见许多故人乘船而去。阿彬想,那船到底是困住死人的所在,不是活人的领地,留不住的。

而此时,大炳不知所踪。阿彬有些困惑,海上的球和船,大炳跟他一起拉和抬,这一切是不是发生过。

突然,喇叭放出歌仔戏,像把尖钥匙把阿彬脑子撬开,他逐渐清醒。他听见一阵更大的喧闹,正向他靠近。起身到街上,阿彬看见仪式的领队"彩莲头"穿着黄衣走在队伍前列,其他彩莲(水手)穿着蔚蓝色的衣服紧跟在后,鞭炮在他们身边炸开,彩色的碎屑和灰色烟雾灌满了街道。

那艘狮头王船,在他们之后,被巨木做成的担架抬起来。村里所有男人们拥挤着,轮流把肩头送上,争抢着扛船。王船在众人的肉身上游走,在街道里向前行。一路上,站在街边没去扛船的妇孺，都在拼命地伸手，向船内递上自家准备的纸扎小人或纸扎牲畜，还有用红布包好的祭品。

阿彬忍不住跟着船一起走向海边。

王船到沙滩，周围人欢喜快乐，高喊跳跃。这是庆典。这是庆典。

长袍道士在绵密地吟诵，身上亮线绣出的神兽和浓花都闪着光。潮水涨到最高时，开始王船化火。道士师公举起纸钱引火，整艘船开始在烈火中迅猛燃烧。一层层、一片片的民众开始下跪，对着明亮的巨大的火焰船下拜，举起虔诚的手。人群中只有两个人愣住了，站立着，好像两根盐柱。船在烧，阿彬看到大炳。船在烧，大炳看到阿彬。他们看到彼此眼睛被火光映亮，开始觉得喉头发紧。阿母跟他们说过，王船受造，就是为了被烧作灰。

鞭炮燃炸，流出浓雾，牛奶般一股股。师公威风地摇一只铃。

耀目火光里，纸偶人影憧憧，那些金的银的头饰、模糊的面容，轻飘飘消失了。船上厚厚的祭品，米、肉、金纸，也被烈火吞吃、消化了。火燃烧时，他俩同时听到了海上那种永恒的、松枝晃动的声音，同时看到了海上的日落月升，星辰的绽放消弭。从黑夜到白昼，拼命拉拽的那条王船，在这里被彻底火化，变作大片明亮的灰烬，然后逐渐暗淡下去，形成一座黑色废墟。

然后在某一瞬，他们走向彼此。先是大炳，然后是阿彬，在喧杂的鞭炮声中走向对方。船的桅杆缓缓倒下，指向渔村的方向，所有人爆发出巨大的欢呼。

　　拥住了灰头土脸的对方，大炳和阿彬忍不住笑起来。这醒来后的一切，惹他们发笑。周围的人，莫名其妙，也笑起来。这两个满身狼狈、看起来有些疯癫的男子，站在灰烬的边上，轻轻搀扶彼此，直到人群尽都散去。

鲸路

有人找我,说妙香姨快去后厨,家属又在闹。

我过去,就听见宝如说,果盘摆番石榴,要撒甘梅粉,没别的,就是女儿喜欢。春卷不要虾,狗儿虾也不行,只放猪肉。白灼章鱼换醋肉,醋肉要够酸,但不能太酸。红糟肉要用真的红糟,不要随便用叉烧糊弄。就算是丧席,也要给外地特意赶来的宾客吃好,不要让人吃得哭爹哭母。

差不多,免计较。厨师帮工还想辩解,旁人都猛使眼色让他别说话了。

差淡薄,差一点,差一勺糖都不行,我女儿就差那一步。宝如说。

我出来讲,算了啦,家属想做点事,由她。我把帮工偷拉到一边,跟他说,我跟厨房早交代过了,大家就顺着说好好好,尽量尽量,拿纸笔假装记。等她走了该怎么做就怎么做,别看她千交代万交代,这款样子的,到时候开席,一口也吃不进,吃进也吃不出味。谁叫你那时偷懒不在,该听的都没听啊。

宝如的心情,大家不是不知。她来殡葬一条龙店里时,真正面如死灰。其实平日需要服务的死者,来处无非是医院和养老院,多是我们这种老家伙,虽然伤心都是伤心的,也不至于过分意外。灯头蜡烛，什么时候灭了就灭了。可是这次的死者是三岁小孩，按照本地风俗，连告别式都不该有。"无缘的孩子"，草草入殓便是，不适合大操大办。远一点的乡下，信封建的，孩子烧掉后直接扔山上或荒冢里，免来缠身，你不想做我的小孩，那你就走吧，快去投胎免流连。宝如和她丈夫却说我们不忍，还是想花钱给她办葬礼。

可问题是，孩子的尸体都找不到。

反复折腾半年，最后是把冲上岸的小件粉红蓬蓬裙以及孩子最爱的玩具放一起烧掉。焚化时，宝如不哭不号，眼角干燥得起火星，倒是她的丈夫几乎站不稳。店里没有专门给孩子的小号骨灰盒，所以那一点点的灰烬，只能稀疏地装进常规盒子里。宝如说捧起来，大约是女儿出生时的分量。虽然没尸骨，但重量是真的。孩童的幼骨，烧出来非常细小，大约也就这点重。

有葬礼也好，给事情做个了结。毕竟岛上警察很快就找到了海边店铺的监控，芒果冰店外那一只摄像头刚好扫到孩子小小的身影。她敏捷地在浪边游走，又一点点攀上礁石。有一度，那孩子起身，要离开礁石区，可又突然停住，对海招手，回到石头上。潮水慢慢上攀，孩子浑然不觉，还向前走了一步。然后就是那个巨大的浪。一周内，除了裙子，没再捞到什么，事情早成定局。葬礼上，还是请了诗班唱诗，但宝如拒绝牧师的安慰，跟他讲了一个上午的宇宙大爆炸。我忙着布置灵堂，分发包着话梅糖和红丝线的毛巾，走来走去的时候，听她在那里讲物质转换，物质不灭。牧师说好哦，好，你慢慢说不要急，好的大爆炸。宝如说世间不可能有什么规则，也没有人在天上守护我们，不然我女儿那么乖，养得红膏赤脂，人人爱，怎会遇上这事。谁会知道，孩子一路跑到乱石角，平常我们从来不去那里。牧师说苦难是奥秘。宝如没在听，她还在说最好是再来一场大爆炸，把所有的分子重新组合，死的都可以活过来，无变成有。这多难，不比神话容易。

葬礼之后就是红糟肉宴。家属虽然在开席之前闹腾，通常吃完红糟肉，丧宴散场，逝者化灰，人的情绪也差不多消化殆尽。走的时候，哪怕有喝多的，互相稍微搀扶，一步一脚印走得也满带热气。宝如却不是。她干燥得令人不安，体内随时在进行着一场爆炸。走路的姿态，让我恍然间有种熟悉感。

宝如的鱼丸店离我们不远。出事前生意很好，她自己说，若不是生意太好，也不至于没发现孩子跑走。葬礼前他们似乎勉强重开过一个礼拜。我去吃过一次。宝如跟往常一样坐在店门口包丸子，一个又一个丸子从她虎口处蹦出来。她丈夫站在那口大铁锅前面负责煮，拿一只比脸还大的铁勺不停地捞，与先前一样。有人问宝如，有没有鱼丸，她就说，再也不卖海里捞出来的东西了，她的孩子还在海里面，任何一口都可能是孩子的血肉。从今往后，只有素丸、贡丸和牛肉丸。然后她就开始细说，她是怎么发现孩子丢掉的，然后沿着街找，又去了岛上主要的三个沙滩找，最后半座岛上的人都发动起来帮忙找，天越来越黑，越找越急。她说我只是突然间发现了一件事是真的——死这种事情是随机发生的，比如所有来店里的人，至少会有一个死于非命，他们的孩子里，或许也有一个会不能活到长大。是真的，死会来找我们，它一直都在随机开枪，但我们还浑然不觉地在路上走。所有食客听得脖子发凉，吃到嘴里的丸子也内里冰硬。我换了假牙，当时咬紧牙根拼到最后，还是放弃了，那牛丸好像怎么也煮不熟。

葬礼后，宝如来找我们，给骨灰盒选了壁葬。现在位置紧缺，都要靠抢，我陪她挑到的位置，竟刚好在三岁小孩的高度，蹲下来，就能看见那张小小的相片。可等墓碑制作好了，宝如却迟迟不肯将骨灰盒封入墓穴，钱也拖着没缴。我打电话催款，没人接。菜市场、街道上，也一直没看见他们夫妻的身影。

他们一家住在海街的鱼丸店楼上。宝如和她丈夫大概是在七八年前，旅游最旺的时候来岛上的，在靠海的商业街开了家鱼丸店，挂上黄底红字的招牌，写着百年老字号宝如鱼丸。俗又有力。虽然名号是假的，但比起其他狂加硼砂骗游客的店，她家的鱼丸还是加了货真价实的鲨鱼肉，用大骨汤熬熟，味道足赞。宝如个子高，脑子活，店里店外都是她一把罩。我们殡葬一条龙的人，常夸宝如会做人。店里懒得做饭的时候，会去他们店买些鱼丸面来吃，只要是本地人，她总多给几颗丸。但最近经过鱼丸店，不仅店面卷帘门紧锁，楼上也毫无灯光。

这样的事，岛上并不少见。时不时，就有孩子因为生病、意外离开。然后那些孩子的父母就跟失踪了一样。悲伤让人从内向外坍塌，缩小到看不见，除非他们能被时间重新泡发。但大部分人，就这样消失了。未必是死了，就是缩在我们生活背景的某一处，在日常笑声覆盖不到的地方，无光的所在。家人死了以后，死亡就成了家人，住在家里，不肯离去。

我常失眠，凌晨辗转睡不着时就会去海滩。夏天在这座城市消耗得慢些，但到了年底，热气也差不多耗尽了。冬天海边常空无一人，实在太冷。前些天，我在海滩看到宝如。她丈夫不在，就她自己，坐在离海浪很近的阶梯上。她双手捧抱着一条白色的东西，仰着头。月光下我看不清，只觉得那东西湿漉漉地发着光。海风冷吱吱，我脊背发凉，不敢上前，就回去了。

想了几天，我决定去找宝如，一来是去看看她现在怎么样了，二来还是催款，那钱还是我们店里先垫付的，不然那墓穴早就没了。但是年底了嘛，我们岛上许多有新亡人的家庭，要在大年初三"烧新床"。所以殡葬店里堆满了各式纸扎房屋、小套房、双层别墅或是带车库的无敌皇宫，总之丰俭由人。店里自创的纸扎，细节做得精细，外围粘着碧绿或者莹蓝的亮片，房间里还摆上纸床，让用户在地下不需打地铺。卖得特别好，所以这些天都忙这个，想出去却老离不开。快出门时，我接到宝如丈夫的电话，他说，妙香姨，我暂时回老家收拾一下房子，但我不放心宝如，请你去家里看看。求你了，我也没别人能交代了。

宝如夫妻俩来岛上这么多年，我连男人的名字都不知道。

刻墓碑的时候，一家三口的名字刻在一起，我才知道男人叫志坚。也是，做餐饮的人哪有交朋友的时间？每天从早做到晚，一周七天地干，拼命卖才能追平越来越高的店租，拼命干才能有好日子。他们在岛上其实并无依靠。我想了想，说，志坚你放心吧，我正要去。

转行到殡葬店这些年，我尽量不跟死者家属多联系，而他们也避之唯恐不及，毕竟在大部分人眼里，我们代表死亡。可是殡葬不能只当生意做，死亡是个连绵不绝的事，人情在，生意才能做不完。大家都知道，只要他们开口，能帮的我都会多帮些，这是我们店在这人越来越少的岛上还能维持下去的原因。而且，宝如这边我无法完全抽离，想来，是希望对自己的遗憾有些弥补。

我们店里，原本有对夫妇。女的给死人化妆，男的在外面当电工，有时候也来店里帮忙修理东西，很会赚钱。夫妻俩疼孩子。孩子长到十六岁，上重点高中，人很帅。他们很少让小孩来店里，但那孩子每周日在路上遇到我，看我手上有重的东西，就会帮我拿。很乖。他妈有点洁癖，明明不是她的事，也总要把店里收拾得很干净。他爸说，他们要是出去吃，都要吃好，不会随便去那种差饭店。

可一日，孩子踢足球，昏落去。送去医院做全身检查，怎么就检查出胃癌。人家是爸妈的心肝宝贝，全力以赴治。到第五个月的一个礼拜天，这孩子身躯很难受，就跟父母说，爸爸妈妈，你们叫医生给我救一下。他真的艰苦。父母就含着泪，跟他说，不是爸爸妈妈不救你，然后才把实际情况讲出来。孩子听完，认了，没一两天就死了。他的命本来就是到尾了。死后，自然是我们店去处理。当时我跟他们说，你们都知道，闽南风俗是孩子的葬礼不能做得太热闹的。他爸说这个孩子很乖很听话，没给我花过钱。所以，我照样要给他租灵堂，找诗班，给他弄得好好。他妈在我们店里干了好多年了，忠厚，也同意给孩子弄得堂堂正正的。葬礼上父母是很不忍，但也没办法了。葬礼后，女人来店里，辞了工，说要换换心情，之后我就没见过这对夫妻。

过了差不多一年多的一个春节，医院给我打电话说，有个女的死在大岛医院，叫我过去。哎哟，去了才知道，原来死者是那女人。我说，怎会这样？她丈夫说孩子死后半年，女人也开始不舒服，检查出来是肝癌。给医生看，医生说再活也就半年。然后他们就决定说，要放弃。他儿子是他们亲自陪着医病的，知道最后在医院待着也没用，所以他们要放弃。离开医院，夫妻俩就去台湾玩。我问，你们有没有去101吃小笼包？丈夫说，我跟你说啊，我们可不是去吃什么小笼包，我们去一定是去吃好料。什么好料都吃，只要她吃得下。他们爱去台湾，因为说话能通，东西也能吃。所以一年的时间，去了三次。两个人留那些钱干什么？妻子到最后，很难受了，再去医院，在医院里死。这样后，丈夫伤心得很，他说我一切都没了，儿也没，妻也没。我没希望了，我觉得生活没意义了。一切都是悲观失望。我说，你不能这么说，生活还要继续。你要坚强。我自顾自给他说了很多很勉励的话。结果，过了两年，有个陌生女人给我打电话，她说她小弟过身了,叫我去。那天其实我没去,顾着在别处忙,后来去了才发现,是这个男的自杀了。他在租的房子里,设计了一套电线缠身的方法,给手腕和心口通电,但又不引起短路,还认真放了告示,让人记得先断电再处理他。

本来他夫妻俩在岛上有房子,三房一厅。孩子死后,他们就搬出来,租了两房一厅住。他妻子死后,男人又出来自己租了一个单间。他的生活也算是度日如年了。身边有钱,都花了。结果他自杀,遗嘱写得太清楚了,上面说,我这房子是租的,本来想去公园,可是在公园连想死都没办法死,人都在看。实在逼得没法,才在这里,用这方法结束。你尽量不要让人知道,尽量静静给我拿下来,不要影响后面人家租房子。我,欠了房东房租多少钱,放在抽屉里一分不少。信还交代说,第一个发现他的人,一定要来找妙香姨,还写了我的电话。

那天我回到店里,自己静静坐着,突然想起那段时间有一日坐公交,看见他在街上过马路,就在我眼前,安安稳稳地行过去。很平常的一幕,不知道为什么一直留在心里。那时候我有种感觉,有些人走向死亡的时候,带着无可阻挡的姿势。就那一瞬,我有过这想法,但后来忙,也没再找过他。再次见他,已是尸体了。我不是故意的,但确实那阵子在自己的事情里,离得远了,也没去关注他们。

在女人的葬礼上,那男人其实问过我,他说妙香姨你见过世面,能不能推荐我,还有哪些地方好去旅游?可是后来有人过来找男人说话,这对话就断了。我有些后悔,那时候那么拙口笨舌，只会劝人家坚强。我应该找到他，跟他说，我们店里来了年轻人，跟我们说过，其实还有很多地方可以去。都柏林、马耳他、捷克、巴西、南极，世界上有的是地方可以去。有伴就结伴去，没伴就自己去，没钱就攒攒钱再去。至少在远处插根标杆，有个模糊的目标也好。可我没说。说了，是不是事情就会有些不同。

我一想这些事，心中就纠缠，越到晚上，脑子越清楚。许多事都能弥补，偏偏死这事无可弥补。还在想着，就走到鱼丸店，卷帘门锁着。我把耳朵凑近，听见里面隐约发出鬼吼鬼叫，有东西爆裂，有女人尖叫，有子弹和脚步声。我用力捶门，宝如从楼上探出她的蓬脑袋，叫我从后门绕进去。

我推开了那道虚掩的门。走上二楼，电视机里面是近来流行的僵尸灾难片，每个人头被咬掉，血喷满地，城市爆炸，还蹦跳着拿枪轰对方。宝如关掉电视去给我泡茶，我把满手的袋子提进厨房。角落有一包橘子，晦暗的绿色立体霉菌像火药一样撒满果实。我想帮忙把发霉的橘子拿出来扔掉，一伸手，果子像瘫软的肉一样，里面的汁水混合着霉菌粉末炸落一地。地上还有一盆文竹，已经彻底变成亚麻黄，再浇水也活不过来了。窗户大开着，夕阳的光线从靠海的那边，伴着冷风射进来，家里流淌着长长的阴影。我打开冰箱，把带来的炸醋肉、拌面、韭菜盒、蚵仔煎、白灼本港鱿鱼放进去。

宝如一边道谢，一边递茶给我，问我最近怎样。我说店里忙，快要初三烧新床了嘛。宝如说唉，新亡人果然不止我们一家，可惜我不信这个，不然就找妙香姨你买。我说我也不信,这个是烧给活人更多于死人。

前几天我看见你了,我说。

宝如没回答,从抽屉里掏出十块二十块的一沓钱,叫我点点看。我慢慢地数钱。近年来,算数越来越缓慢,稍微有点分心,就必须重来一遍。幸好宝如很安静。过了一会儿,海的气味从窗外爬进来,柔软地瘫倒在我们身边。我数好了,没错。月亮已经出来了。我们坐着,开始一口一口喝茶。顺着窗看去,夜里的海是水泥色的。灯塔白光,可以看见这水泥海面并不规则的纹路。

宝如说,妙香姨,我近来还是无法睡。做梦时总痒,感觉密密麻麻的鱼虾在啃皮肉。醒来太安静,想到孩子最后一刻浸在水里,不知有没有受苦。想哭,但不想在这房子里大声号,整条街都能听到。那天我去了海边,还是想着,或许能找到女儿。活的女儿。后来又想,哪怕是海交出她的尸体也行。坐在海边,我忍不住骂这个海,你带走了我的女儿。突然,黑色的浪推过来一个东西,我赶紧捧起来,原来是条死鱼。滑溜溜的,不重。我抱了它一会儿,然后埋了它。就埋在窗外的海滩。

风真凉,我打了个喷嚏。宝如赶紧起身把窗关上。

窗外的那片海是颤动的、巨大的生命体,却轻易被玻璃隔去了声响。我们继续喝着手心的暖茶,与窗外黑色的岛屿、灰色的海面对峙着,一言不发。一艘黑色的长船,默默从左到右推动。

你们要走吗,我看见房间里堆满纸箱。

对，志坚说要我一起回老家。收拾到一半，我们又吵。我用力踹他，把他踢出门，他没回来。他竟然要把我女儿的东西扔掉。

我刚才开冰箱的时候看见了，保鲜层是空的，最中间只有一个儿童塑胶碗，摆了一片咬了一口的煎菜头粿，用保鲜膜缠裹着。那时候我就大概猜到了状况。陷在悲伤中出不来的人，悲伤成了他们身上的利刺，不是向内扎就是向外扎，反正要见血。亲近的人，再怎么忍也很难让人满意。

我说，要不要先吃点东西。宝如啊，等到十五，我跟你和志坚去你们老家走走。我心里想的是，过了初三，就是初四，过了春节，等到十五。日子只要一天能熬过一天，人就能好起来。

宝如说好。

我说宝如啊，还有很多地方可以去。还有很多事可以做。

她说好。

我从宝如家出来，外面的风越来越大。月亮是半块烂掉的果实，逐渐歪倒在大地上，被大风吹来的厚云掩埋。月亮每天在天上永恒地朽坏着，永远被天狗吞吃着。生命太短是可怕的。但永恒更可怕。我们就被夹在中间左右为难。

接下来几天，我忙完店里的事，都找宝如一起吃晚饭。宝如开始会说一些她女儿的事情。她唯一一次出行，就是去年春节带着女儿去外地旅游。女儿看着博物馆里巨大的母鲸标本，突然眼睛挤成缝，淌出水，肉乎乎的小手在脸上不停地抹。她断断续续地说，妈妈，肚肚。宝如感觉好笑，仔细看了那只标本，才发现母鲸肚皮上有条缝起来的明显疤痕。她抱住女儿，跟她说，板子上写了，这是搁浅的鲸，科学家把内脏和脂肪拿出来，再填充、缝好，就做成标本啦。可女儿还是哭，摇着头指宝如的肚子。宝如说她后来才明白，女儿是想到了她肚子上剖腹产留下来的疤痕。那时，女儿凑近宝如的耳朵，抽抽搭搭地问，妈妈也会死吗？妈妈要是死了，我去哪里看你？这让我想起自己小时候，在白色的庭园里，跟我阿母说过一样的话。阿母，你会死吗，死了以后，我去哪里看你？

宝如说她永远记得，女儿的最后一个清晨。女儿站在二楼窗户那儿，背后满天白云跟炸开了一样汹涌。女儿特意叫她来看，天空中有鲸鱼鲸鱼！前几天还在画册上学到的鲸鱼。她顺着女儿胖胖的小手指，看到远方小岛上浮着一只粉红色的发光小鲸，两三秒的工夫，迅速暗淡下去被剥夺了色彩。后来，云都化开，海面一片粉红。宝如总想不通，为什么女儿要在大冷天走到那片荒海滩上。后来她又说，女儿可能是想去看鲸鱼。可是，我们岛上从来没有鲸鱼。更多的时候，她就反反复复说同一句话：孩子都没顾好，我做人家什么老母？

短短的时间里，宝如把这些话重复了几十遍，可她自己浑然不觉。痛苦就是一种会痛的苦。废话。痛苦就是烈火的窑，就是一辆又一辆的车，轧过你的心、你的头。每一天，她女儿离去的那一幕都借由她的口，反反复复上演。已经过去了两百多天，她失去了女儿几千次。还有更多次失去，在面前等她。她说她停不下来，想太多次，以至于梦中也是，日日夜夜地重演死亡。我明白她。

终于有一天，她能下楼了。我们一起在沿海的小路走，能看见远处灯光晦暗的岛。突然浪变得很大，天上也落雨，我俩衣服都淋湿了，走路时用力靠在一起，才觉得暖一些。她鼻音浓重，聊到她的儿时回忆。她在离我们很远的岛屿长大。

她小时，在海边捡到过一个比她还小的孩子。后来，有个斗笠遮住面庞的渔人父亲来接那孩子。暴雨中行船来到她身边，一把抱住那孩子，可又忍不住结结实实往他屁股来了一下，怎么走得那么远，回得那么晚。孩子纳入船舱，伸出小小的手向她招摇。那面容难辨的父亲，像冥海船夫，向她庄重地点头，然后摇着手中的两只桨，渐行渐远，直到海已经翻腾成一片白水，直连灰白的天。瞬间，压住全部天空的云层融化开，如同烟雾一般向四处弥散。那时候，她就知道，大雨将止。不属于她的孩子，被他的父带走，越来越远。就在那一刻，水中有白海豚跃跳。她一直记得儿时那个画面，不知为何就是忘不掉，似乎有些信息还没传达。

而我，也跟她说起一些平常不跟人讲的话。比如我少年时，怎么在庭园的人工湖里发现我的阿母。我没有想明白，她究竟是如何下决心要走那条通往水底的路，她怎舍得抛下我一人。就在那天，阿母吃酒醉，还笑盈盈地跟我说，妙香，有了你，阿母今生没遗憾。我生气她吃酒，就没说话。我没说阿母我欢喜跟着你，有你我安心。她就这样死了，使我害怕不仅在此生，在永生，都会跟她永远分离。阿母的笑脸，就是死亡的容面。她捞出来以后，样子跟睡了一样。我守在她身边，一直到别人把我拔起，扔到一边。我说不清，一个人的路，是注定的，还是不停变化的。说完我有些后悔，怎说了这些。

宝如眼神发沉，我知道她进到记忆里去了。我们都沉默。鸽子的影子在桌角旋了好几圈，宝如才开口，说她知道我当过语文老师，本来很怕我会跟其他人一样，忙着教导她各种建议，还年轻，再生几个，别跟丈夫吵架，大家都不容易，或者是，让爸妈来陪你什么的。可我什么都没说，只说了自己的经历。

她说话的时候，我大多时间只是听着，有时也会发呆，年老就是如此。特别是吃饱以后，很困，坐着睡过去，醒过来，她还在说。在她家时，就任她说，我自己跑去厨房里做饭。我想，别的办法没有，就是吃和讲，吃和讲，好像一只小船的两支桨，把人从茫茫冥海的边缘划到人世的岸上。她丈夫回来过一次，把家里的纸箱都搬走了，说再收拾一下那边的房子就差不多了。

渐渐地，也能在菜市场看见宝如，她说老是让我带菜来吃不好意思，也去买些肉给我做丸子。她家中开始有了水果，桌子上摆着撕开皮的芦柑，或是切成金色星星的杨桃。有一次她还做了很厚工的五香卷。开始在乎体面和公平，我想她是好些了。我为她高兴，也开始有些失落。

我开始自觉与宝如保持恰当的距离，她不找我，我也不主动打扰。

吃到这个年纪，我发现扶人走一段难走的路，要准备好路走完后对方会尽力避开你，因为你见证了那段不堪的日子。不要期待有什么感谢，更多是疏远。对方毕竟好起来了，这才是重点。但我的心还多少有些不安，宝如仍不肯让骨灰盒安葬，事情没有真的完。

除夕前一天晚上，事情太多了，我还在店里忙，电视里那个戴眼镜的主持人，为数不多的头发跟海风疯狂缠斗。他正站在海边，播报着一具鲸尸今天清晨在海边搁浅，好像已经死了几天。现场的人看起来都很慌乱，毕竟我们这片海，从来不在鲸鱼活动的路线中，数百年来没出现过鲸鱼，死的活的都没有过。电话突然响了，是宝如，说同意把骨灰盒交给我，封入墓穴里。空气里水分湿浓，我抓了把伞，就出门去找她。

说好了等我，我去找她的时候，后门大开着，她家的小音箱在播《我心灵得安宁》，可走上二楼喊她，却没人应。我按着心口，走进去，屋里一个人也没有。她房里的老浴缸，水一个劲往外漫，水龙头还开着。我把水关了。心想，不好。不好。举目四望，去哪儿找人？窗帘这时候被风托起，轻轻打了我后脑勺一下。我看过去，窗外那片海滩上有许多人。我看不清，就怕出什么事，就下楼往沙滩赶。

到了沙滩，拨开人群，沙滩躺着那只鲸鱼，看起来像是幼鲸。鲸鱼身边竟是宝如。她拿来家中浸湿的床单、浴巾搭在鲸鱼身上，天空中开始有微雨，宝如挥动手里的毛巾，不容空中的海鸟落在它身上，有几只野狗试图靠近，也被她赶走。

一边挥，宝如还一边大声地猛打电话，怪对方怎么不派人来。有穿着制服的人，走到她身边劝，大姐，这鲸鱼已经死了，别忙了。

没死。

死了，尸体冲上岸之前就已经死了好几天了。渔港的人都来看过，你就别来乱了。

没死。

哎哟都快过年了，大姐你别再闹了。

没死，要有信心。宝如转过头不理他。

在电视里，我看过介绍。抹香鲸虽然巨大，可幼仔还是难逃虎鲸的攻击。敌人来袭，所有成年鲸会把孩子团团围住，用肉身筑成堡垒。可是，再严密的阵型也有缝隙，滑溜溜的、残酷的虎鲸就钻进去撕咬柔软的幼鲸。有的母鲸依然会衔着孩子的尸体，在海底潜游，不知要到什么样的时刻，才会松口。

宝如看到我，说妙香姨，快叫你店里的人都来帮忙啊，把这鲸鱼推回海里。我闻鲸鱼身上那味道，知道肯定是死了。但看到宝如不遗余力，又是披浴巾，又是拿着塑胶桶疯狂泼水，我感觉她身上憋了那么久的这股力气，总归要发出来，发出来，日子就能过下去。我没拦她。

过半小时，又有更多人来，消防、公安、海港的都来了，判断鲸鱼已死，但不知道应该谁来负责。最后商定用车先拖去处理。

都闪开！宝如大叫，开始发疯一样拼命推，要把这鲸鱼推进海里，好像把它推回去，就能跟海洋一命换一命似的。有人上去拉她，一使劲，她摔到沙滩上。大家认出来，这是宝如鱼丸店老板娘，又赶紧扶她起来。她一声不吭，继续冲上去推。有人跟我说，妙香姨，你去劝劝吧，这样下去不是办法。我怎么劝？就像离岸流一样，表面上海浪往岸上推，可是下方却伸出千百只手，把你往海里拉。这就是这个女人每天过的日子。彻头彻尾浸泡在痛苦里的，是宝如一家。到底不是贴身悲剧，就算在葬礼上人们会忍不住哭泣，但离开了就放下了，晚上都能安然入睡。而宝如一家，每分每秒都在承受无法弥补的损失，生命有一块被切除了，此生不会再补上。所以眼前这个女人有使不完的劲，因为她有使不完的悔。我想了很多，身子却没动。

正僵持着，人群突然裂开缝隙，走出宝如的丈夫志坚。他脚步犹疑地蹭过来，然后一把抱住宝如，轻拍她的背，说，好了，好了宝如。我也走上去，把宝如发红的指头抓在手里，像捏着十只幼鱼仔。

有冰冷的颗粒击打头壳。

我抬头，天空中所有的云急速奔来，大雨将至。

瞬间，天空中的发光体都被遮蔽，整座岛屿被夜熏黑。有辆黄色的小型工程车，亮着零星的灯，缓慢地开过来。岛上不允许机动车和自行车的存在，去哪里都要走路，唯一允许的这辆车，也只有紧急时能用。

宝如被我们拉开，人们手忙脚乱地把鲸的尸体架到车上。这车跟鲸鱼比起来，还是太小了些，后面还加了一辆板车，汽车加人力推，才勉勉强强移动着。刚放上车，那鲸鱼竟越看越怪，极速鼓胀起来，仿佛一颗巨大的气球，将要升空而起。

膨！

突然间，一股巨大的声响震动四方。眼前一片血红。

接着，是一股浓烈的恶臭。就算过了一个礼拜，我仍然会说，那沙滩的气味依然好似死者集会。十年来，我处理过几个死了很久才被发现、身体流出汤汁的人。但把他们全召唤过来，也没有这只鲸臭。

天空下起了鲜红血雨，宝如的头面都被血浇透了。沙滩和路面都被染红了，白烟从车上的鲸鱼那里涌过来。那只鲸鱼竟然爆炸了，震开了它身上的绳索。

我眼前一黑，湿黏与死的气味覆盖了我。用手一拨，是鲸的内脏碎块乱飞。此时志坚头上停着一块肝脏，臭得他满脸扭曲，直翻白眼。宝如，伸出手要帮他清理，却在血与臭气中笑起来，难以自抑地笑。或许这个爆炸来得正是时候，肝脏来得正是时候。

大风此刻突然降临，空气跟煮沸了一样，所有的叶子和灰尘都在上下翻飞。死荫幽暗的黑天，燃炸紫色的闪电，崩出金色的裂纹。在极高之地，天空如同一枚精心装饰过的奥秘。黑夜开始变得如白昼发亮。

站在沙滩上，背后是海街。商业街上的鱼丸店，二楼有宝如空荡荡的家。宝如鱼丸店后面，是奶油蛋糕一样的双层建筑，然后是一栋栋不超过三层楼的房子开始连绵。雨瞬间变大，淋湿近处的岛，也淋湿远处的岛。

雨水从零星几滴变成了压迫的整体，从云朵淋漓而下，贯通大海。海面被雨戳出千疮百孔，又毫不费力地自动痊愈。天地都是水，现在的水和过去的水，连成一片完整的水域，在风中摇曳。海被雨绵密搅动，翻涌起云雾。

暴雨猛灌之下，小车不堪重负，开始倾斜。

鲸，从车上滑落。

众人惊呼。车下，雨水沁湿的沿海石头路，又被血液和黏浆淋漓得滑溜溜。鲸被道路上的水流冲着，向海岸缓缓而去，滑出一条血路。它平静地顺着流水，仿佛在鲜血的道路上得了复活。血路跨过沙滩，绵延到海里，此时，有白色的海豚跃出海洋，一面面旋转的白色旗幔。有人喊，快看，十年不见的白海豚回来了。白色的精灵们在海中浮动着，踊跃着。

此时的宝如，身体中突然裂变出锋利嘹亮的哭声，闪电般耀眼，连黑夜也无法遮蔽她。志坚揉着她的肩，悲哀，哭号，恰恰说明过去的事已经过去。我突然想起宝如说过的那段关于渔夫的儿时记忆，或许那画面早已将过去之事与未来之事完全透露给了她，可直到如今，才显现出可辨的面貌。而我也借由宝如，瞥见那张脸。

相距她那时遇见冥海渔夫，已是多年，雨却大约是一模一样。雨在空中被风吹着,像是半透明的巨型游魂在旅行。他们摇摆,如垂挂的波浪,撞在一起,成为大群,于是整个世间就白茫一片。黑沉沉的岛屿显得凝滞,被轻盈的白色水汽随意踏在脚下。

暴雨中,宝如满脸的血污被洗刷殆尽,眼睛开始流露出柔软的丝线。她的目光穿透人群,紧紧盯着那只墨黑的囚徒。它终于在透明的雨里,挣开了绑锁,借由血,向着大海的方向洇潜。

志坚在一旁抹开了脸,准备湿漉漉地拥抱宝如。而她,突然闭上眼,嘴里轻轻呢喃。去吧。

去吧。去吧,天地间无阻无碍。

出山

1

小菲到幼儿园才搞明白外公是谁。

去幼儿园开家长会的时候,油葱是这样介绍自己的,"我叫油葱,是她阿公"。小菲要等到识字后才会知道,他的大名是"尤聪",不是"油葱"。小菲觉得蛮丢脸的,他头毛像是用重油炸过的葱,黄黄卷卷泛油光。上半身虽然是正经的蓝色条纹衬衫,还加装一条橘黄领带,下半身竟然穿着短裤配白色及膝袜和棕色皮鞋,哪怕只是幼儿园学生,都会觉得这位年过半百的老阿伯,打扮得太超过了一点。可油葱看到小菲和其他小孩对他目瞪口呆,就无比得意。阿公有帅没?岛上的世家子以前都这么穿。

那天刚好小菲妈妈工作忙,爸爸又烂醉在家,油葱于是第一次出马,去幼儿园充当家长。小菲在这天也才明白过来,那个杂货店的热情阿伯是自己的外公。从苏打饼到菜脯干,从搪瓷盆到马桶刷,从螺丝帽到枕头套,小菲家里的小东西,几乎都是去他店里买的。小菲妈妈每次去的时候,都一脸不爽,拿了东西扔下钱就跑,不多做停留。那家积满不同年份尘灰,不对,根本就是用灰捏出来的店铺,里面每个毛孔都塞满了三件以上毫无关联的杂货。小菲一直觉得，油葱就是喜欢在家里积满东西，所以才顺便开了杂货店。小菲去店里时，油葱也从来没白送过什么，一分一毛算得特别细。遇到小菲超想要的抢手货，比如爱心图样的橡皮擦，他还直接坐地起价。油葱要是让小菲叫她阿公，小菲就学着妈妈百米冲刺一样地跑走。不过，小菲的爷爷奶奶都在外地，她也从没见过外婆，这回家长会上冒出个怪咖外公，她倒也不太介意。

小菲介意的是，那天没上去表演蚌壳舞。一开始小菲就没被选进舞蹈队里。虽然老师明明说要选坐得最直的小女孩，下课时小菲还放话自己肯定会上，后来老师还是只选了长得漂亮的。表演蚌壳精的同学们都抹上了口红和胭脂，那些动作小菲都会，在转圈的时候，小菲想自己可以做得更好。但或许小菲是比她们胖一些，眼睛也小一点，其中一个上台前还用蚌壳把矮墩墩的小菲刮倒了，那个眼神跟小菲说她是故意的。

回家的路上小菲很沮丧，连头上细软稀疏的黄毛也耷拉在耳边。油葱知道的，他认可过小菲的舞蹈实力，去杂货店买苏打饼的时候，小菲跟他表演过的。那时杂货店的电视里放着《西游记》里的嫦娥献舞，电视外小菲头顶手帕跟着连续转了八个圈。一跳完，她马上提饼跑掉，听见背后油葱在为她拍手叫好。

家长会那天，在回家的山丘石路上，每棵榕树都像史前巨兽那么大，气根垂坠到楼梯缝隙里，与石头纠缠在一起。路的高处种植着松树，像一座座苍绿宝塔，松果被雨滴打落，掉在地上滚。小菲那时一句话也不想说，举起绘着金表带的大红伞，一路用小雨鞋猛踩水坑。悲伤的时候，小菲力气就特别大，迅速蹦跳着上台阶，油葱都差点追不上。

有一只柠青色螳螂蹦出，拦住小菲去路。它轮换着举起手刀，一副威猛的样子。小菲停下来，怕它跳身上。油葱上前，把小菲拉一边，带她走过去。走了几步，他突然说，当蚌壳精有什么好的？

小菲说，就很好看啊，还能跳舞。

油葱大叹一口气，说你爸外地人，你妈就知道工作，都不给你讲我们岛上的故事。以前有个姓洪的小子落海，被蚌壳精救了。蚌壳精变成女人的样子，哇，大美女！还跟他结婚了。然后呢？小菲问。然后他们很幸福，在沙滩上跳舞，睡着了。小菲说我就知道，故事里漂亮的人都很幸福。油葱说，别急，没完，然后，有只头上长着黄毛的海鸟，飞过来，把蚌壳里的软肉叼走了。谁叫你躺得嘴开开！

哈哈哈。小菲开心又恶毒地笑起来。油葱说，小菲，你是鸟，要飞，当不了岛上的蚌壳精就算了！这时候，带着大眼斑纹的甜橙色蝴蝶，从湿漉漉的树枝上飞下来，停在油葱的背上，翅膀像屋顶上被风鼓起的被单，扬起草木湿枝的气味。

油葱看见小菲笑的时候，也很得意，说对嘛，这才像我嘛。小菲说我才不要像你，你像榴莲。油葱说，你是说我臭哦？小菲说，你面皮好粗哦，感觉摸一下会剌破手。油葱说，可是榴莲内面，连籽都是软的。

油葱总有些办法，让小菲可以重新神气起来，班里再有人拿没选上蚌壳精的事来笑小菲，她就说，当蚌壳精有什么好的，再把那个故事说一遍，就赢了。一个故事就能让小菲开心。

2

小菲的妈妈，油葱的女儿惠琴，号称食品厂邓丽君。岛民个个黑肉底，惠琴的白面皮总在人潮中闪闪发光，像花卷上不多的葱粒，很显珍贵。油葱的高鼻子在他自己的脸上属于突兀的平地起高楼，在惠琴这里却是与湖泊般发亮的眼睛相互辉映的温柔山脉。她喜欢穿彩色衣装，戴垂坠下来叮叮咚的耳环，走路时摇晃得厉害，一座闪光的脆弱风铃。惠琴的跛脚是天生的，左脚像一朵开得过于肆意的花。她说全怪油葱爱抽烟，她还在母胎中，就被那烟喷歪了腿。

惠琴对朋友说话总是柔软温和，但只要油葱一出现，她身旁的空气就扭曲打结，脑袋上膨出一朵杀气腾腾的蘑菇云。惠琴从来不叫"爸"，不得已有事找他时，都直接把眼神扔过去，砸中他。如果眼神不管用，惠琴就直接叫他"油葱"。而油葱应得很快，一脸谄媚的样子。

惠琴的妈早逝，从那以后，父女俩总是冲突不停。尤其在惠琴大了肚子，早早嫁人这件事上，两人大闹过几场，后来婚礼上油葱面色铁青地勉强参加，像一只发绿生霉的葱油饼。惠琴嫁人后,要是过得好也就算了,结果真如其父油葱所言,那男人喝完酒,脑壳就飞走了,多大金额的六合彩都敢签,什么人都敢打。惠琴常被男人打。小菲冲去帮妈妈,又总是讨皮疼。小菲母女俩早就形成了一种默契,知道辨认风暴来临的预兆,往往与六合彩开奖的时间相关。在那之前,就尽量避开与他的冲突。不论他决定找哪一个的麻烦,另一个人就要冲出去把大门门开,哭叫着让厝边进来救命,不要怕丢脸。住在街对面的妙香,也就是小菲爸爸嘴里的老妖婆,总是第一个冲进去的,但无奈身子软弱,也只能站在门口大声陪哭。油葱总是勇夺第二,又是挡又是骂,带着街坊再一个个来喊停,总要折腾一个晚上才能结束。

可是想到女儿才刚上小学,惠琴决定吞忍。油葱要是在她面前多嘴,说你眼睛糊到蛤蜊肉了?在这种人身上浪费青春。惠琴就会说,还不是因为你诅咒我,闭上你的阔嘴,不是因为你,妈也不会早死,我也不会早嫁。最后好像她继续这种追打逃的婚姻,只是为了跟油葱赌一口气,就这样继续坚持了三年。但后来,就连上小学的小菲都知道,爸这次真的玩大了,差点把房子都输没了,还因为恼羞成怒把小菲失手推下了楼梯。虽然小菲头壳硬,没受伤,但妈妈惠琴也终于下定了决心,不再忍了,带女儿搬出了原来住的地方。但她没去找油葱,而是拜托妙香给她找了罐头厂的宿舍。

最开始,惠琴一不注意,偶尔也会习惯性地走回原来的旧家。锈烂的门总锁着。有次下雨,她看见有蜗牛在铁门的螺旋纹路上慢慢上行,爬到顶,又摔回原点。雨里面,她看见二楼外墙皮又融掉一块。才搬走三个月，植物长势凶猛，裸出土墙的地方都被接管。朝南窗户被爬山虎死死纠缠，根本打不开，之前还能看到一点淡蓝色窗框，现在被墨绿色叶潮彻底吞没。

惠琴知道男人还蹲在房间里面，应该还是捧着那本气功书，不停地运功调动室内气流，间或抬起头，分辨着不同物件身上弥散的光。所有带黑气的都要扔掉，紫气的是宝贝，绿气黄气不伤人害物。不知道那天他往自己女儿身上砸的花瓶带着什么气。恋爱时她觉得这男人充满了奇思妙想，可如今那些狂想把他们的日子压垮了。惠琴巴住铁门，借力踮起脚尖，用力盯着枝叶缝隙，似乎看见模糊人影，感觉那影子被酒精那挠勾勾的气息充满，鼓胀着，一丝丝往外渗。她赶紧收回手，掌心都是细小的铁屑，一边走一边搓，它们还是不离开，湿漉漉地贴着皮肤，满是金属腐败的气息。

3

搬出旧家后，惠琴的工作忙碌起来。顾不过来时，她经常把女儿小菲抛到油葱的杂货店里，就像抛出一根橄榄枝。

那时杂货店门是用老旧的木头组成的，每天关门时要把一长条一长条木头拼接在一起。有一次，小菲绊到店里的木门槛，狠狠跌倒了，额头上鼓包，大概有一只枇杷那么大。油葱差点吓疯，哆哆嗦嗦去倒了一大碗花生油，往她额头抹。

小菲整个额头已经锃光瓦亮,仿佛头顶一颗夜明珠,她摸着黏黏又香香的油头,非常满意地开始傻笑。油葱更慌了,不是说抹油可以消肿吗,怎么还越鼓越大!我家这聪明蛋不会撞成一个大憨呆吧!他感觉无法交代,就关了店门,带小菲去菜市场。基本上小菲指哪儿他买哪儿,还下重本买了四斤花脚蟹,带上海鲜去找女儿惠琴负荆请罪。惠琴第一次接受了这歉意的赎价,叫来邻居和朋友,全部人大嚼海鲜,还从冰箱里翻出来好几个菜,又是热热闹闹的一个晚上,大家都忘了小菲脑袋上的包,包括小菲自己。

后来,小菲看见油葱把门槛拆了。

小菲还觉得有点感动,油葱为了自己,特意拆了门槛。随后才知,岛上开始整修,有学者发现杂货店原地址是历史遗迹,油葱的店被征用了。油葱立刻同意,因为提前签字,还有补贴,可以得好大一笔钱!他把店关了,去岛的西边帮人看管一座山,负责养鸡种杨梅,说是要当"座山雕"。

那年暑假,油葱跟小菲说,走,假期跟着阿公玩。小菲就去山上陪油葱待了两周。满山杨梅树,树下鸡乱跑。油葱根本不是老大,鸡才是座山雕。偶尔山上来蛇,但鸡够多,冲上去围殴那条蛇,活活啄死,吃了。这些鸡,个个是飞鸡,野得很,总是猛地蹿起来,飞到树顶。

小菲刚到山上时,油葱在树下忙着抓鸡,让小菲也去帮忙。油葱说时间到了,鸡都急着找老婆,公鸡互看不顺眼,打架都往死里打,每天要死伤好几只。所以他干脆给鸡戴上塑料片眼镜,叫它们当上知识分子,一个个都顾面子,就不打架了。小菲才不信呢，油葱又在骗小孩了啦。但她之前从没抓过活鸡，更没给鸡戴过眼镜，感到新奇，在山上彻底玩疯了。她追着鸡屁股跑了三天，又仔细看了手里这些红色的塑料小眼镜，右边是通透的，左边是密封的，鸡戴上去后，只有一只眼睛能看见，或许这才是它们不打架的理由。

小菲每天玩累了，就回山上的石屋吃饭。油葱总是手忙脚乱地准备烫海螺、鸡汤砂锅和虾米炒卦菜之类，随时会失手撞破两只碗。

你杂货店原来是什么遗迹？吃饭时，小菲问油葱。

油葱说，是个祠堂，也是全岛第一个外国人居住的地方。那人在英国努力学医和闽南语，准备了个十五年。一路辗转，从欧洲到吕宋，又终于来了咱岛。然后，他死了。他来的第二日，染了当地疫病，喉咙肿到闭锁，人虚落去，一周后死了。他没来得及跟人说闽南语。他学的医术也没能救自己。

小菲听的时候，正在用牙签挑一只痣螺，忍不住说，笑死人，也太衰了，十几年全白费，油葱你肯定又在乱说。油葱拿起痣螺的厣，也就是那枚小小的鳞片，按在小菲的眉心，突然严肃说，憨孩儿不要笑，死人事，不要笑。小菲以为他接下来要说个鬼故事，可是他转头没再说。

相处多了，油葱对小菲满嘴的普通话很不满意，说她都被学校教傻了，闽南语都说不轮转。青蛙叫什么？不会说？蜻蜓呢？也不会？哎哟可怜歹，半个小北仔。那两周，油葱带着小菲满山跑，到湖泊边缘，看阳光的涡流在水面流动；抬手翻动那些覆满青苔的石块，看下面涌出来的亮壳虫和软软的恶心的蚯蚓；再让小菲这个胆小鬼骑到他肩上，试着从树上拧下青木瓜，看树流出珍珠一样的血。山上的日子热烘烘，每天都有新东西看，从花斑蟑螂到无头鸡，比动画片精彩。

最后两天，油葱接电话时神神秘秘，小菲听到他提到妈妈的名字，但自己一靠近，他又马上改口聊别的。

后来，小菲才知道，那阵子爸妈在岛上离婚，闹得不太好看。小菲下山那天，爸已去了他北方的老家。油葱偷偷拉着小菲说，你要理解，你妈不容易，她是一个很好的妈妈。你爸你也别恨，他是你爸。到了巷口，小菲还是伤心地哭了一会儿。

一进家门，妈妈在煎鱼，小菲不说话，钻进厕所洗澡，听见整个世界都开始落雨不停。从山上回来，她才第一次发现在家里能听见这么多声音。雨落入青草、打落缅栀子、渗入砖墙的声音。还听见天空的鼓声。或许不是鼓声。这小区每个家大约有四个窗，每个窗都有一个雨披，被雨点反复击打。塑料雨披、金属雨披，新雨披、旧雨披，无数的家环绕着，雨声被放大、被创造，噼里啪啦咚，是雨披的声音。小菲突然感觉到幸福，这样一个安全的、只有雨声的家，这些亮起的窗户。不再有酒气、皮带和突然而至的暴风。

妈妈这些年都在吞忍，可是上次爸喝醉把小菲推下楼梯后，她就再也不饶他了。小菲想起妈妈那天说，咱会有自己的家。

洗完澡，整个人轻轻。吃完饭又有些爱困。妈妈和小菲沉默地喝茶。咕。咕噜。两个人贴在一起,没有缝隙。窗外亮光闪闪,雷还在一个个打。轰。隆。轰隆。小菲用脑袋靠住妈妈,手轻轻抓着她松软白嫩的手臂,帮她捂热,然后跟她说:"妈,阿公说,你是一个很好的妈妈。"

4

夜里会偷吃东西的,不只是老鼠,还有大人们。

一开始,小菲没发现。作为小学生,小菲早早地就被逼着上床睡觉,连《还珠格格》都错过了。有一天小菲梦到五阿哥永琪来学校表演唱跳,他突然在人群里看见了小菲,就在他势必对她爱爱爱不完的时候,她醒了。醒得太不是时候,心里很难过。突然,她发现外面有人在聊天。透过浅黄色软木门的缝隙,能看见暖锅咕噜噜地冒泡,周围是奶白的鲨鱼丸子、挣扎跳动的虾、鲜切的白灼鱿鱼、淡金色冒着泡沫的啤酒。油葱老神在在,坐于灯光下。他的鹰钩鼻闪闪发亮,少有南国岛民长着那样的鼻子,因此他常自豪地宣布自己身上流着希伯来血统。脑袋上的卷头毛,让他看起来像只熊,讲话的时候手又指又比,动作像在划拳,说出来的每个字都被手势扩大了一号。妈妈、妙香姑婆外加两三位叔叔阿姨,眼睛都看着他,耳朵都朝向他,只有他一人在那里喷嘴沫。

小菲大生气,然后感觉尿急。

厕所在外面，外面有客人，有客人小菲就害羞。不愿去。不知哪来的灵感，她拿起纸笔写了张纸条，然后蹲下来，对着门撒了一泡尿，把自己的纸条顺着尿河放出去。小菲妈走过的时候看到了，上面字迹有些模糊，但还能看清：

"你们自己吃火 guo，太过分了！"

妈妈大笑，所有人暂时抛弃油葱，兴致勃勃围观尿湖上漂着的白纸条。小菲钻回被子里，听见声音越来越近，是妈妈把木门推开，靠近床上装死的她，戳了她的脸叫她起来。油葱让小菲坐在他身边，小菲也没在客气的，狠吞五六颗丸子和一堆虾。

那时，小菲的重点在于吃，大人们的重点在于听，油葱的重点在于说。他说到重要的桥段，全场都要认真，小菲此时如果还沉迷于剥开螃蟹的肺和钳子，就会被油葱点名，菲啊，来咯，阿公说的这段你要认真听哦。她只好缩起脖子，敷衍地停一停。油葱仿佛蓄了一夏天雨的水库，在短暂的屏息一瞬后，词语就哗啦啦喷涌出来。见他开始忘我，小菲立刻扑向食物。全部人听得嘴开开，快到结尾最关键时刻，油葱却暂停，不说了，开始猛吃菜，两口就干下去一只白灼大章鱼。全部人就开始狂夸他讲得好，要他继续，他却开始自谦什么"狗声乞丐喉"，说故事还没有完，还要再酝酿酝酿，下次再说吧。

妙香姑婆早就认识油葱，她笑着对小菲说，你看看，你阿公就是这样。这样你妈妈就得再准备酒菜，不然故事就听不到结尾，这老猴真狡猾。

5

小菲宁愿去动物园当只猴,也不想去上学。

爸妈离婚,让小菲在小学的日子变得辛苦。小菲那时候就明白,人都有的东西,你没有,这会变成被欺负的理由。但还愿意站在她身边的,就是真朋友。她在那时候认识了最好的两个朋友,可惜都在别的班级,自己在班里还是独自受欺。因为九年义务教育而不得不聚在一起的同学们围着她,唱嘲笑的歌。兴致所至,还会推倒她,把她当作矮胖的陀螺。小菲总是一声不吭地爬起来,脸上带笑,假装玩得愉快。她绝不让自己露出一点难过,这点面子,她还要争。

小菲总是衣衫带土走回家,趁妈妈没回来,自己把衣服洗掉。可是有一天,她在路上遇到下山卖鸡的油葱,他在夕阳里拍拍她的脑袋,她就哭了。她说油葱,你要赶快帮妈再找个老公,不然她在工厂里会被笑。油葱掏出手绢在她的小圆脸上,不熟练地三抹两抹,把她五官都揉在一起再揉开,然后说,你不要听他们的,让他们来听你的。

第二天,油葱去小学接小菲,身穿古怪的芒果黄斑点长风衣,打着一根斜纹花领带,像只刚打劫了驯兽师的花豹,屹立在校门口。等四年级的孩子们排好队走出校门的时候,油葱猛冲一步到他们面前,呼啦一声扯开自己的风衣,孩子们就集体尖叫出来,把他团团围住。

油葱毕竟开过杂货店，囤积了一大堆没卖掉的古怪零食。他在风衣里衬左边挂满这些对付小孩的糖衣炮弹，荧光变色糖能让你舌头变成蓝色，毒菇红的钻戒糖可以一边戴一边舔，超大卷的泡泡糖拿来跳绳都没问题，还有放屁糖，打开时就像有人放过臭屁但是放进嘴里却是蜜桃香。而在风衣里衬右边，是原先杂货店里的纸板抽奖盒，一共有八十个小小的扁格，伸手掏破那层薄薄的纸，就能看到是几等奖。

油葱说，瞧一瞧看一看，小菲的朋友紧过来，每人免钱抽一个！不要推不要挤，小菲的好朋友，每人免钱抽三个！他把凑近的一圈小脑袋都推开，只准小菲站在他的旁边，菲啊，这个是你朋友吗？来抽一个。这个呢，不好意思下次再来。还有这两个呢？是很好的朋友？就是你之前说的那两个？来，一个人抽三个，不够再继续抽。最后实在有富余，小菲也心软，让干巴巴在旁边等的同学有机会抽。小菲觉得油葱好像会魔法，她的好朋友抽到的号码都是好吃的想要的，欺负她的臭同学抽到的都是放屁糖，但他们也还是很开心。油葱只不定期来了校门口三次，自称是小菲朋友好朋友的人就满地都是了，自称得久了，他们自己也就信了，不好反悔。油葱得意地说，小孩比小鸡好搞定多了，一切尽在掌握。

6

油葱说得没错，小鸡他搞不定。因为鸡，惠琴又发火了。

妙香姑婆跟油葱和惠琴父女俩都很熟，见状就来相劝，她人热心，常常帮衬小菲家。

"阿姑你免说。油葱这人就是爱虚华，可是人又不够会！"惠琴生气，是因为近来她才知道，油葱根本不是去帮人看鸡，而是豪横地包下了整座山。那座山总算是结出了杨梅，但果子还没收获就被撞到地上，满山都是香滚滚的烂杨梅，躺在地上流血。鸡，也不停变少。成年鸡少到只剩一半，小鸡仔更是折损得颗粒无收。油葱这才发现，山上总有野猪在夜晚来袭，这是人家事先不会跟他说的。

妙香说，惠琴啊，你爸他就是个憨人，不懂做生意。山的情况、鸡的品种、野猪的行迹都没搞清楚就掏钱干，实在是傻出汁。但他说过，去包这座山也是想把生意做好，想供你和小菲改善日子。

一听到，惠琴忍不住大爆炸，说，拜托诶，我最讨厌就是他拿我作借口。我不心疼钱，那是他的钱，要怎么浪费是他的事！我不用那么多钱来穿金戴银佩珍珠，现在跟小菲有吃有喝就够了。你不是不知，这些年他玩废掉的钱有多少！我妈破病，最需要钱的时阵，他说这钱根本不够，要跟人去做蜜饯生意，结果反而欠债跑路躲到墓地里，那时候你也是知道的。而且，有人说油葱在山上养小妞啦。这个老猪哥！

妙香吃惊地张开嘴，又合上，再无话了。惠琴意识到自己实在是凶巴巴了一点，赶忙叫小菲帮泡茶，自己去厨房端出新烤的绿豆馅饼给妙香吃，一边抱歉地说，哎哟歹势啦，我不是呛你啦。妙香伸出手指，把惠琴蓬出的一缕乱头毛别到耳后，然后用手轻轻拍着她的后背，说，好啦，没事啦没事啦。

终于，妙香苦劝，惠琴大骂，油葱折腾许久，才承认自己生意倒担，仓促收了场，勉强保住一半的钱。于是小菲四年级那年，欢喜白喝了许多鸡汤，妙香帮忙拿菌菇或鱿鱼干炖得香香的，就是肉有点硬，毕竟都是油葱送来的，满山跑的硬汉鸡。

那阵子大人们吵作一团，可小菲只觉得，妙香姑婆做的汤，真正是全岛第一名。

原先小菲家与妙香姑婆没什么来往，小菲还以为她是个冰山老太。小菲印象中，幼儿园的上学路上总要路过一栋两层洋楼，带个灰石墙的小院子，种着绿茸茸的葡萄藤。院子的台阶直接通向二楼。二楼窗户全是晶莹剔透的彩玻璃，窗户大开，客厅一览无余，总有人在里面打麻将。昏暗的房里，隐约见一位白衣老仙女，身体干瘦素净，总是笔直坐着，像个冰雕。有一些灰尘在她身边打着旋，灿亮如星尘。小菲有时候会好奇，站在台阶的下端，背着书包仰头呆呆看她。每次小菲抬头望向那客厅，就觉得是个戏台，高高地架起，里面有着沉默的一出剧目。但老仙女打麻将时，只看牌，从没理过小菲。满屋烟雾弥漫的，小菲也总看不清她。

再后来，大约是小学一年级时，小菲看见那房子所有的窗户都关上了，破烂的麻将桌、木凳、眠床、门扇板正源源不断从房子里被抬出来，摆在那个矮牵牛和葡萄藤拉拉杂杂的园子里。老仙女长发微微散乱，背对着大门，端坐在那只马蹄足八仙桌上，吃一细支红豆冰，很认真地咬和嚼。在她的头顶是瓦蓝的天空，排布着紧密有序的云絮，像一颗一颗白色的齿痕。

结果几天后，小菲发现她又出现了，竟然搬到了自家街对面的平房里，成了邻居。

小菲那时觉得对面的小平房很香，感觉有许多鲜花在屋内同时绽放，花的灵魂都在向外蜷曲延展。房子只有妙香自己一个人住。小菲第一次去敲门时，是晚上，路灯亮起，门打开，探头，小菲看见老仙女站在天窗切割出的银色方块月光里，她满头长发竟然都转为纯粹的洁白，比之前亮得更加璀璨了，让小菲想起海底的珊瑚。小菲看呆了，嘴巴微张，那老仙女说话了，你是油葱的孙女对吧？叫我妙香姑婆吧。

妙香姑婆刚搬过来，小菲就听到邻居议论她。当初妙香也是响当当的一蕊花，她老公在后面追着跑的。那时候婚礼也风光，但后来她一直没孩子，好好的正室，让老公把二房请进了门，人家生了儿子，所以正室还不如妾。她倒好，还是日子照过，舞照跳，贪玩一世人，后来才被扫出门，从二层洋房搬到了小平房。那时候，小菲爸妈还在一起，爸爸也看妙香姑婆不爽，觉得她妖里妖气。小菲跟妈妈说起，惠琴就叫她千万别跟姑婆说这些，一家有一家事，我们懂什么？还不知道别人怎么说咱家呢。

后来，妈妈惠琴与妙香姑婆越来越熟，常一起吃饭，惠琴被打的时候，她总跑来帮忙，直到小菲跟妈妈搬出去后，她们还经常互相走动。许多人一开头还笑，妙香之前都靠别人养，出来后要是继续贪玩，哪撑得过半年？结果妙香很快就想到了，给岛上这些双职工家庭的孩子提供餐食，稍微收一些费用大家也都乐意。此后直到她生命的最后，没人见过她再打过麻将。就这样，倒也把日子好好地过起来了。

爸妈离婚后，小菲就经常去妙香那里吃饭。老一辈的手工菜她都会，炒粿条和芋包做得尤其好，有时候得空还会炒面茶。小菲和其他小孩每次都吃得好像猪哥在吃泔水，大口大口吞。有时，妙香姑婆穿起旗袍跳舞给他们看，很妖娇，手和脚都飞起来，香香软软地在乐音里飘。妙香姑婆的阿母，可是正宗从上海被带到岛上的舞女，什么舞都会跳，妙香姑婆肯定跟她阿母跳得一样好。

7

小菲上初中时，岛屿上许多事情都变了。

岛上许多人的房子都中了拆迁，工厂也全都迁到岛外，原有的三所小学因为生源不足只好合并。很多人开始需要每天在清晨坐轮渡，去对岸的大岛上班。妈妈也换了个新工作，给台湾人做助理。小菲之前看到的台湾人，都生怕别人不知道自己是头家，老爱穿花叶繁复纠缠的衣服，还得配上背带裤，总之就是怪怪的。但新来的这个老板赵保罗，倒是憨厚低调，跟妈妈年纪相仿，眼睛眯成细线，眉心有一颗浑圆的红痣，话少得叫人害怕，可说起话来又总带着一种歉意似的，过于客气了。妈妈腿脚没那么灵活，但做事情很麻利，别人要整理很久的资料，她三两下就搞好了。这老板很重用妈妈，只是工厂在岛外，每天通勤很远。

　　岛上也有不变的东西。小岛大约在中秋节后就会开始吹凉风，巷口长长的三角梅从向上攀变成向下垂，仿佛是岛屿天气隐秘的拉闸开关。

　　天冷的时节，油葱又开始忙了。

　　他鼓捣先进技术，买了一台二手数码相机。那时候他给小菲和妙香姑婆都拍过照，小菲不好意思说，妙香姑婆看了却直接不高兴，说把她拍胖了拍丑了拍老了，怒抢相机给油葱震撼指导了一番。小菲也觉得自己比他拍得加减好看些。油葱大摇其头，他说你们不识货，都不是我客户啦。后来大家才知道，他的客户是死人。他开始做殡葬摄影。他说就跟婚礼摄影一样，不拍不行，拍了，也不会有人看。相机里大多是黑衣、鲜花、死者和绕棺材走的亲友。油葱还怕吓到小菲，她却拿着照片看得入迷。那些躺卧在白床上的老人家，两颊擦粉红胭脂，头戴绣花边的帽子，身上盖丝亮的层叠被子，绣着红色十字。棺材周围是一圈白一圈黄的大朵菊花，尸体就像花丛里大号的洋娃娃。

　　一直以来，小菲对殡葬、墓地相关的事情并不排斥，甚至有些迷恋。初中班里组织清明节扫墓，她喜欢逃离人群，躲在墓园深处，一块墓碑一块墓碑地阅读过去——陈大蒜林惘饲王雅各——都是陌生人。站在旁边的朋友，总会怕怕地说，你别念名字，念名字就是在呼叫这些人。小菲总会忍不住笑她们，哈哈哈，搞得每个墓碑都是声控门铃似的。小菲觉得不能看到许多人的出生，但可以把许多人的死亡一次性看个够，有什么不好。在墓园的那种气味，蒸腾的，热乎乎、潮湿闷闷的气息，让她觉得安宁，岛上许多人正睡在那里，都安息在乐园里。

这次油葱的转型还挺成功，似乎工作不断。除了拍葬礼，有些老人会约他去拍遗照，比如岛上中学的林校长，自从得了癌症后，就找油葱一年拍一张遗照，就像是一年买一张死亡彩票。老人家最爱找油葱，他们说其他人给拍照总是拍不成，说一，二，三，结果眼睛总在数三的时候闭上。要不就是浑身不舒爽，拍出来一张青惊脸。油葱一边拍一边会练疯话，给人逗得想笑，然后他再出其不意抓几张，总有一张表情自然。

8

油葱说，他从此就要当"地下工作者"了。

那三年，油葱的殡葬摄影越做越顺手，看得多了，自信也跟上来了。他索性把钱一凑，买了地下商场的店铺，开了家殡葬一条龙。他跟女儿惠琴保证，自己这次心里有底，是踏踏实实地干，惠琴便也不再给他漏气。

油葱说这次捡了个便宜。他的福寿殡葬一条龙选址在地下商城里。这里原先是个山洞，后来改建成带有下沉小广场和一圈店铺的商场。地下商场往上走，是一座小山，顶端有一座私人白色庭园，中心带一座小迷宫，后来被改成公园，逐渐废弃了。

关于地下商场和连带的山丘该怎么规划，这些年一直在变。规划处三四年换一拨人：一拨人觉得应该重视开发，兴建人工景致。一拨人觉得保留原味，原来的就是最好的。一拨觉得应该发展店铺，借商户之力发展。一拨觉得商业化氛围太浓，损害本真的美，又把商户迁出。于是这里挖了停，停了挖，开始店铺有补贴售出，过会儿又关停不让开店。小山坡上的树被砍掉几棵，为了让路上建起音乐凉棚步道。步道建到一半，又因为经费问题停滞。过两年，因为这些半成品步道有碍观瞻，又一一拆去。没办法，这是一座太多人经手来装饰和塑形的奶油蛋糕。最终由于想法太多，人气却一直没搞起来，所以，油葱入手时，捡了个最低价。

油葱的福寿殡葬一条龙，就在地下商场深处那个最大也是唯一的店铺，那个位置空了多年无人问津。地下商场里其他店铺，则是做什么生意都撑不过三个月，最后通通躲不过倒闭的命运，卷帘门都裹上了厚锈。油葱用霓虹灯牌在店铺门口打出"寿衣"两个字，闪闪烁烁的，颜色每隔三秒钟还变一次。

把全部家当搬进地下商场那晚，油葱找了妙香姑婆过来，在街上展开两只圆板桌，现场热炒办桌，请帮忙搬家的亲友们吃饭。妙香现在不仅是精致小菜做得，大锅热炒也不在话下。他俩双剑合璧，一个切一个炒，蔬菜肉丁海鲜上下乱飞，搞得有些游客还以为这是哪家大排档，差点坐下来点菜。自己办桌，关键还是便宜，比上酒楼便宜。

在一旁杀鸡杀鸭的时候，油葱还要缓缓念一串："做鸡做鸭不费时，出世大厝人子女。是男是女，赶紧去出世！"然后再一刀下去抹它脖子，让血流进大碗里。小菲问妙香姑婆他在做甚，姑婆说老一辈杀动物都要念一下，是跟它们相劝，这辈子当鸡鸭，命送此地给人吃，总算没浪费时间，下辈子祝他们当有钱人子女。小菲说油葱真的厉害哦，还能给鸡鸭送葬。

开席后，油葱感谢众人，又大声宣布，孙女小菲这次中考大获全胜，考上了对岸的重点高中。小菲妈妈惠琴下班也来了，难得地倒上啤酒，满面带笑，珍珠项链在街灯下漤着暖暖的光晕。油葱说，他早知，孙女小菲以后是要干大事的人。然后他把小菲小时候，对着门外大人撒尿的故事说出来，说她如何运用一泡尿加一张纸条，争取自己吃火锅的权利。那天晚上菜很好，有些蛤蜊还是油葱跟渔民叔去礁石上挖的，总之就是便宜又大碗，大碗又满墘，大家吃得热热闹闹。

那天晚上，沿街客厅里电视机都在播着奥运比赛，油葱摆在街边的音响放着《浪子的心情》，暖金的啤酒在小玻璃杯里溢出泡沫，银色的瓶盖在地上砸出清脆的声音。更高更快更强，大人们也跟着发威，平常一两瓶啤酒就把一桌人喝得面红耳赤，这次，他们喝掉了一箱。

9

  油葱的殡葬生意，竟然真的稳扎稳打地干起来了。他甚至还忙不过来，聘请了两个帮手。其中一个帮手，是妙香。岛上学校外迁，学生变少了，她原本的生意也就不做了。她还是喜欢做饭，就在一条龙店里照顾伙食，有需要的时候，还能外出帮死人化妆。妙香每天在店里坐镇，把暖锅摆好的时候，整个店就是烟雾弥漫的仙境。每天有大约一个钟头的时间，黄昏的余晖会从天窗灌注进来，聚集在地上形成齐整的长方形，给地板铺上一块暖金地毯。妙香比油葱大十岁，她跟小菲说过，那时候，油葱还只是个流鼻涕的小屁孩，妙香带油葱在山顶白色庭园里玩捉迷藏，他每次都找不到她，玩到后来经常耍赖，倒在地上哇哇哭，像个小肉球，等着妙香给他抱起来，拍去满脑袋的苍耳。小菲喜欢听油葱儿时的糗事，总是忍不住哈哈大笑。

  另一个帮手，是渔民阿彬。他原本是渔民，近些年避风坞被封闭，他的渔船也遭清退，再不能出海。他身材硬邦邦，力气大，一条龙工作中的搬扛推，他都能干。他吃饭规矩最多，会教小菲吃鱼不能翻过来，不然会翻船。只能用筷子把鱼骨和肉分离，然后整条鱼骨连着鱼头拉起来。鱼头必须最后吃，不能一上来就挖鱼眼，那是对客人不敬。油葱总笑阿彬，如今已经不上渔船了，还遵从这一套。阿彬习惯了在海上纵横来去，到了岸上也神出鬼没，经常不见人，但店里需要时他都会准时出现。阿彬比油葱年轻许多，两人是死忠兼换帖的好朋友。全岛大概也只有他，闲来会把长长的渔线甩到油葱面前，然后叫着："油葱油葱，快点咬钩！"油葱这时候就满脸喜悦地走出来，陪阿彬去钓鱼。

除此之外，生意最好的时候，福寿殡葬一条龙还会增加三四个临时帮工在外面四处跑。

高二那年暑假，妈妈惠琴要跟赵老板出差，小菲就寄住在油葱那里。

小菲喜欢地下商场的安静。这一区向来很冷清，人们没事也不愿意从殡葬店门口经过。有人怪油葱的殡葬一条龙带屎了整个地区，问题是他来之前，这里本来连鬼都没有一只。油葱跟小菲说，大家就是觉得衰运和鬼都住在一条龙店里，不小心经过，这些东西就会跟你回家。妙香听到，就大笑起来，说，拜托，也真是想得美，衰运和鬼，难道没有主见吗？而渔民阿彬会说，只要稳稳把钱赚到就可以，那些瞧不起油葱的人就是一群没本事、全身上下只剩一张嘴的废物。

走进店里，中心必然是一张可以泡茶的桌子，感觉像是从倒闭的家具店里捡来的垃圾，边角磕烂了，桌面布满暗色纵横交错的痕迹，油葱非说是红木的高档货。桌上茶盘旁边，摆着白色塑料泡沫盒装着的刚烤好的馅饼，还有红色塑料袋里的麻烙和蒜蓉枝。

走到店的背部，是一层厚厚的暗棕色布帘。掀开布帘，背后还有个客厅，深处连接着好多房间，像繁复的地下宫殿。

妙香和阿彬也有专属房间，只是阿彬经常去儿子家，很少住。外聘的工人全都在外面跑，店里总是很安静。

客厅的缝隙里摆满了油葱的东西。幸好小岛从没地震过，不然油葱收藏的这些物件全倒下来就能把所有人淹没。小菲都不知道眼睛往哪里放。楼梯扶手密密麻麻地披着图纹繁复的挂毯，带着厚重的灰尘。死去的八哥做成了标本，停在钟表柜的顶端，有蛛网在头顶像新妇遮挡的头纱，后面放着杏花树形状的灯盏。客厅角落里的大木桌却一反常态地干净，紧挨着的那只小木桌，则摆满了水仙花球、棉花、银色的剪子。油葱没事的时候，就坐在那里雕刻水仙花。被他雕过的水仙，叶片会呈现出各样的曲线，不再是直愣愣的葱头开花。

小菲住进来需要适应的第一件事：电话常在半夜响起。小菲觉得油葱和妙香就跟救火队一样，接到电话后就立刻往出事地点冲。死亡可不会挑时间。凌晨两三点，电话也常会响起。生意真好。可是每一次电话响起，都有一个人死去了。住进来后，小菲常常听见他们接电话，说得最多的是：放心，不要担心，不用怕。这是岛上的人都愿意找他们的原因吧。比起远处的、规范化的、不熟识的人，在这些大人们最惊慌的时候，他们更需要油葱和妙香在他们身边。

接下来几天，小菲很快就习惯了睡眠被铃声切割，等他们把电话打完，翻个身继续睡。小菲还忍不住出手帮忙整理了堆叠得乱七八糟的玻璃橱窗，把寿衣一组一组按照颜色大小排好，再把纸扎陈列摆好。小菲发现这些纸扎都做得很细致。单单在成功男士小套装里，就有手机、车、表、银行卡这四件。手机是过时的诺基亚黑白机的样子，但顶上的品牌写着 Hades。这不是希腊神话中冥王的名字么？表上写着"劳力士"，用心地拿金色的纸镶了一圈，在白射灯下闪着光。银行卡，端端正正写着"冥间阴行"，诡异的谐音。美女套装里除了口红、名牌包和高跟鞋，竟然还有三层的下午茶套餐。顶部放满水果挞，还带着薄薄的糖霜。"这……居然还挺好看……"小菲边整理边赞叹。油葱说，他不乐意卖机器做的呆板纸扎，这些都是找岛上艺术学校的学生们手工做的，又便宜又好。

10

小菲住进来的第七天透早，油葱接了个电话，然后他扭头对小菲说，你们小孩子都很会拍照对吧？今天陪我去做活。小菲说好啊没问题。

小菲知道油葱店里生意渐好，岛上的人都愿意找他，人手却总不太够。因此搬进来之前，小菲就特意跟油葱说，她可以帮忙做卫生，一条龙有什么需要都可以叫上她。她从来不怕这类事情。油葱听了，说我就觉得，你这孩子从小头脑跟别人不同款。

出门前，小菲觉得奇怪，平日妙香姑婆总是很愿意配合油葱，这次却别着身子，坐在厨房里死活不出来。她不去吗？小菲问。油葱掐住小菲的嘴，塞进去一块炸枣，然后说紧走紧走，就拉着小菲出门了。

林校长的葬礼，是小菲第一次"出勤"。林校长有位在国外赶不过来的姐姐，希望能用数码相机记录下全过程，发给她隔海纪念。小菲赶紧跟油葱出发坐船去大岛。油葱告诉小菲，以前岛上倒是有停尸房和焚尸炉，如今告别、火化、入土都在对岸大岛上。小菲身处的小岛，已不再具备处理和埋葬死人的权力。哪怕人在小岛上去世，尸体都要坐专门的船运过去。由于搬出小岛的人越来越多，现在红糟肉丧宴也通常在大岛上办，方便吊唁的宾客。

林校长终年八十九岁，是家里保姆打来的电话，说他死了。不对，油葱说干这行，死不言死，要说"过身"，出殡则叫作"出山"。林校长早年搬出小岛，住在对面大岛火车站边上的高楼，他早上过身，在自己家里睡过去了。都说这样离世的方式，算有福气的终结。

油葱在现场只负责最重要的流程把控，至于洗身、换衣、抬棺、化妆入殓这些具体事，他都叫人来做，免得分心。他告诉小菲，乐队指挥肯定比光懂奏乐重要。当然如果孝男孝女不在场，赶时间的时候，他也愿意站在一边，让准备寿衣的人把衣服一层层反套在他身上，然后再剥下来给死者"套衫"。他说那些规矩，他不信，也不怕。林校长洗身换衫完，需安排八个人抬棺。如果遇到年轻人早逝，那就只能四人抬了。这一天，小菲才知道，死者和棺材不可以坐电梯下楼，林校长的尸身必须从十六楼由八人抬着，走楼梯下来。

第二天守灵。第三天葬礼。小菲很认真地一路跟拍。整个过程中，油葱威风八面，骂这个靠北①那个，流程迅速向前滚。他竖纹蓝衬衫的口袋里，永远插着两支笔，随时拔出来，跟拔枪一样，砰砰砰在纸上画，整个场子运筹帷幄。油葱是葬礼的主事人，但更像是全场的老板，或者债主。所有伤心的人、做事的人，包括尸体，都必须听他指挥。有油葱在的场子，葬礼的中心是他，而不是死者。他像一只烈怒的蜘蛛，喷射出许多细密丝线，牢牢控制住每个流程的每个细节。寿衣的件数、白色盖布的花边皱褶、红丝线的数量、鲜花的摆放位置、司仪的流程、火化的时间，稍有差池就要承受他猛烈的炮火。等一切结束后，才会发现他并不是在发怒，而是工作的热情进入了燃烧状态。

小菲想，他是真的爱这份工作。

林校长生前交代过三个要求，一是希望得家人原谅，二是最里面要穿那件桃红的真丝衬衫，三是想找诗班来唱诗。第一条油葱管不到。第二条穿衣的事，油葱有照办。但林校长第三个要求，不好办。一般如果死者是走世俗路的人，要掐好时间，备好香烛祭品，有要求的话，还要花钱请光头和尚或者道士。拜上帝的，则叫来教会的唱诗班和牧师做安息礼拜。林校长葬礼不太好找人，因为他并没有委身的教会，何况虽然他搬出岛有一阵了，关于他的那些传闻一直都在。早先小菲在渡船上见过他几次，总是拉着年轻男人的手。后

---

① 闽南语，骂人"丧父"。

来听说过，有人去林校长家里做客时，有男人冲进来，气势汹汹地跟林校长要钱，说他这种钱可欠不得。

油葱一直在打电话，终于也拗到了人来。早上十点，歌声从灵堂一直往外飘：我今空手来亲近，专向十架求大恩。裸裎望你赐衣裳，软弱望你善培养。污秽走倚清水边，求主洗我皆清洁。或是在世尚度活，或是临终性命息。神魂离开过死河，看主高坐审判座，替我打破石磐身，使我匿在你内面。

唱得真好听。油葱说，以后他自己死了也给他找个唱诗班来，那些弟兄姐妹都很忠厚，不用花钱，有的连包了红丝线的毛巾都不肯收，就拿两颗话梅糖。

小菲看了一眼躺着的林校长。印象中他红润壮实，谁知已经变得这么干瘦。妙香姑婆就经常说，她绝对不要搬出岛屿，那些搬出去的老家伙，很快不是死就是废掉。话说得难听，或许只是因为她害怕了。林校长七年前就搬走了，小岛上的医院越来越差，半夜出点紧急状况，医生都搞不定，会让你先不要死，第二天再来。渡船不到凌晨就停了，但凡有点忍不了的状况，都要在夜里请挂旗儿小船去大岛的医院。林校长年纪大麻烦多，经不起折腾，只能搬出去了，还找了保姆全日看护。他就像被切断根的蔬菜，身上那股活气泄了，双腿也迅速萎缩了下去，在床上躺了许多年。

隔壁灵堂摆满了花圈，来的人也很多。相比之下，林校长的灵堂，既没有多少亲属，也没几个朋友。他退休多年，老同事大多都不在了，除了妻子儿子，只来了一些学生。油葱说，有什么所谓，人多人少，热不热闹，他本人也不会体会到，都是给别人看的而已。对谁来说，死都是一件独自完成的事情。

就在告别式的最后，妙香姑婆突然出现了。她白头发都梳齐盘成一个髻，身上穿着白色的系带衬衫，下身是白色阔腿裤，耳边的两丸珍珠在白炽灯下闪闪发光。小菲看呆了，想起有好久没看妙香姑婆打扮得这么认真了。

妙香走进来，油葱跑到她身边，林校长的家属也围了过来。妙香蹙眉从包里掏出一个黑色小布袋，扔到棺材边上，说："今日给伊一个全尸。"然后就转头脚步轻快地走了，如同卸下万斤重担。油葱转头跟小菲说，这段到时候掐了，然后就赶着众人继续忙。等告别式完成后，就是出山，油葱催着家人把林校长送去焚化，装入盒中。

所有流程都结束后，会有丧宴，当地叫"吃红糟肉"，宴席的末尾会端上来一道被红色酒糟腌过的肉。告别式上大哭的人们，在红糟肉晚宴的时候，都是笑的，喝点啤酒再吞下一颗土笋冻，人已经正式离去了，再哭就不合适了。

忙完后回小岛，身体很累，但小菲内心有种踏实的感觉。特别是油葱还给她发劳务费，他说你这小孩也是蛮现实的，拿到钱马上嘴笑眼笑。但小菲有一万个问题想问，油葱说我知道你想问什么，你给我一百块我告诉你。

小菲豪爽掏钱。

油葱说，林校长是妙香前夫啦。

小菲问，妙香姑婆往棺材扔了什么呀？

油葱说，如果你能猜对，阿公给你一百。

结婚戒指吧？

油葱说，不是。你给我一百我跟你说。

小菲只好又掏钱。

那时阵你妙香姑婆是大美女，追她的人排队要排到南洋去。这个老林当时剁了自己小手指，当作定情物的。

蛤？布包里，是一根陈年手指头？这些老人家年轻时玩这么猛哦？小菲感到佩服。但她也发现，自己几天的辛苦费，就这样又被阿公卷走了。不甘心，想反悔去抢，爷孙俩一个逃一个追，笑声跟机关枪一样，惊动沿街的麻雀四处乱飞。

11

暑假结束，小菲开始上高三。自此，她就笑不出了。

原本，周末小菲还会陪油葱和阿彬去海堤钓鱼，去礁石上拧海螺，晒得黑辘辘。回到家，再把整桶海螺倒出来，蒸熟，蘸蒜蓉醋吃。后来，她不肯再奉陪了，一个夏天的黑，一整年都白不回来。女大不由人，她不再是那个长辈叫干什么，就乖乖跟着去的大傻妹了。小菲是要干大事的人，每一天都在拼命地看书、做题，难得有空闲时间就把自己关在房间里不出来，有事就猛地推门出去迅速做完。

后来她会想，自己当了很久小孩，总习惯推门而入，不好。这习惯，自那天后永远改了。

她那天上完周末补习班,推门,妈妈跟她的台湾老板赵保罗坐在客厅里,就是僵硬地坐着,两个人同一个姿势,脖子伸得一样长,靠得很近。看见小菲,赵保罗郑重地用牙齿牵动嘴巴,露出一个笑,细长的手指捏住膝盖。空气里有股焦灼的酸味。小菲才发现她爸也在。好像他们三人这样僵持了很久,以至于心绪都串了味。而此时她爸伸手突然去抓她妈,赵老板猛地蹿起来挡。三个人又拉又打,让小菲想起山上斗殴的鸡。

小菲愣住了。按照过去的母女逻辑,或许该上去帮妈妈。可是要帮着妈妈和赵老板去揍爸爸吗?还是来个二对二?眼前三个大人扭成一团,却像是四肢有力气不得不宣泄出来,拳头都没有落到实处。小菲突然明白了什么,但又依然费解,于是她退后,把门关上,迅速往地下商场的方向跑去。她只想逃。

跑一阵,小菲才悟出这气氛是怎么回事。小菲说,我真的眼睛脱窗①!怎么会是那个台湾人,自己一点也没察觉到!一路上,她都在用那支黄瓜色的诺基亚给朋友打电话。打完电话,心里还是不平静,抬头发现已经跑到地下商场了。

自从高二文理分科以后,她就很少来这里,一门心思都扑在学习上,竟然把排名从三位数变两位数又变了一位数。每天都埋在学业里做思想的巨人,六亲不认。一回神,六亲竟要变了。

---

① 闽南语,指眼神不好。

小菲沿着楼梯向下走。原先空着的小店铺，已经被新来的陈老板租下来，打通做成了一家漫画饮品屋。这地下广场离岛上的中学近，学生又不怕地下商场那些乱七八糟的鬼故事，愿意花点钱又有饮料喝，还能看漫画。陈老板来岛上这二十年除了卖过干果，还在街心公园开过租VCD的店。承蒙他的热情关照，小菲有幸陪着爱看恐怖片的妈妈看了《沉默的羔羊》和《人肉叉烧包》这类经典名作，留下一幕幕童年阴影，至今都不太吃肉片。这些店相继收掉之后，陈老板又瞅准学生群体，开了这家漫画饮品店。他喜欢跟一条龙的人一起抽烟聊天，于是常常白送大家手摇珍珠奶茶。陈老板的老婆叫胖狗妹，身材圆润，头顶美人尖。听说她生下来时肾脏就不太好，所以都说起个贱名真的有用，本来医生说她活不过三岁的，如今四十多岁身体还是顶呱呱，看见小菲就高声跟她打招呼。

小菲跨进福寿殡葬一条龙，阿彬叔的钓鱼桶仔随意丢在门口。她走进去，没人，估计都出去做头路了。她坐着等，反正现在不想回家。

隐约中她好像听到妙香姑婆的声音，她起身往房间走。姑婆的门只是虚掩，没关牢。小菲想着她在房里，就冲过去，猛地推门，想跟她说，我妈竟然跟她老板在一块儿！下一秒，小菲却发现自己已经冲出了店门，然后一路跑，手机都不知甩到哪里去了。小菲想，不该那么用力地把门关上的，我是太紧张了。满脸通红。我刚才看见什么了？刚才看见，妙香姑婆仰面躺在床上，双脚翘起，肉像奶油流挂下来。还有油葱白花花的屁股。小菲推门的声音或许吓到了他们，油葱滚落眠床，来不及提裤子。小菲看到妙香姑婆赤裸的身体。小菲看到她透出光亮的眼睛。

一时间不知道自己能去哪里，小菲只能一个劲地疾走，到了海边。海风吹得心茫茫，大人们的脸交叠在一起。她看见三角梅的蓓蕾被风驱赶着在桥上滚，最后仓皇跳进海里。遭到处决。

风大吹，眼内起茫雾。恍惚间，背后有人自远而近。是妙香姑婆。她坐到小菲身边。过了一会儿又给小菲披了件衣服。小菲连头都没扭过去，实在不知道说些什么好。姑婆掏出她超大支的三星手机打了几个电话，难得大声地吼着"她跟我一起的，知影知影"。

干坐了一阵子，小菲终于没忍住，跟妙香姑婆说，我不是故意的。妙香居然露出一个有些得意的笑，揉揉她的脸，说是我们忘关门，你会吓到，也正常。你心肝内一定会想，这老的怎么干这事，笑破人的嘴。小菲说，我没，我没这么想。姑婆说，你小，不知道我们也有需要的。她一脸稀松平常，反倒小菲涨红了脸，显得大惊小怪。妙香掏出牛角梳，把海风吹乱的头发梳了一遍，又说，我俩已经作伙七八年了。传言里那个山上的"小妞"就是我本人，可能是人家只看见我背影，没认清吧。

小菲感觉自己的头就像一只台风天挂在楼顶的拖把。

妙香说，小菲，我们回去吧。

小菲站起来。又坐下，说，刚才在我家里我妈、我爸、赵老板三个人打起来了。我跑了，谁都没帮。她的脸忧愁愁的，一只阴郁的拖把。我妈会给我找一个新爸吗？我最近在学校，日子也过不顺。姑婆，不知道日子过起来怎么越来越难。以后会是什么样？我不敢想，也没勇气过下去。

妙香把小菲搂住，让她靠着自己。小菲的圆脑袋跟妙香姑婆瘦小的肩靠得刚刚好。妙香姑婆说自己年轻的时候，可以一口气游到对岸。她那时也想过，那么远，怎么游？就是一浪接一浪。破开一个浪，另一个又过来，切开千百个浪，就到了对岸。小菲的眼光也跟着切开一道道浪。妙香说，游不动的时候，我就想过去一件开心的事，好像嚼糖果一样，又有力气了。

小菲抬头，看见太阳被条云刻出斑纹，像发光的圆形虎皮。风在阳光里穿过，变得蓬松轻软，鼓胀出香气的纤维。小菲眯起眼睛，听见妙香姑婆说，小菲别怕，你的心可以决定谁做自己的爸爸。你高兴认篮子里的菠萝或是电线杆上的鸟当爸可以，都在你。

过了许久，云层开始互相挤压，好像想打群架。雷一拳打在不远的地方，捶得身后海街的楼群叮当响。

我们回去吧，小菲说。

妙香姑婆陪小菲回了家，家里乱作一团，妈妈和赵老板正一起收拾。赵老板的左眼肿成一只蓝色包子。小菲一看就有了预感。她妈妈先开的口，说赵叔……他跟妈妈打算结婚。菲啊你看怎么样。赵老板郑重地坐下了，顶着满额头沉重的汗珠，手里还捏着抹布，抬起眼望着小菲。妙香姑婆偷捏了小菲的手。

小菲说，哦，你们开心就好。

12

小菲的目标是考个大学，离开这岛，越远越好。

所有人的期待，就算没说出，但水位逐渐上升，积攒得很高，人是会有感觉的。大人们有时候还会有些偷偷的火锅聚餐，在外面压低了声音说话，饭菜先精致地摆好一盘给小菲端进房间。她偶尔会贴在门上偷听，油葱对赵保罗说，他那时候去学校开家长会，很多大人到得早，站在教室后排看孩子们上课。几乎所有的孩子都回过头，不停地看涌进来的大人，而只有小菲，一动不动，死死盯住老师，一直到把课上完。这种孩子，以后是要干大事的。小菲一直觉得当面让人夸，会很烦，但背地里听到，还真是暗爽在心内。

可是，小菲没有成为油葱预言的，那个干大事的人。

或许就是因为小菲一次只能干一件事，对周遭不敏感，只知道自己冲冲冲的性格，让她直到临近高三中段才察觉，自己并不被同学喜欢。围绕在身边的氛围直到足够浓厚，形成铜墙铁壁撞到她的头，她才反应过来。与此配套的谣言，以各种匪夷所思的方式生长，小菲开始试图解释，明明没有做过的事情，不是一澄清就能解决吗？但她忘记了，说再多，别人可以选择不信。然后越解释越多，牵扯出他人更多相反方向的演绎。

最后小菲明白，有些时候，人的友谊需要共同的敌人，而她是那个被选中站在对立面的邪恶倒霉蛋。铜墙铁壁已经形成，那是经由漫长的时间纽结在一起的，一个扣锁着一个扣，在时间里发酵、滋长，最后可以将那个群体的世界都笼罩在这样一层视镜中。她尝试许多方法，去捅开那层无形的墙，想尽办法去讨好，按照他们想要的方式做事、说话，最后引发更浓郁而静默的厌恶。你的存在就是对快乐氛围的否定。你就是顾人怨。小菲变得极度敏感，但已经迟了。这敏感就变成对自己的惩罚，别人的笑声和每一句言语、每一个表情，都变成待解的密码。她想念她小岛上一起长大的好朋友，只是她们现在都身在别处。她们或许也正在孤身一人面对着身边嫌恶的眼睛，自顾不暇。

青春期的时候，小菲无法分辨什么更重要。哪怕她心里明白，不要受影响，把高考考好就是了，却依然承受不住身边渗透的鄙夷。为什么讨厌她的人可以结成联盟，而被讨厌的人，却只能各自抵挡。满腹火。那阵子她恨了所有人，心里沾染的霉菌在闷热的瓶子里指数级增长。偶尔她撑开肺，大叹一口气，想到自己这样蜷缩在台灯下埋头苦写，想到在学校里因为被孤立而不愿离开座位，就这么被锁在不过是屁股那么大的位置上，而在教室之外，在卧室之外，金龟子像青绿宝石一样在葡萄藤上发光，麻雀偷啄晒在红砖楼顶的红皮花生。再外围些，日夜不息的海浪正在轻轻舔舐着岛屿，周围那圈温暖的海水，它们离岸后可以去任何地方，世界上的水都是相连的。明明有那么多好事情正在发生，自己却缩成了一块硬骨。

成绩于是在几次模拟中忽高忽低。妈妈惠琴以为是状态问题，青春期的小菲遗传了她的失眠症，有好些天会彻夜难眠，于是妈妈在吃食上努力给小菲进补。

高考结束后，小菲深感不妙。但她估分的时候还是努力给自己找分，像遭灾的田地里一位绝望的农妇。估分看起来还行，小菲知道自己肯定高估了，但谁知道呢，万一有奇迹呢？起码过几天好日子。

那个假期，惠琴开始准备着搬家。小菲说你安排就好，然后说自己要暂时搬去跟油葱一起住，方便妈妈把房子转租出去。小菲内心真正想的是，这样可以暂时躲避妈妈殷切的目光。

盛夏时，岛屿燥热起来。大热天的阳光是火的海岸。热潮从光暗交界处一股股泼过来，茂盛、奔腾、野蛮，想要侵占。凤凰木的叶子被升腾的热气翻惹、上扬，举手投降。而地下商场的洞口却总是吐露出丝丝凉气。

整个夏天，隔壁漫画屋的老板娘胖狗妹总是气定神闲地坐在窗口，手里端一份晶白耀眼的糖水桂圆刨冰，仿佛一捧甜雪。看见小菲，她就笑盈盈地塞过来一碗冰，让她自己加料，随便舀多多舀，越大勺越好。

小菲在一条龙店里自觉帮忙整理鲜花和做卫生，还要伺候油葱的宠物八哥。小菲记得之前油葱开杂货店时，养过一只更加伶俐的八哥，见到有人进来就叫"头家"，人家要走就说"大发财啦"。而且不用笼子关，飞出去，还会飞回来。可油葱说那八哥有一天突然死在门口，变得硬叩叩。应该是误食了花花绿绿的老鼠药。现在就变成了柜子上的标本。

现在店里这只八哥，脑子不行，只会说"干你老母"。什么鸟嘛！小菲不管喂它什么小米、虫子、饲料、水，它都用脏话回敬。油葱说这鸟整天关在笼子里，不出地下洞，缺钙要补。所以每次吃墨鱼，小菲都得把墨鱼骨先剥下来，挂在笼子里喂八哥。油葱每天不厌其烦地教它八百句闽南顺口溜、答嘴鼓，但这鸟还是只会说"干你老母"。人生是虚无的，教育也是。

小菲喂鸟时走进客厅，有时会看见姑婆轻轻地抚着油葱的脖颈。她看见小菲进来了，慌忙把手收下去。油葱会笑嘻嘻地说，你不要吃我豆腐嘛。妙香姑婆就会拍他手臂，你都是老豆干了，还豆腐。小菲也忍不住哈哈笑起来。看他二人的背影，又老又年轻，身形是老的，但那种亲昵相合却一直新鲜。

13

这天，小菲还在店里伺候那只讨人厌的、只会撂脏话的八哥，油葱突然一阵旋风来小菲身边，说，来来来，养兵千日用在一时。读书呆，你大学不能白考，外国人的单子来了，跟我出去一趟，帮你阿公生意冲出亚洲走向世界。

小菲到了才知道，死者是一对德国夫妇。这么多年来，小菲还是第一次看到油葱不好意思讲话的样子，居然露出微微羞涩的表情。油葱也不管对方家属说什么，就脸红地憋出一句OK，然后就把小菲往前推，说你去沟通，我到后面买包烟！可是，又不是在高考里考完了英语，就能跟外国人对话！大敌当前，小菲硬着头皮支支吾吾地用半吊子英语翻来覆去跟那位金发眼镜男说了三分钟，对方认真地听，然后用闽南腔的普通话说，菲小姐，啊要不我们还是说中文吧。

外国人的生意不好做，都说"番仔番嘀嘟"，意思是他们不懂本国本地人的做事之道。殡葬事，并不是一份寻常职业，没多少人看得起，也没多少人愿意干，自然需要有些劳务补偿。各个程序，流程琐碎，拖拉也是难免。有时候一包烟、一条毛巾，姿态放低，让关节润滑而已。小菲刚到店里的时候，油葱跟她说，她就能懂。但跟外国人说，不用说，也知道他们不能懂。不懂的结果就是事情处处被卡，卡到老外发火，三个虎背熊腰的鬈发老头高举着双手，也不知要跟谁干架。有一个大概刚学了些中文，反复喊一句："不要找麻烦！"他们没受过委屈，总觉得每个环节的顺利是服务业的理所当然，结果被人暗骂，番仔，连送死也要讲效率。油葱这时候就出来各方安慰，毕竟突然遇到这种事，人就想发火。哪国人都一样，要理解。

蹦出的这些火星，是早就能预料的。费力不讨好的活。

但出面拜托油葱帮忙的，正是油葱的新女婿赵保罗。油葱说当然没有不接的道理。要接，就干到底。于是有了这一整天的手忙脚乱两头靠北①,但油葱劲头十足,该大声的时候他威震四方,该说软话的时候又恰到好处,顺便还要把小菲当翻译器和跑腿指挥,外加安排一条龙其他人干活,把五六个人使唤出一支军团的风采。幸好家属里那个金发眼镜男,也就是男死者的哥哥,在本岛生活多年,中文也熟稔,知道做事情该是怎么回事,与他们配合着打通了各个流程。

这次毕竟是涉及凶杀,过程已经算非常顺利。凶手大街上杀完人,根本没跑,当时就砍了自己一刀想自杀。可终究砍别人够狠,砍自己下不了重手,凶手没死。警察讯问他也直接承认,法医处理好后,公安局开了证明同意处理尸体。油葱叫小菲去时,已经做好了清洗更衣等前面的流程,就等着对接殡仪馆安排告别仪式和火化。女方父母没出现。小菲主要服务男性死者的父母,帮他们做一些翻译。两位高大的老人家头发都白了,皮肤红津津的,一直很冷静,偶尔还能挤出笑脸。小菲不知道如何安慰,对方似乎也不需要,只能尽力帮他们做好翻译。各处来了死者的许多朋友们,有些是从欧洲一天一夜飞过来的,倒是没忍住哭泣,有的从机场打车一路哭过来,哭得司机六神无主。死者父母选择就地火化,带着骨灰回国。妙香姑婆说,还是番仔想得开,毕竟人都死了,何必千里运尸多折腾。只是他们还是想据当地礼仪设置灵堂,死者夫妇在本岛经营多年,也希望让他们的朋友员工们来吊唁。

油葱看到摆放合宜、被鲜花簇拥得恰到好处、盖棺材的

---

① 闽南语,抓瞎。

布帘层层花纹都舒展的尸体,他就会露出自豪的表情。这次他尤为满意,虽然很难说完美。男死者身高超过两米二,实在没有适合的棺材,但油葱指挥着阿彬他们,把男人穿着硬皮鞋的脚拉出来,跷在棺材边缘,仿佛是一只悠闲小舟上熟睡的垂钓者。女人则麻烦一些,嘴完全裂开了,这不是妙香能料理的了。油葱给她另找了本地最好的化妆师,悉心粘补后涂上厚厚的粉底,让她的面容没有显出疤痕,倒是露出微笑的弧线。修补得很完美,油葱跟小菲说。但死者母亲看见他们的时候还是哭了。

赵保罗和小菲妈妈也在葬礼现场帮忙。断断续续地,赵保罗跟小菲讲警察的调查结果,时不时拿手帕压住眼睛。原来凶手也是德国人,是女人的前男友,这十年来一直在尾随、跟踪、找寻这个女人,不停地用邮件和别的方式告诉她,我会找到你和你的男人,然后杀死你们。而这女人,从来不敢告诉现在的丈夫,两个人一路从欧洲到这里办厂,但是十年后,还是被找到了。

那时候这夫妻俩正在海边咖啡街上散步,那凶手动手很干脆,跟在他们身后,找准机会对着男人心脏的位置就是一刀,直接毙命。毕竟那丈夫很高大,如果搏斗的话也说不准谁输谁赢,这凶手肯定早有预演和准备,不然不会那么准。当时女人跪下来求凶手,可是凶手抬手就对她是一刀,把她的嘴横着劈开。然后又是连续三刀,插在她的身上,把她杀透了。赵保罗给小菲看了这对夫妇生前的照片,男人一头金发,在阳光里像支火炬,女人没有笑,怀里抱着她小小的孩子，那孩子伸手抓着她褐色的头发。小菲有了一种很奇异的感觉，她是先看见他们的尸体，才慢慢认识他们，不是活的朋友死去了，而是死的朋友，在他人的回忆中慢慢活过来。

小菲到夫妻俩家，帮忙拿葬礼的衣服鞋子时，见到过他们的孩子。才一岁，被菲律宾女佣抱着。这孩子不一会儿就突然暴哭，有人到他身边，他就出嘴咬人。他爷爷告诉小菲，这孩子性情突然就变了，之前不这样。本是受宠的无忧孩童，一夜之间，疼他的爸妈就再也不回家了，永远不回来了。小孩子理解不了。

14

这几天，小菲说是去帮忙，其实也没做什么实质性的工作，就是陪死者父母帮他们四处做翻译。岛上真的没人才了，小菲这么破的英文竟也有发挥作用的时候。小菲也不知如何安慰，无法挽回的损失又能怎么安慰呢？油葱说人在悲伤中，想要把事情想通想透都是没可能，也没必要的！旁边的人，就好好听他们说。他们不说话，你就说些有的没的，时不时把他们从苦痛中捞一捞，会了吗？小菲慌乱点头，而后便干脆把德国老夫妇当作游客，跟他们介绍岛上的骑楼、在地小吃，比如土笋冻这种拿海虫做的食物，反正什么新奇就说什么。他们也认真听着，配合着点头。无事闲坐时，他们也会跟小菲介绍他们所在的小镇以及当地的油炸面包和猪肝做的香肠。

葬礼结束那天，德国一家也入乡随俗地办了红糟肉丧宴。宴席上人们突然卸下了所有的沉痛和眼泪，开始互相碰杯、绽出笑容，甚至说着俏皮话互相逗乐。中国人的丧宴其实气氛也和缓，但不至于到这样，或许葬礼哭完必须笑出来，是他们对自己的要求吧。丧宴有一瞬仿佛是一场商务晚宴，死者的父亲，那位长得像圣诞老公公的白胡须爷爷，很亲切地把小菲介绍给他们当地的朋友，告诉她每个人的职位和公司情况，并且在他们的面前盛赞她。小菲没觉得自己真实地帮到什么忙，甚至有些奇怪他们隐隐表露出来的感激到底从何而来。或许就在小菲没注意的时候，她的存在成了两位老人的拐杖。

夜里，小菲回地下商场，发现岛上的野猫军团已经越发壮大。油葱说是最近因为太多大发善心来岛上住个一两天的游客，接力赛似的喂猫，让猫变得比常驻民还多。猫叫了好久让她难以入睡，只好拿起储备的易拉罐，用力往门外砸，易拉罐的声音在黑夜里画出银色锋利的轨迹，到处乱跳。大约怒砸三四个之后，夜猫才全跑光了。但一会儿，又听到隐约的叫声从高处一阵阵地降临，它们去了山顶的废弃乐园。小菲不懂，为什么猫叫春不在春天，猫明明是为了招揽情人，偏偏叫得那么凄惨，跟哭丧似的，还老要打架，杀个你死我活。

丧宴后的早晨，小菲到机场送德国老夫妇，老爷爷跟她说，我和我妻子真的很感谢你的陪伴，我们想送你一份礼物。如果你以后能去欧洲，圣诞节就来我家一起过吧。然后，他们俩转身离去，带着幼小的孙子，也带着装入罐中的儿子和儿媳飞向天空。

小菲从机场出来，坐上轮船回岛上。船上曾经都是她们认识的街坊邻居，可现在，都是游客，戴着白色的黄色的旅游帽，听拿着旗帜的导游编故事。导游说，今天我要带你们去环球无敌珍宝馆，那里可以看见俄罗斯进口水晶人脸，可以告诉你未来。更别说有南美来的虎脸老姑婆、手脚会发光的越南月娘和刀枪不入的亚马逊矮仔伯。镇馆之宝是能到处乱跑让人起死回生的高丽活人参。有时候，小菲也会羡慕这些导游嘴里那个世界，好像奇迹是真的能存在。

那天晚上，小菲妈妈来找她，岛外的新家装修得差不多了，眼见着小菲就要出去读大学，希望她能去新家一起住。妈妈说赵叔在大岛上买了那个房子，靠着海的双层小屋，地段偏远，但环境漂亮，装修都搞好了。

赵保罗这个男人，虽然木讷，却没有一次露出凶形恶相，倒是真待妈妈如珠如宝，让妈妈敢笑敢哭。在今天葬礼的间隙，小菲经常偷瞥他。这是一位愿意瘫在小菲妈妈肩头，哀哀哭泣的男人。赵叔和妈今天都穿着素黑的衣衫，相互依偎，一个哭，另一个也忍不住落泪，悲伤如同一人。虽然妈不认识那对德国人，但看到赵叔为挚友难过，她也就难过。他们两人，如今确实是亲密的家人了。以前常与妈妈相拥哭泣的，只有自己。小菲明白自己心里涌的是恨意、嫉妒，但也为妈妈感到欣慰。

小菲用脚在地上画了个圈，就当给自己那些莫名的敌意送了葬，她希望妈妈幸福，哪怕他们以后有新的孩子，忘了她，也可以。有赵叔照顾妈妈，小菲就可以放心去上大学，离开这岛，用自己的眼睛去远处看看这个世界。

妈妈又追着问，小菲回去吧，回去吗？小菲的沉默让她心慌。小菲仰起脸，答应了搬过去，第二天就把行李从地下商场拖出来，坐船离开住了十八年的小岛，让赵叔开车到了岛外的房子。那是一栋薄荷色的两层小楼，围墙里种着金杯藤，发出椰汁奶油的香味。

15

油葱和妙香的事情，小菲没有跟妈妈吐露过一个字。小菲能守秘密，油葱说她是义薄云天、忠肝义胆好孙女。而小菲只是觉得，就像是一锅鸡汤，她开始对妈妈有许多秘密，这些秘密像是一颗颗泛起的气泡，把两块原来边界都靠在一起的浮油慢慢分离。从妈妈与赵叔在一起之后，她就明白了，妈妈并不属于她。可是妈妈不知要多久才能明白，小菲也会慢慢地不属于妈妈。

这天下午，赵叔却偷偷跟小菲说，她妈近来还是知道了油葱和妙香在一起的事。这岛屿到底是太小了，每个人的祖宗十八代干了什么事，没有不被显露出来的。流言说原来小妞不是小妞，而是大了油葱十岁的老妞。就这样一个传一个，流言真的会流动，从小岛向外蜿蜒，淌进岛外惠琴的耳朵里。油葱和妙香倒很坦然，并不刻意掩藏，年纪足够大以后，就被归为一类人了，别人也不敢当面说什么。妙香说过，这样慢慢渗透让大家都知道，或许才是最好的方法。

隔天一大早，小菲就看见妈妈坐在客厅发呆，好像一晚没睡的样子。小菲看向睡眼惺忪做早饭的赵叔，他也是一脸无奈。妈妈看见小菲就说，走，今天去小岛上找油葱。然后一路上，妈妈都是沉默的，背一个硕大的包。小菲想起德国夫妻的葬礼，怕妈妈从包里掏出一把西瓜刀什么的，也很紧张，不敢说话。

下了船，小菲不想直接去地下商场，就扶着妈妈先一起沿着石路往上走，很久没去山顶废弃的园子看过了。她是第一次注意到，被砖头封住的大门两侧，各有一位巴掌大的小天使。孩童的身体、展开的翅膀，都雕刻精细，但头都被齐齐砸断。小菲和妈妈从门边的破洞钻进去，在园子里瞎逛。这里堆积了许多建筑垃圾，土头上面钢筋缠成一团，像是海里的褐色藻类。

小菲突然开口跟妈妈惠琴说，这几次去给油葱帮忙，她定睛凝神观察过，陌生人、相熟的人、中国人、外国人，死去的人就像一截断裂开的枯木，色泽会变得晦暗。灵魂离开他们了，内里就不再有生命流动。死，是一种从里到外，从内心到外皮的死。小菲说，那时候她就想到，妈会死，爸会死，油葱妙香还有赵叔也会死。自己也会死。那如果各人活的时间都有限，就不要互相限制太多。

惠琴盯着小菲看，眼神疑惑陌生，过一会儿却露出清亮的笑。你是在为油葱说话哦？

小菲说，还有妙香姑婆。外婆已经去世多年了，阿公再找也是正常。

惠琴把包放下。

不会是现在就要掏出西瓜刀吧。小菲想。

惠琴掏出了两只锅子,是她和赵叔现在做外贸最抢手的不粘锅。惠琴一只手举一只锅子,阳光照得它们光灿灿的,晃眼。小菲,你妈我是来送锅的好吗?

好,好啦……小菲连忙点头,搀着妈妈一路走到了地下商场。

油葱见到她俩来,心虚地缩着腰,等惠琴递给他两只锅,才舒了一口气似的又得意地挺直了背。妙香把四季豆塞进惠琴手里,让她帮忙去丝,又递给小菲一袋狗儿虾让她帮忙剥壳。妙香说,今天人多,咱们来吃春卷!

岛上的春卷要用高丽菜丝、胡萝卜丝、四季豆丝、笋丝、三层肉和狗儿虾炖成一锅,然后搭配虎苔、炒鸡蛋、甜辣酱、贡糖粉等数种料,用一张透明的薄饼皮,折叠着包在一起。咬下去可以吃到蔬菜和肉脂都融合在一起的味道。

小菲大口吃着,发觉很多东西炖一炖,混一混,也就咽下去了,还很好吃,发出一种互相配搭的香味。

16

高考成绩出来时,小菲手抖得鼠标都拿不住。数字跳出来,没奇迹,考得并不好。小菲想去的学校和专业都选不上。

惠琴没说什么，但那个期望的大坝垮塌了，小菲可以感觉到妈妈心里的洪水泛滥。赵叔却叫她们别慌，提议给小菲安排出国。

好啊，出就出，小菲一口答应。她知道妈妈是要强的，自己没考到好大学，那就去国外，总归更好听些吧？而且她也感觉，自己像一颗妈妈结出来的果子，在她的枝桠上吸吮了多年的汁液，如今果实膨起，也该落地了。她想乘着飞鸟，变成一颗飞到远处的果子。

可是哪里那么容易。

小菲的英文老是考不过。她别的成绩都好，就口语不行，看到陌生的考官就直哆嗦。奇了怪了，之前在葬礼上跟外国人交流，至少能说得出话。一旦到了考场，辛辛苦苦准备那么久的答案全忘光了，而且喉咙卡痰，上嘴唇黏在牙齿上，肚子还喧宾夺主地开始换着方法叫，R&B似的发出各种转音。连考三次都这样，最后一次对方问小菲叫什么名字，她喉咙干到克制不住地狂咳，就这样咳了十分钟，眼泪都流出来了。这之后，妈妈劝小菲别考了，休息一阵再说。而她，也不知道自己这种应激性哑巴，出国有什么必要，自信心噼里啪啦全部坍塌。这时小菲会想起小时候不懂事，笑过那个死掉的英国人。不知道他怀着怎样的理想远渡重洋来到这小岛上，也不知道他在如何痛苦中闭上眼睛。但努力都白费的失望，小菲如今懂了。

小菲牵拖说是新环境不适应，决定搬回岛上找油葱和妙香。惠琴本来不愿意，后来却主动跟油葱讲，一定由着小菲。

大概是因为那次，小菲在白天的轮渡码头，突然昏了过去，从浮梯上一路滚了下去，严重失眠的副作用而已。或者是因为那次，小菲告诉她妈和赵叔，她能看见一些东西，听见一些东西。那天夜里睡觉，她眼睛睡着了，耳朵还醒着。小菲确定是一只一米多长的巨型蜈蚣，在房间里没头没脑地乱转。她很害怕，但也不敢睁眼，她说你离开我去吧。它随即翻腾着几百只脚，发出窸窸窣窣连绵不断的声音，去到阳台，而后跳了下去。小菲醒过来的时候，一只脚在阳台外。她没想死，只是受不了那绵密的不断绝的声音。那个铅灰色悲观的声音，每一天比她自己更早醒。它会叹气，冒出一个灰色气泡贴到脸上，碎裂，发出唉的声音，气息湿湿黏黏的，然后小菲才醒来。

小菲整好行李，又搬去小岛上，一到油葱他们的地下世界，所有声音和幻象就变得柔和可亲了。她坐在店门口的时候，感觉到从外面吹进来的风，是自然的风，猫一样，深浅不一地舔着脸庞。有时候风大，灌进地下洞里，这条幽暗深长的喉管就会发出一阵绵长的叹息。有时候又会传出放肆的哈哈大笑，那准是油葱又在讲笑话，要么就是那些小孩钻进洞里面探险，他们喜欢鬼吼两声，大笑一番，迅速离开。一个人笑，好像一群人笑。

"孩子心里不顺啦。免给她逼得那么紧，在我这儿你放心。"小菲听到油葱打电话跟妈妈说。油葱近来也不顺，他一直想学吹小号，终于闲下来有时间了，门牙却掉落了，他安上假牙，常哀悲说自己真的在变老。

这几个月，岛上再度拆迁，搬出了许多人，一条龙也没有之前忙了，妙香在地下商场闲来无事就种花，门口这些大朵热闹的花是都为了油葱种的。她自己更喜欢房间里那些凝滞的多肉。红刺的仙人球俗憨憨的，奇仙玉肿得像颗南瓜，白绿的仙人掌硬刺从脆嫩多汁的肉里扎出来，最脆弱和最坚硬的常依偎在一起。

小菲这次回来，发现地下商场安静了许多。仔细看，陈老板的漫画屋关门了。油葱跟小菲说，陈老板生癌，已经住进医院里了，他老婆胖狗妹也顾不上开店，全日要去照顾他，所以干脆关门了。反正岛上学校也迁出去好几所，漫画屋也没多少钱赚了。

唉，小菲叹了口气往对面看。小菲记得有一次有流氓来找他们麻烦，胖狗妹像一只矫健的豌豆射手，操起手边的橘子就向对方砸，又快又准，嘴里还干谯对方祖宗十八代，把人成功吓退。胖狗妹嗓音在不骂人的时候，还是真不错，她在快打烊的时候会掏出一支麦，到广场中心推出自己的音响唱歌，最拿手的是《最后的火车站》："红红夕阳虽然好，可惜近黄昏，夜晚风吹着阮，一阵冷酸酸。"唱到后来连小菲都会唱了。有空的话，妙香姑婆和油葱，阿彬叔搭配陈老板，会一起在胖狗妹的歌声里扭。可如今……唉，希望陈老板能好起来。

17

小菲正在看书，突然听到一声崩裂。

干！油葱大叫起来。原来是近门的窗玻璃，自己突然破了。妙香立刻出来打扫，亮的碎屑，像一地的珠宝。这时，店内电话响起，业务来了。油葱叮嘱小菲别靠近窗户，等他回来修理，然后就跟妙香拿起包往外冲。

小菲看不进书，就想去外面帮店里买玻璃，顺便让人来安装。她这才发现，如今整座小岛上都没有卖玻璃的店。她凭着印象一家一家地找，发现的是一家一家的关门再造。现在都是什么凤梨酥榴莲糖大芒果店，都是些岛上不曾有过却号称是百年老字号的店。玻璃店、五金店却都找不到了。

小菲干脆量好尺寸，坐船到对岸，买了一块玻璃，然后一路举着拿回店里，举得手酸。结果到地下商场的时候，她没看准地上的积水和青苔，脚上一滑，整个人向前摔，玻璃应声碎裂。她赶忙爬起来，看着满地的碎渣，突然发现阳光下闪着草莓色的光泽。再看手上，缓缓淌血。

血在手臂上划出一条条路，有自己的生命一般，蜿蜒着前进。小菲觉得脑子有些空，赶紧走进店里，想给自己止血。妙香已经忙完回来了，在厨房里做事。小菲闯进来的时候，她回头，看见小菲从亮光里走来，她眯眼，再睁开，看见小菲满手的血，白T恤上也全是。哎哟夭寿哦！妙香大叫起来，火速拿出医药箱给小菲止血包扎。小菲吓得说不出话来，见血渐渐止住了，才感觉疼，小声哭起来。妙香把小菲抱住，憨孩子，哎哟，憨孩子。一下一下哄着，小菲慢慢沉静下来。过一会儿，妙香去煮了她每次都自己喝，却说孩子人不该喝的南洋咖啡，用纱布把渣子过滤掉后，倒进去牛奶和一大勺糖，端给小菲。

小菲大口喝。妙香还撕开了提子酥饼。好高级的待遇。妙香坐在小菲身边说，对了，你知油葱少年时阵的样子吗？

不知影耶。

我跟你说啊，你看他现在全日一副勇字当头的样子，少年时可不是这样。那时他全家都给人抓去，到街心公园跪着，只有他跑了。你记得街心公园那棵画了红圈的榕树吗？就是那棵，他爸被吊在树上，油葱不知道去哪里了，我没看见他。

妙香姑婆你也在现场吗。

我也在树上。我只被吊了半天就放下来了，我会服软，会哭哭啼啼哀求。我后来嫁的，就是放我下来的那人。油葱他爸是白色庭园的老管家，园主夫人的棺材是他秘密下葬的，他不肯交代地方。你不知，那时阵岛上都跟疯了一样。原先岛上最大的那片墓地，有很多雕塑，纯白的羊、展开的书、飞起来的天使。到了那时候，全部都被砸碎，尸体骨头也都挖出来，堆在一起。（她说这些，小菲才想起岛上原本许多老房子，门头上都雕刻着鹰、狮子、天使，但奇怪的是都没有头。）白色庭园的主人早就离开了，但太太下葬在哪里，只有油葱的阿爸知道位置。人家都传说放了金银财宝满棺材。可他爸就是一声不吭。

然后呢。

榕树枝子哪里挂过那么多人？断了。本来也不至于死，只是掉的位置不对，磕到后脑勺，人当下昏落去。那些人也傻了，都散了。我抱着他爸，眼前乌暗暝，大声号阿伯阿伯，也没人来救，油葱也不知去哪儿了。后来才有人来了，帮忙看，阿伯早就断气了。尸体后来被匆匆运走，穿着带血的旧衫。我待在原地没反应过来，我捧着那些淌到我手上的血，本来应该是黏的、红的，但不知为什么，我看到的是一把滚烫的金色沙子。我宁愿相信，阿伯早就飞上天，留下的是一个装满沙子的皮囊替他受苦。

油葱他爸出事后，油葱过了好久才来找我。他说，他那天醒来，找不到家人，就往外跑。结果，看到了天梯。他听见他爸在梯子上面叫他。梯子没有发光也没有天使围着飞来飞去，就是一架灰白色的木头梯子从天上垂下来，看不到尽头。他在上面爬了整整三天。他觉得往上或许可以看见自己的阿爸。但继续往上爬，开始有点害怕，梯子那么高，恐怕不是他爸放下来的。梯子对他很友好，他的手不痛，脚不酸，肚子也不饿。他转而有点愤怒，有种要跟这无尽的梯子较劲的意思，他倒要看看谁搞出这些，他要质问要论理。他在怒气里越爬越高，四围一片安静，没有白昼也没有黑暗。那是绝对的安静里，人开始质问自己。他突然想明白了，何必要爬到顶端见到那位，自取灭亡。他有权下来控告我，而我没力气到他的面前去控告他。有这根梯子的存在就说明了问题。所以他就滑下来。速度太快，烫手，手被烙出印子，跌进了沙子里。现在还有沙子嵌在他手里，晶亮的、透明的沙子。等他回到地上，他爸已跟旧墓园挖出来的尸骨一起被烧完，倒进海里。他没来得及给他爸收尸。

别人都会说，我们吊在公园的时候，油葱懦弱地躲了起来，也有人说他是怕被人抓，干脆自己想寻死，可是最后又不敢。很多人说他不过是懦弱，才会编瞎话。但我选择相信油葱。

那阵时日是种热病，过去后，生活突然像栓塞已久的水池，"嘭"的一声通了，所有积压的污水，打着旋，就排掉了。然后人们开始过新日子，只是有些人卡在旧的时日里过不来了。有些当时作乱的人，还住在同一条街上，每天会碰见。是谁亏了理，不必开口，都明白。油葱还是默不作声。后来，那些挖墓的人、把我们吊起来的人，三个死于非命，两个得了怪病。你看，把难关渡过去，谁过得更好还不一定。我知道，油葱不是懦弱，那梯子，帮他度过了艰难时日。

小菲说，哦，是很厉害的故事啦。但是姑婆，你为什么突然跟我说这个呀。

妙香说，菲啊，咱什么情况下都不要想着主动放掉性命。有梯子就抓住，好好活，就像油葱那样。现如今他就做了自己最想做的事情，不管生意好坏，至少不留遗憾。

小菲说，对呀。再喝口咖啡。吞下一块饼。然后她看见妙香水濛濛的眼睛。哎哟。哎哟？啊姑婆啊，我刚才是去买玻璃摔倒了啦，不小心的啦！不是，我不是故意割手啦，哎哟！

这时候油葱从门外走进来，大声叫着，啊是怎样啦，今天什么鸟日子，外面怎么又有碎玻璃？小菲再回头的时候，妙香姑婆已经钻进了厨房，耳朵发红。

后来的每天妙香要是煮咖啡，都会给小菲来一杯。小菲面前总摊着口语笔记，叽里咕噜肝肠寸断地念念念，像另一只八哥。终于有一天，妙香听不下去，说，你这样没效的。油葱插嘴，说你看你背词时那副孝男脸，考官看了都想哭。然后他看着妙香，说，让你妙香姑婆给你点拨点拨。不工作时，油葱在妙香身边，真的很像电影里的师爷或者狗腿子，老是要在她的每句话后面垫上附和的话。妙香一遍遍让小菲对着她说话，她说你讲什么不重要，我们都听不懂也无所谓，关键是你不要怕，不要把嗓子憋得跟只鹦鹉似的，要稳稳地讲，让对方怀疑没听懂是他自己的问题。没别的方法，就是练，对着人练。活人没空就去山上对着墓碑练，要是练到鬼都能听懂，那就十拿九稳了。油葱又插嘴，你上次帮忙老外葬礼，说话不也很顺吗？怎么坐下来好好讲反倒不行了？主要是练阵势！输人不输阵！

后来小菲练口语都是妙香陪练的，小菲只要看到她眼睛，就有压力，老卡壳。练着练着也就习惯了，慢慢能说出一句一句长句子了。妙香也说小菲脸上不再是憋得甬放屁的表情了，肌肉开始松下来，甚至有时候能带点笑容。最后几次她说，你这个差不多了，现在去肯定没问题。

还真的是。最后一次考试，小菲顺利拿到了想要的分数。

新家彻底收拾好后，妈妈请了原来小岛上的亲友来家里。油葱和妙香都来了，陈老板还在医院里，胖狗妹陪着不能来，托人带了些正山小种和水果。同时间，小菲也回来，在房间里查电脑，发现自己拿到了国外大学的录取通知书。那么，九月就要离开了。

她听见外面高声说话的声音,想赶快跟大家分享这个好消息。小菲走出房间,想着,这是心内面最快乐之时,却不知为何感觉到有一股深浓的忧伤,从南风里不断渗透而下。九里香的气味笼罩了他们,像芬芳的眼光。妈妈坐在客厅里给妙香姑婆泡茶,跟岛上任何一位寻常的幸福妻子一样。她抬头,看见油葱与赵叔站在阳台上,又似乎站在肃静的夜空里,有星在头顶颤抖。她听见油葱说,人越来越少。赵叔说,没法啊,都在外迁。

　　他们对着远方最熟悉的小岛抽烟,最熟悉的岛屿现在已是远方。他们在唇齿间吞吐出一场大雾,烟雾弥漫眼前的整片海。他们脚底下,是妙香姑婆送来吸甲醛的芦荟,像长满尖刺的某种怪蛇,弯曲且密切地向上延伸,一团灰绿的火。

18

　　漫画屋陈老板的手术是顺利的,可是第二天福寿殡葬一条龙的电话还是响了。

　　那天,小菲一早就提着妈妈准备的两罐蛋白粉回了岛上,打算跟油葱还有妙香一起去看望陈老板。姑婆在熬汤,满屋香滚滚。小菲蹲在店门口,看见店铺上方的土头剥落下来,碾碎了一只蚂蚁,而它分开的肢节依然试图随着原来的方向分别前进。油葱忙着在帮人看墓碑刻字,委托人是走世俗路的,墓碑刻字的数量也有讲究,他就念着"生老病乐苦,生老病乐苦",字都数尽的时候,必须落在"生"或者"乐"上才可以。小菲说这就是一道数学题,但油葱懒得学,就非要这样碎碎念,然后再调整字数就可以了。

正说着,电话响了。油葱后来说他一看到胖狗妹的来电名字,心里就酸揪揪的,觉得大事不妙。没想到接起电话,是陈老板儿子小陈的声音。油葱马上问老陈怎么样。然后他还挺高兴,说哦是吗,老陈手术恢复得不错啊,我们正想去看他呢。紧接着又听见油葱说,蛤?啥米?蛤?然后他没再说话,最后说好的我们马上到。小菲和妙香看他的脸色从忐忑到微微笑又到逐渐乌青,也不知道说什么,就盯住他看。

油葱捂住电话细声说了一句:"胖狗妹过身啊。"

小菲和妙香两个人喊了好大一声"蛤"?

陈老板找医院加钱请了上海的医生来动刀,经历八个小时的手术,第二天醒过来了,他老婆胖狗妹却因为一只粘粽子死过去了。陈老板儿子说,他妈在等的时候,什么拢吃不下,最后急着往嘴里塞了一只烧肉粽,糯米黏涕涕,吃下就说肚子疼,人以为是她精神紧张,没在意。后来她开始吐,自己一人避到边上吐,再被人看见,已经倒在地上了。推进去没多久,医生说已经没呼吸了,肠梗阻。

油葱高声叮嘱电话那边的小陈不要慌。唉,上可怜就是这男孩子,爸还躺在病床上,妈已经身子冷。孩子你听我讲哦,你妈是走世俗的,要敬饭敬三杯茶,香不能断,记得去开死亡证明,后面要换殡仪馆开火化证明。不要提钱,你爸妈是我们的朋友,我们帮到底。你阿伯阿婶现在就过去,免惊。

油葱他们开始忙起来，一进入工作的状态也就一切如常。只是走几步会冒出一句，人生嘛，人生就是这样。小菲却一直处在恍惚的状态中。胖狗妹，就是不久前还活泼泼跟她说话的胖狗妹，现在，没有了？

妙香东西都带好了，转头说，小菲啊，你先回去吧，东西我帮你转交。小菲听到后感觉从后脑勺开始，整个人都开始剥落。正因为她认识胖狗妹，才会特别感觉人的死亡，这么突然。原来死亡一直在这岛上随意垂钓，自己包括身边的人并不会永远幸免。小菲说我也去帮忙，我来给你们拿东西，能帮一点是一点。

哎哟不用不用，油葱说。但是刚到医院，他就把所有包扔到地上，小菲跟在后面忙不迭地捡，嘴上还要劝，但是声音实在太幼，不起任何作用。他们刚到的时候，一群护工已经围着胖狗妹的尸体，殷勤地跟她儿子说要帮忙清洗。狗妹死得意外，底下没垫着东西，排泄物淋漓而出，一番清洗还是挺费工的。狗妹的儿子小陈不比小菲大多少，看到他们，嘴角还自动挤出礼貌的弧度，说谢谢，然后就要配合换衣了。这时候油葱赶紧过去说，不用不用，我们的人自己来洗，请你们先回去哦谢谢。那些护工不愿意，架势都摆好了，两边就杠起来。妙香拉着小陈在旁边解释，这些人不是免费帮的，被他们碰了以后，后面就马上打电话叫他们老乡开的店来。现如今护工都被带坏了，通报一个丧家要抽两千，洗身的钱也是正常的好几倍，这些钱羊毛出在羊身上。对方说你来就是想抢生意吧？先到先得！油葱说免多讲，假热情，收钱时那么凶！小陈跟护工说不用了你们走吧，但两边人还是僵在那里，幸好阿彬他们及时到了，那些人才渐渐散去。阿彬一边干活一边跟油葱说，干脆以后咱也给，他们给多少我们给多少，多拉一些护工到我们这边来。油葱却不肯，不论怎么说，做事还是要照规矩来，别跟着他们搞这种。以后他们被绑绳子头，咱才不会被绑在绳子尾。

小菲在医院里闻到一种气味。许多将死之人凝聚的味道。小菲开始有些害怕看见躺着的胖狗妹。不是害怕死去的身体，而是心里觉得她本该是活的、热的，却毫无道理地躺在那里，不再拥有生命气息。油葱打电话联系着冰棺，一边跟小陈解释，以前是打福尔马林，现在家里设灵堂都要用冰棺。小菲想起油葱之前跟她说，再早一点，几十年前，那时候家里设灵堂都是去买一大块冰，放在尸体下面，隔天融化了再买一块新的。人死了，就是一块需要冷冻保存的肉。腐坏，是第二次的死。

妙香看见小菲脸儿青笋笋，便轻轻推着她出医院，让她赶紧去轮渡坐船回家，免得回去晚了家里人担心。现在这里不缺人。妙香把背着的袋子挂到小菲肩头，听人讲哦，外国会下雪，给你买一件好的羽绒服带着。油葱跑出来，从他神气的亮皮包里拽出一封红包，硬叩叩的很大包。他说阿公一世人没去外面看过，你拿着，不要只顾读书，要多去玩。看小菲不肯收，就硬死塞进她的帆布包里。

阿公、姑婆，我心里惊惊，我也从来没出过咱这里。小菲似乎脚步根本不愿动。她明知里面忙得翻过来，自己却霸着两位不肯走，竟然还说出平日连跟妈都没说出的话。

我也不知道自己怎么申请到的，听说别的学生都很会读书，说不定在国内都能考上清华北大。小菲感觉自己开始胡言乱语，大概是想找一个不用出岛的理由。岛上说清华北大，其实不是指具体的学校，而是泛指学校肯定很厉害的意思。

油葱捋了捋长刘海，说，他们是清华北大，你是清华北大他阿嬷。

小菲说，蛤？

跟我念，你是他阿嬷。

小菲说，我，我，我是他阿嬷。

大声。

我是他阿嬷！

你这句话，姑婆拿纸给你包起来收好。妙香笑着说，油葱也满意地龇着嘴。

说完也怪，这句话气魄十足，小菲只觉两臂生力，奋勇走去了轮渡，屹立船头，直捣黄龙，回了新家。

那天晚上，小菲刚进门，妈妈就道歉着端出一盆螃蟹。明明都那么忙，妈妈最近却坚持每天要给小菲做饭。结果今天她忙着打业务电话，等蒸完螃蟹，打开锅盖，看见一整锅散落的脚、爪和身，她才想起自己忘了把螃蟹先用筷子钉死再放进去，它们在热气里挣扎的时候也就散尽钳爪。赵叔说没事没事，都是吃进肚子里的，不要在意，然后就挑了最硬的蟹塞给小菲，自己又去忙着打电话，打得满头汗。没了手脚的三点蟹更像一张人脸了。掀开,红膏满满,小菲就吃得忘乎所以,把别的都忘了。

吃完饭,小菲在卧室的窗口对着远处的岛屿望。正在落雨。雨水在发亮而夜是黑的。装上了夜景工程的小岛,像海平面上的暖金蛋糕。这座蛋糕上,住着油葱阿公和总在他身边的妙香姑婆。十点,好像有人吹了一口气,灯灭,整座岛暗淡下去。

19

英国的本科学制三年。三年了,小菲本科毕业的暑假才第一次回国。回国的飞机上,她做了一个摇晃的梦,海面布满巨型浮冰,像青色玻璃,岛被海浪裹挟,轻易被坚硬的冰击碎,淌出缤纷的汁液。梦醒时,飞机落地,梦境外的岛屿也跟着变化了。

读书的日子难过也好过,开头的语言关过了,后面就是一片新的世界。小菲过去从未离过岛,偶尔去大岛两三次,却也从未离开过说家乡话的范围。这次一去就是一个完全陌生的国家,也是一组岛屿,但岛屿上一个认识的人也没有,走在路上就跟在电影里似的,她感觉眩晕。

像是一颗怯懦的种子入了土,畏惧硬石虫蛀,却渐渐发现,刚好到达了一片沃野。小菲在紧张的适应期过去后,却感觉轻松,感觉充满干劲,好像一切都可以从白纸开始描绘,心里就壮阔起来。后来开始有人向她问路，有新生需要她指点，她就明白，自己可以在此生活了。有时候想想也是挺没良心，她完全陶醉于每天都有新发现的那个陌生的异国，独自过得实在太开心了。上学、打工、社团，每样都有广阔天地。

本来说要去国外看看的，可是油葱和妙香每年都有新的理由不去，后来，小菲也就不问了。妈妈和赵叔也一样，每次小菲提起，他们就有这个忙，那个忙。重新当了海员的爸爸也没有出现，最新的讯息，是他在平原老家给她添了一个弟弟。

小菲学业快结束时，才知家中危机。赵叔和妈这几年转做机场的货运生意，一度在香港也发展出不少客户，还乘胜追击设立了办事处。可是后来生意却陡然冷淡下来，他们试着挣扎保持平衡，在极难之处依然抓住一丝希望的线头，但最后实在散尽气力，只好收掉了不死不活的办事处。原先买的二层楼房，也被银行收走。二人奋斗许久，如今只剩一个光秃秃的账户。油葱和妙香常来安慰帮忙，那一阵小菲每次打视频电话，都会看到他们带一大群人围在妈和赵叔身边。惠琴跟小菲说，很多事都是看起来容易，还会责怪做事的人怎么当初想不到那些显而易见的危险，哪知自己做了，才知世事无常。这次都靠你油葱阿公和妙香姑婆出手，不然跌到底我们根本爬不起来。

事情落定后，妈和赵叔重新搬回小岛上，开了一家"双喜饼店"，卖绿豆馅饼和咖啡。没什么嘛，油葱阿公总会说，正所谓一时失志不用怨叹,一时落魄不用胆寒,然后开始说起当年岛上富商下南洋,如何从挑担子做成大富翁。但赵叔会叹一口气说,很多事情不是爱拼才会赢,分明是七分天注定。同时间,小菲也发现,自己学业成绩虽然不错,也拿到些许机会,却不代表自己真的能把根在异国扎得深切,她小心观察问询过,发现大部分刚毕业的学生,没有太多资格挑选工作,更多是被工作挑选。即使在异国的小公司入职,做了多年依然还是基层职员,难以向上,玻璃天花板死死卡在那儿。不只是理论而已,她实习时观察过,大公司总部的中高层里,年轻人少得可怜,且每个职位都稳固,一步一脚印需要更长的时间去走。她综合许多前人经验,知道归国而后外派,才是上升最快的通路。于是,她决定回国。

小菲刚回小岛的时候,才觉得满眼的房子并不精致,也过于拥挤低矮。岛上的店铺不知已经换过几波,揽客的人开始尝试新的招数,比如站在门口拍手,或者站在凳子上大声喊,或者慷慨往人群中塞入一块块肉干试吃。这些并不奇怪,只是他们也开始招呼着小菲。小菲低头看看拖着大行李的自己,过往多年在岛上行走,总会被商铺一眼认出是本地人,他们从无兴趣对她多费口舌。现在,这些商家也是外来的人吧,而她自己也变成了外来者的模样。小菲自己做过异乡人,更加明白外来者的不易。她慢慢地走,凝视着每一张脸。涌入岛屿的脸、跳动变化的脸,温热的、宽阔的、毛茸茸的、线条尖厉的、大的小的脸。人群比过去浓稠了很多,像是一种加了淀粉的汤。

她儿时买书的地方、迷路的地方、租漫画的地方、偷吃麻辣烫结果被妈妈抓到的地方，都变了。连笼罩弥漫在这个区域上空的气氛，都变了。那些绵长的舒缓的纤维都被打碎，变得短促急切。走了十五分钟，她突然发现自己想不起来，岛屿原来应该是什么样子。脑中以为一直在那里的岛屿倾覆了。真正的毁灭不是以断裂的形态消失，如果是那样，岛屿依然会存在于心里，甚至变得更为明晰。真正的毁灭，是一寸一寸改变，心内的心外的，都一同涂抹。就像是柏油马路上一条一条黑色的新补丁，被压路机铺张在老路上，直到覆盖全地。

小菲到了双喜饼店，门口有棵龙眼树，浸泡在金亮通透的阳光里，结着成串黄褐的果子。店铺有个大窗台，上面摆着花叶芋和虎刺梅，茎叶粗壮，准是爱种绿植的赵叔照顾的。小菲看到玻璃窗里面妈妈在揉饼，她不再细声细气，而是高声喊着："现做现吃，瞧一瞧看一看！"她的头毛剪得很短，开始混入了白丝。赵叔则在一捆一捆地打包饼盒，努力粗声跟来买的游客团说来哦买四盒送一盒，不买也可以试吃看看哦。他虽然热情，但那个拖得长长的尾音"哦"还是露出一贯的斯文羞怯。都说是天公疼憨人，赵叔和妈妈坚持用真绿豆真芋头做饼，虽然成本高了许多，但生意在口碑推荐里渐渐热起来，他们连小菲回来也没法去接。小菲就站在那里，看着他俩，直到脚酸才走进去。

惠琴抬头看见小菲，猛地抱住她，面粉沾了两人一身。他们现在就住在双喜饼店楼上，店面隔壁是宝如贡丸店，老板夫妇整天听惠琴和赵保罗说小菲，也跟着激动，送过来三碗贡丸汤。二楼只有一间小卧室，赵保罗要让小菲跟惠琴睡，小菲拒绝了，自己暂时窝在客厅里。赵叔和妈妈这几年，把家搬来搬去，一度要移居香港，却也还是回到了这座小岛上。小菲刚回来的喜悦被一种逼仄挤压住了，她感到自己是这个温馨、拥挤、被照顾的小罐头里一只歪斜的沙丁鱼。她有些怀念在国外自己读书打工自己住的日子。

20

人活世上，谁不是一裤屎啊？晚上来吃饭的时候，油葱说。

三年不见，他像一只晒干水分的核桃，迅速地干瘪下去，但讲话依然中气十足。他起劲地问东问西，问得热滚滚：英国东西好吃吗？冬天雪大吗？人胖还是瘦？你讲两句英语来听听？他听得入神，脚抬到椅子上，右脚袜子有三个孔洞，长着黄指甲的大脚趾冲出来。惠琴每次看见都塞给他几双新袜子，可他就是存着不肯穿。

原来人变老就是瞬息间。这几年过去，小菲发现妙香姑婆身体迅速地膨胀起来，像一块饱满的白玉，人却变得很安静，似乎很疲累因而无话，好像一直在清醒和睡梦间摇晃。吃饭时，她把赵保罗叫成阿彬，过一会儿，又把惠琴认作自己妈。妙香如今行走没太大问题，只是随站随坐都会突然进入一种蒙昧状态。吃到一半,她找了一处沙发躺下,嘴开开地看着天花板,舌尖像蛤蜊的红斧足。过了一会儿,她突然哼起一支歌,油葱说是她小时候的曲调。她周围的空气,或许是被搅动而旋转得过于密不透风,把她的意识牢牢凝住了。

临走前,妙香抓住小菲问,菲啊你去哪儿读书?小菲说,不继续读,毕业了,回来找工作。妙香姑婆竟摇摇头说,小学还是要读的。妙香站在那里,油葱小心地帮她套上袜子鞋子。小菲想起飞机上的那个梦,梦境里的风刮得很猛,鼓成一只摇晃的胖口袋。妙香姑婆就是那只口袋。小菲一度有些感伤,拼命瞪眼想控住眼泪的生成,过了一会儿眼珠子把水分吸收进去,只留了一点鼻涕。油葱倒是很坦然的样子,说妙香现在越来越像做艺术的,喜欢挑两只不一样的颜色的袜子,喜欢胡乱扣扣子,喜欢把糖当作盐加进菜汤里。老来叛逆咯。他一边说会一边疼爱地整理她的头发。

吃完饭,小菲把礼物递给妙香姑婆和油葱阿公,再把他们一路送回地下商场。油葱一直在碎碎念,小菲盯着他的头壳看,油葱总是自称到老都没有白发,可现在满头的白黄黑发交杂,像是染发不均,新旧发断层。之前在国外发信息给他时,他宣布要戒烟,大概短暂地成功了一阵,如今还又复吸,发黄的格子衬衫上满是烟草的味道。过去他还注意着,到了店里尽量不抽烟,要抽就走到门外。如今变得随意了,阿彬叔今晚也在,两管老烟枪,把店铺弄成了烟雾弥漫的窑。他们找借口说,近来下水道老是泛出臭味,刚好拿烟味压一压。只是小菲来了，他们就不再自由了，只能猛吸几口，把烟掐了。

油葱一直在说竞标的事。现在已经不再是一条龙之间的竞争了。

原先殡仪馆与一条龙是不同的两边，一边负责提供葬礼场地、焚化尸体和墓葬，另一边负责帮助丧家洗身换衣抬棺化妆，然后安排告别式，走通整个葬仪流程。可最近从上海来了一个殡仪方面的大公司，正要与殡仪馆合作，把整个流程都独家吃进，关键人家是上市公司，做事一套一套的，这个套餐那个套餐都能玩出花来，葬礼主持穿白衬衫戴白手套，打扮得十足像样。更不要说给护工的介绍费了，多少钱他们都出得起。

小舢板撞大船，争不过的。妙香清醒了，在一旁摇头。

阿彬说，现在跟他们关系搞得不太好，有时候一条龙连送鲜花进殡仪馆都会被卡，毕竟是竞争对手嘛。人家在大城市里千锤百炼的方法，在这里还不随便给你吃够够？一来就搞定几大敬老院，货源就稳定了，站稳脚跟后再宣传他们才是正规正统，后面哪条龙都不得活。人家还到处宣传，他们收费正规，我们都是乱收费，一张白纸给我染到黑。其实仔细算算看，他们收得贵多了，毕竟有那么多人要养嘛！

油葱说，所有一条龙店里，也不是没有乱收乱赚的啦。唉。听说，殡仪馆会做个公开招标，我说咱开一条龙的也都去参加，至少别让人觉得咱都没胆，让他们那么容易拿下。

小菲当然第一时间自告奋勇，说她其实会的不多，但

PPT还是会做的，不嫌弃她到底还是个学生，只会纸上谈兵就行。

行就上，咱也就是跟他们尽力拼一拼。油葱说。

地下店铺的电压有些不稳，灯泡闪烁起来，玻璃发出噼啪的声音。小菲扶了下眼镜，看见暗处有影子浮动，发出吱吱声。小菲忙说，店里有老鼠了啦，要不要我给你们买只猫？油葱却神秘兮兮地说，做这行，不能养猫哦。人的尸体要是被猫跃过，就会猛站起来，见人就抱，一起倒下去死！我跟你说啊，前几年有一次……

哎哟晚上不要吓小孩啦，阿彬狠拍油葱一记。

小菲才不是小孩了，人家是国外回来的知识分子。好了快回去吧，不然我要被你妈骂了。油葱笑说。

小菲走出地下商场，慢慢沿着楼梯上行，想起学校里老师说的西西弗斯。一日又一日，一条龙背负搬不完的尸体。这次回来，油葱阿公和妙香姑婆都如此明显地老去了，是不是也别再出来做头路了？可是休息对他们就是最好的吗？她也想不明白他人的出路，就像眼前罩乌云。

小菲爬上山丘。山顶的白色乐园被树占领，变成叶片的容器，墙皮如外衣剥落，被树根爬满如同满身导管。到了夜里，树丛与大海会发出一样的声音，都是一只浓紫巨鸟在振翅，无论是毛茸茸的，还是湿漉漉的。月亮灰色的光浇铸下来，一寸一寸地延展着裹尸布。然后等夜彻底遮蔽一切，太阳却刺开口子蹦跳出来，一日降临。日升月落，月落日升。比人高的大株海芋展开了叶子，有一队队戴着黄帽子白帽子的旅行团走过去，有一个个商贩用担子挑着绿叶包裹的发光浆果和粉红莲雾，数只麻雀、鸽子和相思鸟从天空划过。

然后，就是两周后的两根黑影，渐渐经过橙黄的路灯。

是小菲和油葱。

他俩像走得很慢的两根毛笔，于是影子被拖得又浓又长。小菲在想自己早先都听到了些什么。用户画像。标准化流程。库存管理。服务承诺。套餐设计。大约是那些词对吧。然后辅以数据和计划。她想这些都是一群聪明人设计出来的趁手工具，挥舞起来可以肢解世间大部分难题。她好像在书本上都学过，但却未曾真切地在实际中用过。她当时偷偷看着在提案的那些人，那些"上市公司"的人，然后紧紧攥住自己手头那方银色优盘，知道这根本不需比较，比不过的。说些什么呢，说油葱有时候遇到困难户不仅不收钱还会自己掏钱出来？可是对方有宏伟的慈善计划呢，而且已经在三家敬老院实施了，拿到了数据和充满笑脸的照片作为呈堂证供。说点别的，说妙香姑婆对丧家很体贴，跟许多人都成为朋友？可是对方有客户管理计划，不仅要负责一位客户，而是做好了送走对方世世代代的准备。再说什么呢，说阿彬叔力气很大，身板很硬，经常吹嘘自己可以再干上三十年？可是对方是一家公司，只要愿意出价，他们可以每年为自己吸纳新人，永生不死。或者或者，让油葱上来，说那个猫与尸体的精彩故事，让每个人都求着他讲完？还有用吗，油葱的故事在此已经不吸引人了。对方还有"人生后花园""心灵栖息地""子孙荫福坛"各样了不起的词语，把死亡生意做得如同房地产一样诱人。

但小菲最后还是豁出去了,她想自己有尽力在装镇定,她不知道自己说了什么,但是就用妙香姑婆曾经教她的,就放胆讲,让他们觉得没听明白是他们自己的问题。可最后,还是没能讲完一半,就被硬打断。"这家根本没资质来讲,连预先提交材料都没有的。"然后小菲和油葱就被赶出去了。

大门是两扇巨大的铁栅栏,死死关上。油葱被推了一把,没站稳,身上那件最好的衬衫滚了尘土,手上的资料也散落一地。小菲赶紧冲过去,把他扶起来,幸好没摔伤,头也没有磕出一颗夜明珠。小菲气得对着门内大骂,蹲下把资料捡起,整好递给油葱,说,真不公平,也没有事先通知要提交什么材料啊?

一直没说话的油葱突然叫一声,小菲你转过去!小菲看见油葱解裤带,赶紧闭上眼睛转身。然后就听到水声倾泻而下,噗滋噗滋打着地面。油葱对着门撒了泡尿,然后把随手的材料沿尿河扔了进去。

油葱说,好!咱就来提交材料!

小菲也把手头打印的那沓纸往门内扬,忍不住也高喊一句,我是你阿嬷!然后就跟油葱一起走了,强装着镇定的脚步,心里却很怕有人追上来叫他们把地板清理干净再走。

但小菲也知道,就算这样,他们也一点都没赢。或许他们就像个笑话。

两人一直无话,坐车去轮渡。车上座椅对面坐着一位阿叔,绿色的双人塑胶椅上,他占了一座,另一座给了他请来的朱红佛龛，他安心地靠在上面睡着了，随着车子摇摇晃晃。何等的神佛，却也拘在一只小笼子里。

21

这几个月，也不是没有好消息。

第一是小菲工作有了结果，两个同样好的职位，都有外派机会。一个就在对面大岛的瓶装饮料工厂，负责对接瑞士。另一个在上海，两年后通过考核就去英国总部工作。

另一件好事，是赵保罗在小岛商铺组织的中秋博饼大会上，掷出一个头奖——状元插金花。奖品是高级酒店别墅一晚，位于对面大岛新开发的白色海岸。整栋酒店别墅，共有两大一小三间房间。惠琴和赵保罗这两年来都没休息过一日，最近终于请了帮工，就想带着油葱、妙香还有小菲一起去，给众人欢喜一下。

小菲觉得好笑，为什么大家都生活在靠近海滩的小岛，结果难得出来，又是去对面大岛的海滩。而且那几天两个职位都在催她尽快确定，她本想自己好好安静规划、比对一下，再做选择。但妈妈惠琴就这样直接定下行程，似乎完全没问小菲意愿的必要。小菲知道，自己只要还没正式去工作，又没在读书，时间就不会真正属于自己，永远要被家人们好意切割安排。现在的她自觉已经成年，可在家人眼里还只是过去的孩子，是一瓶液体，用以灌注大人们认定的空隙。或许要过些日子，他们才能真正看见她。而她，也需要时间去凝成一块有自己形状的固体。现在没必要多起争执，于是她顺从。

那天，到了白色海岸，大家都说这是片别扭的海滩。

本该平滑的沙滩出现了古怪的沟壑，一道道大地的妊娠纹。油葱一瞥，说这里是人工造的，准是从外地运来的白沙，往滩涂上倒，硬是把泥地变沙滩。但是海不习惯，它三推两推，假沙滩就会现原形。

但是天空不能作假。小菲看见天的左边堆积着薄粉红的云，右边则是芋泥紫。海的远处，飞机低飞，白桥上橙金的灯亮起来。有海风先滑过棕榈再从她的头面拂过，再高一点的木棉和凤凰木千千万万的叶片发出敲击的钝响，低处的夜来香稳稳不动，发出香气。这样的双色天空在以后的时日也会再度出现，那时候，小菲就会再度陷进一团透明温暖的雾气中去，感觉灵魂飘出去一些，感觉每一棵树都在欢迎她，等着拥抱她，似是故人来。她还会想伸出手去抚摸它们，每一棵，就像现在一样。

此刻的海岸上，有许多废墟，很多低矮的瓦房正在被推倒，远处已建起密集的高楼。小菲看见高楼的缝隙好像色彩导管，底部是蓝紫色，然后慢慢红上去。

小菲蹲在这假沙滩，想着，如果选大岛工厂的机会，离家不过是十分钟的船和一小时的车。但如果选上海，就要去那么远那么远，会下雪的上海。小菲觉得选上海的工作机会更对口，薪资和晋升条件也更诱人。更隐秘的，是她总想独自远走，不知道是不是做海员的父亲在她血脉中埋下的密码。她想去完全陌生的城市，靠自己站立住，养活自己，那么家人就能真的尊她为一个成年人了。而且去更远的地方，妈和赵叔也不必有什么挂碍，两人把自己的日子过好，她也可以多赚钱为他们分担压力。可是跟油葱提案失败的经历，却让她开始有点犹豫，自己纸上谈兵学习了多年，究竟有没有能力靠自己在上海赚吃？

菲啊，紧来，来看大别墅咯！小菲的思绪被惠琴打断。

他们走进别墅酒店，赵叔有点懊恼，什么高级酒店啦，都是鼻涕糊的，墙皮一碰就掉。妈妈惠琴却很开心，不停让小菲给她拍照，但过一会儿又紧张兮兮地掏出手机，看有没有店里帮工的未接电话。油葱笑着安慰，免惊啦，没我们，世界也照样转。

晚餐是酒店送的烧烤大餐，天黑之后，别墅庭院的灯泡悉数亮起，一颗一颗巨型的暖光珠宝，把身处晦暗地带的这座房子映成了光明的避难所。小菲看见油葱捧着一大篮百合，花朵有人脸那么大，喷射着浓烈的香气。油葱说今天早上他们送去布置葬礼的花，被全数退回。殡仪馆宣布，今后只能使用合作商的鲜花布置服务。油葱还真是不浪费，把所有百合都单独拔出，带来布置餐桌。

赵叔包揽了烤肉重任，妈妈在旁边给大家泡茶搅咖啡。本来大家最讨厌小岛上那些密密麻麻新开起来的烧烤店，油烟乱喷，污水猛排，地上也弄得湿滑黏腻，但现在看来，人家也难做得很，单单要烤熟就不容易。各种烤鱿鱼扇贝大虾五花肉馒头片之外,妙香带来一大盒独门煎春卷、面线糊和蚵仔煎。她难得今天状态很好,身上穿着那唯一一件没被淋坏的旧旗袍,呈现玉的质地。妈妈和赵叔也让小菲把卤料和馅饼摆上桌子,还有整整一桶的肉燕汤。小菲把芒果菠萝切成细块再撒上像缤纷红宝石的石榴粒,摆在酒店送来的焦糖蛋糕旁边。油葱竟然也拔了毛,让人骑摩托送来了两大包土笋冻和白灼章鱼,真是天上下红雨。众人才不管什么咸甜中西,硬是让所有的菜肴挤满了原木桌子,拼凑一场繁盛的筵席。

大家正准备开吃,油葱突然站起来,手中单薄的塑料茶杯因为水太烫而变得有点软。他说我来给大家宣布,今天要和妙香补办一下。大家应声起哄,妙香姑婆轻轻拍他说,哎哟别三八啦。油葱的灰西装里,穿着竞标那天的衬衫,彼时沾上的泥点已经洗得一干二净,衣服比雪更白。他随手拿了桌上开得最大的一朵百合塞给她,又弯下腰把衣服给她披上,说这是送你爱情花,送你鸳鸯被。妙香姑婆嘴上说你这是在起疯,可是脸皮烧烧,笑得波纹荡漾。

油葱举杯对着惠琴说,少年时不会想,第一怪没缘,第二怪我浪流连。误了你母也误你。如今重新来做起,先感谢你支持。惠琴说,哎哟,我母潇洒去了几十年,你以为她还顾念你呀?把日子过好就好!油葱点点头,然后对妙香说,这次我不会再跑掉,一步也不退。一直到老,心肝只为你扑扑跳。来,水某(漂亮老婆),陪你老公跳舞。结果妙香姑婆一把抱上来,油葱又逗趣,说别抱了别抱了,抱得我血压蹿上来，脑筋差点断掉。

小菲笑得嘴都僵了，还是忍不住笑，掏出手机一边放音乐，一边为他们猛拍照："初恋爱情酸甘甜，五种气味哟……"妙香最近似乎忘掉了许多事，但年少时跟她阿母学的舞步却没有惰怠分毫。她搂着油葱转圈，两人的手坦然搭在一起。"若听一句我爱你，满面是红吱吱。"他们旋转，像两股轻盈的烟雾。小菲把妈妈和赵叔也推出去，向来害羞的赵叔一跳舞却像个凶猛的斗牛士，而妈妈正像跳舞的牛，满地乱下蹄，摇摆着晃得面红。短小的草都被四人踏在脚下，巨大的黄金树叶清脆地掉在草坪上，推进海里就能变成船，向更远处航行。小菲趴在桌子上，瞥见远方跨海大桥上的车流，正向大岛东面的城市中心输送着亮晶晶的血。

吃完饭，油葱想去海边走走。赵叔和妈不想动，留在庭院里泡茶。这一区是新开发的，其实除了沙滩并没有什么。背后成排的高楼也没人住，灯光暗淡。小菲扶着饭后有些迷糊的妙香姑婆跟她一起慢慢行。有细足水鸟飞到他们面前的沙地，翻找蛤蜊吃。小菲想起当年油葱说的故事，笑问阿公，你还记不记得，那被鸟叼走老婆的少年人怎么样了。油葱说，故事里，他就每日傻坐海边啊，憨呆。要是我，上天入海都跟着追。

继续走着，油葱问起小菲找工作的事，她就如实说了。油葱说竞标的事，你不要往心里去。其实不是外地人的问题，是我们自己没路用。不是你的问题，是我们这辈人没路用。但我们能搞成这样，已经很可以了，所以没人好怪。你就去，到时候杀到上海去，去上海去北京，去伦敦去纽约，外面才是学东西的地方。咱们祖辈不也都是下南洋做生意吗？他们都没在怕的，倒是我们这些老的，总缩在原地。妙香姑婆突然搭腔，阿母，我支持你，上海才是跳舞的好所在。把事业做大！油葱哈哈大笑，把妙香姑婆搂在怀里，哎哟老番癫啦，如今全力照顾你就是我的新事业。

他们还没走到海边，小菲就听到海浪的声音。这片巨大水域坦然地传递着它的心跳。东面的小岛是他的心脏吗？小菲看到海，第一反应就是去寻找他们的小岛。可她突然一惊，看见远处黑暗海洋中漂浮的一颗颗人头。原来是一些夜游者。无灯照耀的海是灰色的，就像水泥沼泽，那些人顺从地在里面浮沉。近处，红树林长在乱石海滩上，被海水淹了大半。红树林边上，有人在挥舞鱼竿，姿势像在挥小提琴。沙滩上，还有人拿着金光熠熠的手电在照。憨人，是要在沙子里找金子吗？除了零星的人，还有灰老鼠在沙滩边缘的垃圾桶之间穿行。

小菲找到一块平整的石头，扶着妙香姑婆坐下。油葱却独自前行，把身上背着的袋子取下来，掏出一只小号，他练了这些年，已经能吹奏曲子了。沙滩上那些不自然的裂沟，在涨潮的时候，就倒灌进一条条河。天空是磨砂黑紫，水流中映着月亮的清辉。河流末端，油葱赤足，吹一支金光凛冽的小号。此时发出的乐音，会永远伴随那股清凉的空气和海潮声，封藏在小菲脑海深处。

小菲不知为何，突然不忍看这片发出微光的沙滩，也不忍看海对面霓虹耀眼的城市，只觉得一切都太美，一切都隔着距离，一切都已失去。安静端坐在礁石上的妙香，眼睛像闪烁的星，下垂的裙摆连接着大海散开的波纹。海风拨弄她鬓边的白发，她也变成了一条河流。她在流淌。小号的声音是播撒在她身上的白金丝线，妙香散发出月亮一般的光辉。

小菲在当时嗅闻到一股气息，无言无语也无动作，却与她将来感受的忧郁类似。她后来回想，当时远处的小岛，是不是已经知道了未来要发生的一切。她想，自然中的造物能看见的东西，远比人多。岛可以看见那些人眼所不能见的对象，它们来去往复，充满空气，传递着信息。因此，岛屿当时自动选择了能解读它信息的先知，弥漫出一股微凉的伤感，让此刻的小菲，在怔忪中提前体会过未来。

22

小菲临去上海前，妙香走丢了。

众人一通找寻，都没消息。最怕是海边，油葱惊得脚发颤，在各个海滩来回徘徊。小菲在商业街扫了一圈后，又跑回福寿殡葬一条龙，还是没有妙香的踪迹。店铺依然打扫得干净，但空气里的臭味却越发浓烈了。小菲想着是不是鸟屎没清理，走到鸟笼边，八哥突然开始叫着，出山，上山，出山，上山！用的是妙香姑婆的嗓音。油葱跟小菲说过，妙香开始迷糊的时候，八哥却突然能说她的语言。或许这只鸟咬住了她飘出的半个灵魂。小菲猛地想起，没去山顶迷宫里找过。她年轻，手脚快，一口气冲上山顶。山顶的空乐园已植物满溢，低矮的石榴丛结出的果子厚亮，在枝叶间发出耀目的光芒。汁液饱满的莲雾掉落在厚青苔上，有些被麻雀啄去，有些安静地腐烂，空气中弥散着果子清新的香气。没有人。

小菲正要走，听见干燥的叶子传出微声。小菲循声而去，在乐园白色迷宫的中心，看到了坐在枯叶上的妙香姑婆，阳光照在她的脸上，她的眼眸凝雾。准是其他人来找的时候太着急了，才忽略了这个角落。妙香姑婆的灵魂困在坡顶的白色迷宫里，她肉身到达迷宫时，她的意识又回到地下洞里，念叨着：洞下黑。洞下黑。两个人总比一个人好。一个人总比两个人好。小菲知道这后两句话都对。后两句话都是爱。小菲想拉妙香姑婆起来，但她反抗着拒绝了。都是小老太了，力气还那么大。妙香姑婆，我是小菲呀。妙香姑婆一脸不悦，叫我妙香，谁是姑婆？好吧妙香，小菲也坐下来，让她靠着自己的肩膀。凤尾蕨长得乱糟糟，猫爪藤缠着莲雾树。赤红的凤凰花碎裂飘落，镶嵌在冷水花丛里。白色的迷宫墙上，画了一个巨大的红色"拆"字。

本来这天油葱和妙香姑婆应该出发去旅行的。

油葱说，攒了一辈子的钱，现在也没那么忙了，该出去玩了，跟妙香去邻近的城市走走，在省内走走，以后再走远一些。所有的行程，在小菲的帮助下，都订好了，油葱也学会了用手机查地图和酒店。他说这些学一学就会了，他有几个朋友快九十岁，还能去自助游呢。

可是就在去机场之前，妙香不见了。如今找着了，却也错过了飞机。小菲肩头的妙香，脸上斑纹越来越多，像一张异世界的地图，眼睛露出天真的神色，身体轻轻地左右颤动，就是个脆弱的孩童。

小菲心里有许多话想对她说，却不用说出口。如今妙香有一半成了植物，发出的香气愈加清晰，身体轻微的震颤里，她似乎已经吸收了小菲脑中的念头，并缓缓地点着头，把身体里封存的智慧再从互相贴着的皮肤分泌出来，膏抹在小菲身上。无须多言。小菲在此刻，觉得两人无比靠近，于是怜惜地握着妙香的手。油葱接到小菲电话后就带着众人赶了过来，看到赖在地上的妙香，从袋子里拔出一瓶可乐，喝不喝？来，起来。妙香就乖乖地站起来，跟着走。油葱搂着她，爱怜地叮嘱着，别跟我玩捉迷藏，你知道我自小就玩不过你，不能再乱躲了知道吗？

把妙香送回去后，小菲单独找油葱，想把自己攒的一些钱给他，可他拒得手快脱臼，就是不肯要。小菲之前想给他们出机票钱，油葱也是差点发火。憨孩子自己还没开始工作，把钱都存好收好！自己身边要有钱，才不会让人随便夹起来配！知道吗？小菲只好点头，坐着看油葱把行李箱打开，惠琴帮着他把东西一件件取出来，再放回原位。他连热水壶和瓷茶杯都打包了，还有两条骚气的菠萝泳裤以及那支擦得发亮的金色小号。小菲想起油葱神气地跟她吹牛说，以后去外面旅游，就靠表演这个小号还能赚点零花。惠琴一边整理一边说，希望油葱妙香跟他们搬到一起住，这样大家一块照顾妙香也方便。但油葱总是全力推脱，说各有生活，他还有气力，就各自过，才自由。惠琴再坚持说她要出钱把这房子再装修舒适一点，油葱就突然严肃，说琴啊，我没为你做过多少，但我稍微做一点，你就给自己背上负担。没必要没必要，父女俩不讲这个。有余钱就把饼店好好经营，生意还不稳呢！

机场离别时，小菲对油葱说，阿公，你要多休息！等妙香姑婆身体好点，我再带你们去旅游。油葱说，顾好你自己啦，放心啦，你阿公是一尾活龙！进安检的最后一刻，妈妈惠琴喊，小菲要早点睡，不要做暗光鸟！赵叔和阿彬没话，就是用力挥手。

小菲过了安检就赶紧走，不敢回头。那天在迷宫里，妙香倚着她，突然冒出一句：别回头，会变咸。小菲懂得，先回头的人，就变成盐柱，意识都被盐腌渍了脱水了，人就再难前行了。她要狠着心，开始自己的日子。

23

大城市嘛，生活也未必更好。工作，百分之八十的时间都在吃屎，但有百分之二十或者更少的闪光时刻，就能让小菲感觉满足，感觉自己踏实地赚钱。虽然加班很多，有时候也在心里痛骂公司，但工作，让小菲得到了在这个城市坦然生活的方式。时间，在各种流程表格甘特图的切分下，一块一块地被碾碎，换成KPI的数字。小菲慢慢悟到了妙香教的方法，把过往的好日子储藏在罐头里，需要的时候就拿出来饱餐一顿。越是光芒四射的记忆，越耐嚼，但不能只反复嚼那么一段，也会变淡。是的，整座岛屿都被她放入罐头里，长久保存，易于品尝，以不容僭越的铜墙铁壁包裹住。

妈妈惠琴开始不能免俗地催她考虑结婚。幸好离得远，小菲挂了电话就能轻易斩断这些从岛屿上绵延而来缠绕她的丝线。妈妈忍不住唠叨的时候，小菲乖乖地说嗯，嗯，但心里不知为何，总响起妙香姑婆跳舞时爱播的那首歌：摇摇摇落去，爱情算啥米？偶尔休年假，需要谨慎数算时日，有多少日用于回家，有多少日用于未知的异地。小菲还有太多的地方没去，日本，泰国，或者去云南走一走。她试过邀请妈妈和赵叔，但心里知道，他们是不会离开岛屿的，哪怕现在经济有所好转。油葱也不再提出去旅游的打算，毕竟现在妙香姑婆的身体难以支撑旅途劳顿。只是小菲每去一个城市，就会给他买一件当地的纪念衫。这是油葱要求的，就要那种，很大很大的字，写着我爱曼谷。我爱东京。我爱丽江。我爱上海。我爱台北。每次给他，他都迫不及待地套到身上，问小菲，有帅没？小菲也总是会说，足帅的。

小菲每次春节回岛的时候，会去陪油葱和妙香走一走。他们若累了，小菲就自己走上通往山顶的路。冬日雾气如帐幕，笼罩着石路。她不再觉得这岛屿窄小，反而因为距离与平时的劳苦，让她感觉这岛南风轻，花香浓。她小心翼翼地踏着长满青苔的石块，看见山腰的古早墓园。小菲靠近。百年前的墓地，如今被当作文物保存着，她从未进去过。如今那铁栅栏朽坏了，轻轻一推就开。她在墓园里坐了一会儿，最中心处有个显眼的石碑。小菲走过去，看见油葱说过的，那个刚到岛上就去世了的外国人，短促的生卒年份。他的墓碑旁边还有几个与他同姓氏的人，生得比他晚，在岛上建筑医院和学堂，直到年老才离世。或许是之后追寻他而来，同样葬入这座岛屿的家人吧。

小菲继续阅读其他墓碑。那些墓碑群里的人。他们曾经劳碌，他们现在静止。一代又一代如同潮水扑来，但都获得安静的结局，封锁在石头里。她开始想，围着世界绕一个大圈走进坟墓，还是守在岛上绕一个小圈走进坟墓，步数会有不同吗？

但是决定好了要走出去，她就不回头，不逃跑了。如今事业一路向上冲，外派出国的考核已经过了，下个月小菲就要去爱丁堡工作。妈妈没有多说什么，只是给小菲整理了一个棺材那么大的托运行李箱，不管她带不带得动。赵叔会偷偷跟小菲说，你妈已经把你的工作成绩宣扬得整座岛都知道了，都有点讨人嫌了哈哈哈。

这次回来，油葱的店已经几乎关停了，只有一些寿衣和金纸还凌乱地堆在橱窗里。门口鲜花倒是开得愈加繁盛，色彩热闹闹地延烧一大片，像个私人花园。每年外地的老朋友还会给油葱寄来一箱水仙，但他的手因为风湿疼痛，不再能握着雕刀细细雕刻，而是直接种进土里，让水仙直愣愣地恣意生长。花盆旁还有一箱空可乐瓶，在角落里被阳光灌满。

阿彬如今转去帮忙儿子的生意，但还经常来找油葱泡茶话仙。惠琴和赵保罗每天忙完了都过来，带点茶配小吃。岛上的餐厅越开越多，有时候他们也会买来新鲜的菜式一起尝尝，然后一致同意还是妙香做的菜最好吃。

油葱兴致很高，兴奋地给小菲看他朋友送的一张明信片。说实话，小菲觉得那朋友并没有什么诚意。明信片上是座哥特式的教堂，一看就是免费的卡片，上面也没写任何文字，没有邮戳，就直接带回来了这么一张卡片送给油葱，好抠门。只是那暗色高耸的建筑，确实有摄魂的力量，让人忍不住一直盯着看，好像那插入天际的尖顶，变成了一道连接天地的梯子。小菲抬头说，阿公，我认得上面印的地名，当年那家德国老夫妇，就住在这附近。明年我有机会去，就帮你把这张明信片从那里寄出来给你，会带着那里出发的邮戳。油葱说，那当然好，这张就给你保管。

小菲顺势把两块带追踪功能的电子表递给油葱，年终奖金买的，这次不能不收了，有了这表，就不怕妙香姑婆走丢了。油葱笑笑说，伊近来很乖，根本不会乱跑。她再辛苦都跟着我，我也会跟着她，一步都不退。小菲帮着油葱把躺在床上的妙香姑婆架起来，吃一点东西。粗手粗脚的油葱，现在也会煲出一锅软烂好入喉的汤。小菲轻轻抚摸妙香姑婆的脸，她的发型整齐，衣服干净，被很好地照顾着。她蒙昧的时间似乎越来越长，但有时候也神采奕奕地坐起来，打开饼干盒拿出一块肚脐饼，正是小菲妈妈每周送过来的。小菲接过剪子，帮着给妙香剪指甲，脚趾上发黄的厚指甲，就像化石一样，每一颗都要用尽力气才能修剪干净。油葱也会如往常一样，问问小菲工作的事。小菲拣轻松愉快的内容说了些，他却开始露出迟缓吃力的表情，不再如过去那样多做应和，只是把头垂下去。最后说，好，我们小菲真正出色，不像你阿公就是个俗仔。看到你这样，我放心了。

小菲说，阿公黑白讲，你是我见过最勇敢最聪明的人。我要去欧洲工作了，你们把身体养好，这次让我来安排，你们就跟妈和赵叔一起来。油葱说，以后再说吧。厨房里传来短脆的吱吱叫，小菲说，如果店不开了，我给你们买只猫怎么样。油葱说，谁说不开了，总也还有人找你阿公帮忙呢。小菲说，这店铺多找找买家，后面可以换个阳光好点的房子，怕你们在这里会湿冷，遇到南风天，墙壁都狂吐水。还有这下水道的味道，真是越来越浓了。油葱说，要换的要换的，以后再说。小菲还要多说，油葱就嚷，哎哟碎碎念，现在你真的很像我阿嬷。小菲说，对啊，我是你阿嬷啊。

油葱伸出松枝一样的手指，轻敲了小菲的额头，死小孩，没大没小！

好啦阿公，你等我，我很快给你寄明信片。到时候还会给你买很多很多 T 恤，让你全岛第一帅。等我赚够钱，买个大房子一起住。你们一定要照顾好身体。

天色渐晚，黄昏拖着长长的头纱庄重地步入地下洞，油葱送小菲走到商场楼梯边。小菲闻到樟脑丸的气味，从店铺里向外流淌。鞋子踩过时，地上的碎砖像一只只眼睛，嘎巴发出眨眼的声音。

小菲不让他送了。她抓住油葱的手掌，低下头说，对不起阿公，我没有一直在岛上陪着你们。

油葱说，陪个头啦，陪什么陪。你有你这年纪该做的事。我们这些老的，迟早要走进那个火窑里面的。倒是你，不要被限制被捆绑，跟你说，青春日子过很快的，跟飞一样。好了，快走吧，下一班船还有十分钟就到了，你快去。

小菲走上楼梯，扭头看见油葱正走回店铺，他变得如此矮小贴地，头皮露出来，像一座正在浮游的温暖孤岛。小菲把手浸入橙黄浓稠的阳光里，继续向上走。只是寥寥几步，她突然对这一时刻感到无限留恋，如果可以，她想拿儿时的小勺子，把此刻的氛围一点一点舀进玻璃瓶里。

阿公等我，我迟早要回来的。

24

小菲一到欧洲，工作就自动刮起旋风。她像在夏日晒烫的石板上跳舞，从爱丁堡到伦敦，又从伦敦到巴黎，再从巴黎到柏林，项目一个接一个。

幸好她都扛住了，终于等来了圣诞假期。放假头几天，小菲还是窝在住处继续没日没夜地办公，最后一刻才赶着去了那对德国老夫妇那里，那对在小岛上失去孩子的老夫妇，这些年一直坚持邀请小菲，这次终于成行。他们告诉小菲，彼时那个倒在地上哭泣，失去双亲的小孩子，已经长得比她高些，而那对老夫妇也苍老许多。这孩子继承了他爸爸的名字，如今生活在亲叔叔家里，融入新的家庭，被长得像自己的哥哥妹妹们包围着，他重新感觉安全，不再咬人了。

本是快乐的假期，但小菲心里总泛起些不安。这些天跟妈妈打电话，她总推说在忙。给赵叔发信息，也回得特别迟缓。她赶紧把出国前强逼着这群中老年人们做的体检报告拿出来又读了一遍，再猛翻一遍油葱那花花绿绿的朋友圈，才稍微能安心一点。老一辈人总是讳疾忌医，又顽固透顶，让她有些恼火。但假期是个奇怪的东西，不管工作的时候如何计划假期要大玩特玩，人一旦松下来，身体反倒累得什么都不想干，连脑子也不想动，只想睡觉。于是，她也没有力气多追问了。

小菲到德国的第二天，在梦里看到了无头鸡的舞蹈。醒的时候，她想起来是小学那个暑假，在油葱的山上看到的那只。那时候的鸡群里有一只鸡，台风天被鸡棚掉落的钢板削掉了脑袋，但奇怪的是，它的身体还活着，还能到处奔走。油葱看它可怜，常常用一个针筒往它食道里喂吃的。那无头鸡也活了一阵，小菲开始看它还挺害怕，后来习惯了，也会帮着喂它。直到有一天，那鸡跳到小菲面前，在噼啪落叶的杨梅树下，旋转着，起伏着，跳着没头没脑的舞。在那之后，那只鸡慢慢地屈身，在地上安静地死去了。小菲记得，她的阿公油葱领着她，把鸡埋在山上最高处那棵树下。十几年过去了，她从未如此清晰地，在梦里重新见过无头鸡跳舞。

小菲醒的时候，还是夜里，外面还在绵密落雪，窗户都被厚雪封住。室内暖气充足，她朝外望去，黑白世界。天地都被安放在雪的墓穴里，一片静寂。她的心有些阴沉，像被石块压住的蚯蚓。

后来她知道，这或许就是预感。遥远的岛屿，传递讯息给她。

第二天，小菲与德国老奶奶去杉树林挑了一棵圣诞树，用网打包拖回家，摆上了点火的蜡烛。德国这里圣诞节用的是真蜡烛而不是彩灯串，小菲有些提心吊胆，害怕任何一根蜡烛掉下来，就把满树的彩球糖果拐杖和树下的礼物都烧掉了。她准备的礼物里，有个"烟人"木偶很有趣，把他的身体打开，放进去点火的香料，烟雾就会从木偶人的嘴巴里喷出来。他们说，这是纪念数千年前，东方三智者献上的香膏。她多买了好几个，打算下次带回去送给家人。

百年不遇的大雪还在继续，封藏了所有交通。

25

在岛上，从幼儿园时孩子就会说："啊你要知死。"惹了什么麻烦，也会被骂"你得知死"。知死，是时间的开始。人类先祖吃下果子，眼目被死亡刺得明亮，于是时间开始了。但给人足够长的安稳时间，人就以为死亡永不来临似的。一旦意外、疾病、灾难、战争降临，人又猛然惊醒，知道时间根本不归自己管。

接到电话的时候，是平安夜前一天。

那时，小菲搭上了小镇好不容易恢复通行的班车，到市内转转，想着这几天雪太大，都待在小镇里没出来，今天无论如何要进城，找到明信片上的教堂。而妈妈给她打了视频电话。

视频电话刚接通时，妈妈说不出话，她在哭，她老了太多。小菲心跳加速，怎么了怎么了，快告诉我怎么了。

妈妈说，小菲你好好听我说，你阿公和姑婆前些天过身了。今天出山。

小菲感觉头壳被一棒子打得凹陷进去，整个人闷在一只锅子里，听什么都隔着遥远距离。

妈妈说，我们看到你发的消息，知道大雪封住了交通。人已经走了，你也不要急着要冲回来，我们也担心你。

小菲脚下一软，过了一会儿有路人来搀她，她才意识到自己一屁股坐在雪上，整个人化成一摊流质。

骗人。妈你知道，这类疯话不应该黑白讲。小菲狠狠掐自己。

妈妈一听，眼泪和鼻水一并滚落下来，菲啊你不要急。

赵叔说，小菲，小菲，我们就是怕你不能接受。你听我说，事情发生得很突然，你妈在医院里哭求了好久，但两人真的都没气息，心跳都停了。医生说是烟雾造成的窒息。

到底怎么了？小菲慌乱中掉了手机，又捡起来，屏幕边角被冰封的路面砸出雪花的纹路。

妈妈说，菲啊，是阿彬在路上先发现焦味，听见那只八哥飞出来大声叫。他跑下去，发现一条龙店铺喷黑烟。火燃得很快，阿彬试着冲进去却被火拦住了，大喊大叫都没有人应。消防很快就到了，可是两个人都已经去了。妙香总是躺在床上的，而你阿公竟也没能跑出来……

为什么啊？怎么会啊？小菲固执地问，是因为蜡烛吗？妙香姑婆有一阵子记忆退回到小时候，总是端着蜡烛到处走。是不是老鼠打翻了蜡烛？或者是因为那只用了太久的烧水壶和电路板？

妈妈说，甲烷爆炸，同一天，岛上第三起事故了。调查的人说的。妈妈知道，如果等你回国再告诉你，你会怨我们。今天是他们出山，我和赵叔商量了几日，还是觉得该连视频给你。

小菲说不出话，她还在拼命地想，甚至没想到要哭。她拼命要去咬住每个线头，证明妈妈说的一切都不合理，这一切都没有发生。如果能用自己的思虑，让人生命多加一刻多好。可她看见惠琴的双眼全塌陷了，在屏幕对面像个幽灵。小菲恨自己，为什么没有强迫油葱阿公和妙香姑婆搬出来，为什么不早点带他们出来旅行，或许就不会出事。这些年岛上餐厅暴涨，原来顶多就三家，现在开了上百家，岛上下水道还是百年前的，根本撑不住。

惠琴看见小菲眼神茫茫，说菲啊，这事怪不了人，都是注定好的。妈妈还是一副坚强的样子，却根本站不稳，全靠赵叔在她身后撑着。

阿彬眼睛全红，粗声说，该怪我，我怎么没有早点去找他，那天跑去钓鱼一无所获，就多在海边流连了一阵。都怪我。前些日子油葱开玩笑地说过，以后要给自己做带诗班的葬礼，不要搞一堆香啊金纸啊五牲什么的。这个老家伙啊，怎么好像能料到似的……小菲已经听不见屏幕那端说什么，她掩面在大街上痛哭，内脏轮番抽痛。

许久，她才又举起手机，葬礼上来的人很多，小菲看到一张张熟悉的脸。从岛屿搬迁出去的人们，所有失散的人，此刻似乎都聚集在灵堂里，围绕着中心两座鲜花装点的棺材。棺材里，油葱和妙香穿着当初海边宴席上的西装和旗袍。油葱的口张开了，无法闭上，小菲想，他依然还有很多话正在说。妙香却闭着嘴巴，她总是更懂得听。

生命。死亡。平安。未来。这些词语，原先组成内在世界的柱石，都被暴风雨卷进海里来回地刷洗。小菲不知道，这些柱石会一直崩塌下去，直至令她放弃再使用这些词语，还是说，它们会露出真容，换一层光泽回来。

告别式之后，阿彬叔接过了手机。

妈妈和赵叔分别捧着油葱和妙香的照片，一路走向火葬场。遗照正是那天小菲在别墅酒店为二人拍的照片，仓促转换成黑白色调。一切都太过慌乱、太过匆忙。棺材经过传送带。棺材在死亡的河上漂浮。焚尸炉是肉体烈火的窑。他们在火中经过一次，这是第二次。棺材形状的小船在红亮的火光中飞行，生命之海上，被金光系住的风筝。他们的灵魂飞走了，就像那只从火中挣脱的八哥一样。

火窑里出来的骨灰，大小不一的灰白碎块，却依稀能分辨出脚、手、身体和头的形状。皮肉已经消失散去，这是他们最后存留的形影。火葬场的工作人员出来，分拣入骨灰盒中。脚骨先放下去，然后身体和手的骨头再下去，最后是头颅部分放在最上面。不过十分钟，所有骨灰就这样进入了骨灰瓮。

随后，是漫长的黑屏。小菲手机因为天冷而自动关机了。

小菲盯着屏幕许久，才慢慢回神，觉得有种不真实感。火是热的。面对亲爱的人离去，小菲会忍不住一遍遍思想，当时他们究竟经历了什么。在全年无冬的小岛，洞穴本该是温暖的，却变得灼热。火是热的。生老病乐苦。生老病乐苦。

在异国在异乡的人，最怕接到这样的电话。接下来几天，小菲不肯受安慰，疯了似的到街上找旅行社或者是航空公司代理，她想立刻飞回去，可圣诞假期，所有店铺都关门了。她向最后一家店铺里张望，里面空无一人，一棵单薄的圣诞树站在中心，只有一枚银光闪烁的星冰凉地立在顶端。树下干草堆里有个木雕婴孩，曾在众人的欢喜中降生，可他降生的任务就是承受死亡。

小菲也不是不知道，因为普降的大雪，到处根本没有剩余的机票可买。即使买到了机票，回到那座岛屿上，却再也不能遇见油葱和妙香姑婆。他们的故事，算是结束了吧。

她很抱歉，接下来的几日让德国老夫妇的圣诞重新笼上了许多阴影，可是他们没有多说什么，只是每一次都安静地陪伴在侧。

26

假期的最后一天,小菲还是决定自己进城。

在城市的街头乱走,小菲突然想到,岛上方言里"烦恼"这个词,听起来像普通话里的"欢乐"。怎么说了这么多年,从来没有意识到过。原来世上万物都在哀哭,哪怕在欢乐中都有哀哭。爱可以暂时遮蔽哭声。可只要死还存在,生命就真是一桩悲剧。爱也是。结局只能是离别。

那场葬礼,视频那端阿彬叔他们手忙脚乱,真应该让油葱阿公和妙香姑婆亲自料理。他们一定懒得哭哭啼啼,而是一项一项地推进着流程,然后说,免惊,人生海海,日子照样要过。

小菲冻得脚趾发僵,可所有的店铺都关门了,她在路上一圈一圈地徘徊,只遇到一位没有下班还在卖气球的小丑,除此之外几乎没有行人。穿过巷子,店铺门紧锁,但橱窗都亮着。有家店铺卖纸灯,是卡纸做的巨大的伯利恒之星,里面藏着油桃大小的暖灯泡。明灯照耀,将她吸引。小菲看了一会儿,听见缥缈歌声,循声望去,她突然呆立原地。

这应该,这应该就是……

她仰头,看见了油葱明信片里的教堂。这家教堂还开着门,正在进行一场弥撒。席位上只有小菲。神父和修女十几个人站在台上,每句话都像在念,每句话都像在唱。清丽女生在男低嗓之上，飘浮，再飘浮，一路上升到破旧教堂的穹顶，那里有远年落漆的浮雕，有天窗，有光。穹顶之外，有风，展开翅膀如鸽子。

小菲突然想到，故事还没有完，她忘掉了油葱阿公的梯子。那是最重要的部分。在烈火的时刻，有梯子在雾中降下。烟雾弥漫的窑里，人就被熬炼成金子。

小菲闭上眼睛，看见黄金的男子，站在梯子的末端。然后苍绿的烟雾里，走出一位周身璀璨的白金做的女人，庄重地卸下脖颈和手腕发光的珠宝，轻盈地伸出手搭在他的手上。他们嘴对着嘴，眼对着眼，手贴着手。

那是油葱与妙香。他们拾级而上。向上，再向上。动作轻快，如同交缠的两股青烟。地下洞穴商城里，只剩两具黑黢黢的影子，一具影子慢慢攀上来，粘住另一具影子的脚，在绚烂明亮的火光里，开始相互依偎。而黄金男子和白金女人，当他们一路沿着天梯向上，就会看到浮在海上的发光岛屿，彼此粘连的松软大地，也能看到地上掉落的每一颗新雪、松针和沙粒。一切在他们眼前，都无所遮拦了，近与远不再分隔。死亡成了爬出子宫、跃出产道的新生契机。

他们会看见小菲吗？他们离去的时候，小菲或许正踏在冰凉的雪上，百年不遇的大雪，油葱和妙香此前从未见过的大雪。小菲身上裹着当年妙香姑婆送的羽绒服，像他们遗留下来的皮肤。洞穴中的老羊羔，端端正正地把自己活的皮毛褪下，覆盖到小羊羔的身上，再把死披挂在自己身上当作寿衣。

小菲睁开眼睛，自己还坐在长条木椅上。她小声擤鼻涕，却在空旷的室内发出回响。台上的歌者们倒没受影响，本来他们的歌唱，就不是为她。坐了许久，小菲掏出怀里温热的明信片，发现图中教堂尖端所指的天空，在下雪。那雪细碎晶亮，像白色沙子。

她从未发现这点。或者说，明信片中的雪，是刚刚才开始下的。

白色庭园

阿聪说:"光彩街上有山丘。"

妙香说:"山丘顶上是白色庭园。"

管家说:"我是白色庭园的管家。"

阿聪说:"我是管家之子。"

妙香说:"我是园主女儿。"

管家说:"阿聪是我的儿子。而妙香却并非园主女儿。"

妙香说:"园主早年在吕宋买下了整片珍珠岩矿场。有一日,突然飞来一只通体洁白的鸟,形似鹭鹤却毫无斑点,悬停在矿场边那棵百年条纹乌木上。原本那一带是密密匝匝的乌木林,后来都被砍尽做成黑檀木家具,这是余留的最后一棵树。这鸟钻入枝头,两只细脚灵巧摇摆,翅膀像细卷波浪,在惨白日光下,它竟逐渐变得全身红黑斑点交加。随后是一段嘶叫,声如雨夜海豚,既有水声又带高音鸣啼。所有矿场工人都忍不住停工,三三两两聚拢过来,谛听之间,有人看见幻象,有冰河雪女乘坐薄薄莲花舟。可鸣唱猝然停下,怪鸟绕树三圈,直击地面,鸟头如莲雾爆开,血点四溅。矿工中有当地土著,报告监工后众人大喜,在鸟血喷溅的范围连日下挖,得一处清凉洁白的冰晶矿藏,日间吸吮阳光调节凉热,夜晚依旧闪亮发光,摸上去温润细滑。"

阿聪说："正逢叶太太四十大寿，叶先生欢喜地将石料运到岛上，在山丘上建了一座白色庭园，当作寿礼庆祝。叶先生和太太虽然恩爱，可惜园子建成三年后，叶太太就病逝了。叶先生悲痛，停棺于白园不肯下葬，每月初一和十五，令我管家父亲拿白瓷碎末与清漆混合，一层层漆棺。叶太太棺材密实，毫无异味，反倒因为停棺的亭子四周繁密的桂花和缅栀子而显得清香宜人。"

管家说："太太死后，叶家离开园子前的最后一秋，叶先生买来千盆巨型白菊。就在白色庭园的中心，瘦石疏苔之上，花朵堆积如雪山，每一朵菊花都大如面庞，每片花瓣都是苍白灵巧的手指，在海风里一刻不停地朝天空抓挠。老爷让每位来宾作诗，小诗可换盆花，我亦得花两盆。所有花散尽之后，老爷连烧了三天书稿，带着所有子女乘船离去了。临走前，老爷告诉我，继续照看人去楼空的家里和庭园，他们会从国外寄钱回来，等局势稳定就回岛上。记得务必照管好太太的棺木，其余随势而行。随后主仆码头话别。头七还有钱辗转从海外流入，后面时间越拖越久，逐渐也就没了。丰年积攒的，被瘦年吞吃了。但我还是守着园子，直到死前最后一天。"

妙香说："太太的棺，竟然就这样停了十二年。管家的妻子常在棺材边躺卧行走，捡拾落花。有一日，睡去后，感觉有人轻抚面庞。睁眼，是一位慈秀的太太，嘱咐她秋季天凉，海风日盛，还是找有遮盖处早早入眠，莫再流连。醒来，跟我们众人说梦。管家沉默多时，觉得其妻所说的梦中人，正是太太模样。可她此前从未见过太太。管家犹豫三天，最终在园里找了花木掩映之处，让太太入土为安。这地点管家谁都不讲，哪怕在十几年后，他在街心公园里被吊起抽打，都没有说过一句。多年后风波平稳，园子也早就收归国有，阿聪才在上面竖起了一面乌金石碑。这是他父亲当年偷偷叫他保守的秘密。"

管家说："阿聪算是我们老来得子。将太太下葬后第二个月，妻头脑散乱去，身体发出臭汗酸味，而后才知有孕。那时我已经年逾半百，妻过了四十。孩子眼睛像母，面形随父，鼻子却像挂起的古画中人。那画是妻子家传下的，或许是先祖遗像。妻总说当年，先人从西方来。"

妙香说："我会说，我是园主的女儿。灯笼花和牵牛疯长，甚至联合起来吞没了假山，把庭园拧成了一座荒草和野花的迷宫。就在迷宫里，我不费力气地长大。一日，我坐在花园的海滩边玩沙子，捏出父亲的样子。我认定自己的父亲就是叶先生，我知道时间完全对不上，我是在叶先生离开两年后出生的。但我认父的动作，不应被这小小差异影响。我手头有足够的照片，供我足够的幻梦纤维编织到故事里，跟捏造出来的父亲纽结在一起。父亲坐在白色庭园的中心，目光炯炯，他身下的那只凳子我常坐。父亲站在南洋的街头，戴怪模怪样的帽子。父亲参加英国人的化装舞会，脸上遮着侠盗一样的眼罩。还有园中那座青铜雕像，我常常爬上去倚靠他。这就是我熟悉的亲人，是我的父。我的母亲美莲，不愿意承认我，好像我不在她面前晃，她就依然可以是个无忧放纵的女人。"

阿聪说："无子女的这些年，我父母把妙香姐当作契女儿。妙香姐的母亲不爱照顾孩子，都是我父母在照应。如今他们有了我，妙香姐也常帮忙照看，与我相疼相爱护，我们之间有十岁距离。我阿母总说妙香姐太爱眠梦，以后总要吃苦。无论如何，她在这个逐渐荒弃的庭园里长大，整个人如同从草木里剥落而出的一只白玉蝉。"

妙香说："我仰面躺在草地上，闭眼想象父亲的脚步。他如何走过湿软的草地，如何看见我然后笑着皱眉。我撒娇似的不肯起来，他就陪我一起躺卧，与我一起在热天里回忆冰凉日子。那时候父亲府中人满，我母亲连妾都不是，只能搬到山丘上的庭园。叶氏府，那是父亲的住所，我从未到过，但我薄薄的眼皮如同帐幕，轻易就帮我进入那个靠海的府邸中。用人们端着闪耀光辉的白瓷瓶，里面装着微波荡漾的热牛奶，长长的庭廊挂满带流苏的灯笼，大宅深处有南音琵琶、拍板与洞箫。我突然睁开了眼睛，阿聪在向我靠近。"

阿聪说："妙香姐的头发黑浓，像某种金属，从富裕的矿藏慷慨地生发出来。每一根都亮闪闪，连带着睫毛和眉毛，有种水淙淙的潮光。现在，她正倒在草坪荫凉处，大叶樟为她筛去烈阳。鹅黄雏菊穿过耳际，在她面庞撑开一把伞。她闭上的眼睛是两只薄陷阱，里面怀藏深渊。她总爱躺着造梦，当作耳后软枕。她的头发被无限的长草延伸，风吹过来时就是海上的卷浪。蚯蚓成了海鳗，柔软狡猾地钻来钻去。白蝶是海面上幼小的白翅浮鸥。她的笑声是整片海域的粼粼波光。

我的拖鞋，拖成两只小小的船。我走路飘摇，我的心也飘啊飘。我在她浸泡的绿海上航行，却迟迟不敢靠近最中心的她。我踏住草，甚至轻轻踩住她被拉长的影子。她是所有风的来源，所有的风都带着她的香气。我就这样站着，她的好看让我害羞，我红着脸张望。我想叫阳光轻一点，不，不要叫醒我的妙香姐，等她自己情愿。突然，她睁开眼睛。妙香姐招手呼唤我，她说阿聪啊，我们来玩捉迷藏。"

"而此时，妙香姐的母亲美莲正在湖边踱步，她扬手将整把瓜子皮抖入园心的湖中，手腕处的胎记露出蛇皮质地。她穿的浓艳旗袍上一朵花压着另一朵花，满满当当地泼出来。她走到哪里，湖中滑溜溜的鲤鱼和乌龟就跟到哪里，像色彩斑斓的水影。自学会走路开始，我就忍不住冒冒失失地每日掐给她一蕊花，她便欣然收下，放在掌心揉捏成芬芳的香泥，然后向远处掷去。她会伸出细长鲜艳的指甲轻轻搔勾我的脸，然后说这胖小子从小就知道讨女人欢喜。只是后来，我不再追着她，而成了妙香姐的跟屁虫。"

妙香说："我母亲本在上海唱歌为生，被人带回岛上，当作物件赠给老爷。馈赠者并非出于友情，更多出于权势和面子，他说如遭拒绝，他就将这件礼品砸碎。老爷的仁厚让他接纳了我母亲。这个家里，老爷是商人，太太是官家小姐，商人听官家的。母亲见了太太，美莲这名字就是太太赐的。名字定了，一切也就尘埃落定。在岛上，花名都是贱名，就算叫牡丹，一听也是丫鬟。太太没有为难母亲，虽然不让她进门做妾，但允许她在远离宅邸的山丘庭园里住。那已经是太太的最后一年，把我母亲美莲安置好后没几个月，太太就离世了。"

"风声变了的时候，老爷其实也问过我母亲，要不要一起走。可她偏要骄纵，太喜爱这花园，不愿意去别的地方了。她说没在怕，选择了留下。我母亲美莲无拘无束地享乐过一阵子。在沙滩上租来马驹沿着波浪骑，去荷花舞厅亮晶晶的舞池中心跳几支舞，到外国人开的红砖饭店顶楼喝茶，她要一遍遍强调那时候的红茶，加的都是岛上牛奶场运过来的当日鲜奶。这段日子极其短暂，瞬间如飞而去。在飞翔的日子里，她的身体鼓胀起来，意外结出一个孩子。初见我时，她哭了，心里愤恨。但随后，她恢复了身段，就把我当作一个梦中来的朋友，不太在意，也不再记恨。"

管家说："哀哉，园子往昔的荣光，靠我们夫妻二人是护持不了的。家仆都已散去，我们需要用双手去劳苦，用滴落的汗去换粮食。一日，那金头颅的土匪来了。那个杀人焚村，广种罂粟，却又慈手兴办学校和医院的悍匪。我们有祸了！土匪来了，说要租下园子。我要拒绝，美莲按住我，自己出来挡他，说勿要乱想。他说那我就抢下来。美莲曾对我们说，她依稀认出，这人是荷花舞厅早年的落魄汉，被她赠过一盏茶。他粗硬地握住美莲的手，让她跟着他在园里胡乱开枪。土匪说，只要美莲喜欢，就可以在一切物件上面轰出一个洞，以弹孔重新发明世界。他高声说你趴下，伏在我下面，我就把世界给你。美莲最终顺从了。他住了进来，身后跟着遭他刀杀的浩荡灵魂，拖出长长的血迹，义人与罪人的血混在一起。我们无力反抗，只能继续照顾园子，那是我们的本分。"

妙香说："那土匪的脑袋像颗番荔枝。人都说他枪战里被削掉半个头颅，而后就用纯金给自己造了半个脑壳。我母亲美莲与他彻夜饮酒，以致赤身露体，大叫着吃吧喝吧，反正明天就要死了。我不愿意见到他俩，这白色庭园是起伏的帐幕，我在里面躲藏。土匪不在的时候，母亲成了园子的王，在中心的小湖泊搭台让人来唱歌仔戏。也就是在那段时间，园子湖里冒出了许多烟灰色的蟾蜍，跟唱戏的人比嗓门大，还有的跳到演员头顶。母亲的笑声总会灌满园子，像一只最聒噪的蛙。比起听戏，她更愿意看人出丑。我有时去找她，希望她不要与那金脑袋再来往，最终总忍不住争吵。她却不恼，只是说，我倒是希望，你往后比我强。那阵子，管家伯出来治理蛙灾，死掉的蟾蜍堆成一座座湿答答的山峦，它们黏腻地融化在一起。随后埋它们的地方竟冒出一株株肉粉色的曼陀罗，花朵倒挂下来摇曳如钟摆。"

阿聪说："有些林中种子，刚出天日时，就明白体内没有成为挺拔大树的材料，于是就以自身的孱弱放射网罗，缠绊、攀援、绵延。那是自然里另一种缓慢流淌的巨蟒。我每日都需清理园中的爬山虎，那些附着在红砖墙上的细爪，常以令我惊奇的力量反抗。美莲的手臂，就是有力的藤蔓，只要给她一截树干，她的身体就会变得绵软却不可挣脱，像浸水的布匹。这是精心设计的结果，她坦然决定如此过一生。一株蜿蜒却坚硬的藤，一种结冰的火。一旦失去可倚仗的外在，她果断地决定不再活。母亲的身份也不足以拦阻她，她的懦弱过于强悍。"

管家说:"哀哉,美莲是如此的女人,连罪和死都恋慕她。土匪头子被枪毙的消息传来后,有许多人闯进了我们的园子,想扒他皮吃他肉的人太多了。哀哉,先前居首位的,现在堕地如泥。土匪在这里曾经造了一座巨型坟墓,每一侧尖顶门廊都刻着漆黑的蕨类,本想着百年之后足享风光。如今他尸身却在他的家乡被毁,并未入葬。涌入的人们,用炸药把坟墓炸成碎渣,然后狂欢似的在里面寻宝,无所获后便扩散开来,在园中抢掠所剩无几的物资。妻心疼地抱住阿聪和妙香,让他们捂住嘴别出声,别出声。我看见美莲在住所二层,一双冷光潋滟的眼睛盯着,眼神里抖落出滚烫的红幡。"

妙香说:"那个暴风雨之夜,母亲美莲把手腕割破,浸泡在园子中心的莲池。血的丝线从她身边蔓延开,她漂浮在刻满斑纹的血湖上。管家伯发现她后,把她从湖里捞起。她吃了一肚子花,嘴里含着没有嚼尽的花瓣。是园里致幻的曼陀罗。我才想起,自己在园子的草地上抬头,看见站在二楼的母亲捧着一只素白瓷盆,在日头照耀下熠熠生辉。她就那样稀松平常地嚼着。一整盆撕碎的花朵,她嚼得发脆。母亲入殓后,我也想摘花尝尝,被管家伯拦下了,让阿聪看着我,然后管家伯自己把园子里突然冒出来的所有曼陀罗都连根挖出,在园中湖边烧成灰烬。我说,我不是要死,只是好奇阿母怎么可以用那样的眼神看着我,还持续不断地往嘴里塞这些脆生生要命的白花。阿母是在幻觉里寻开心,还是真的想死？是她本来就想死，借着花来壮胆，还是她本不想死，花却诱她幻梦之中割破手，走入池子？她是一个太美丽的女人。于是旁人总想争着替她述说。有人说她是为了保住园子。有人说她任性，不想受苦。我想其实她是殉情的土匪婆，吞咽着幻觉，继续在死亡的阴间追随她真正的爱侣。母亲是一团死地里的鬼火，下落阴间便会烧得更艳。"

阿聪说："妙香给美莲尸体入殓时，忍不住责备她，安怎这样任性，抛下自己的独女。但尸体笑吟吟的，不辩解。我帮忙摘来满园残余的玉兰，放入她的棺材，用风信子和蛇莓遮盖发白的脖颈，在她手中放入无尽夏的花球。我总想以自然之物来遮掩死的毒钩。她总是爱漂亮，应该隆重美丽地走。其实我明白，若无美莲，哪有我们在园中的平安。她这样莴笋般爽脆的、言行一致的人，到底世间少有。我对她有些怀念，美莲在的时候，整座园子被搅动沸腾，声音噗噗蹿，而她走了，这片水土就凝住了。"

管家说："哀哉，美莲死后的七年，园子越发破败。我们在园中种植粮食，采摘蔬叶，去海边捞鱼抓贝，所有的乐音中止，我们每日不得安息。靠着过去积攒的钱款，我们省吃俭用，谨慎度日。妙香就在这破败里成人。奇怪的是，妙香还真有几分像离开的园主，或许是因为她每日都要去到园主塑像那里，似乎在与之交谈，有时候只是静静地倚靠着那雕像。我本想劝她，可妻子提醒我，她已无父无母，我们不当撤去人最后的梯子。我与妻的力量逐渐衰败，只尽力在园主的嘱托上忠心，却总是力有不逮。妙香与阿聪尚有漫长年岁，我们只愿他们能等到有盼望的日子到来。"

妙香说:"人世的击打并未止息,弥散在人群之上的波涛渐勇,开始向洁白的园子再度发起袭击。这几年,白色庭园进一步荒下去,围墙和亭台被拆毁了,成了许多人家中的灶台。家具和内饰被拆毁了,成为鼎下煮粥的炉火。余剩的布匹和器皿都被卷走刮尽。所有的乐器被砸成碎片,发出冲动的乐音。最后,园里唯一的铜像也被拉出去游街。远方暗的街上,人群肆意往来。眼见他们拆毁我的梦境,我疯子般冲上去反抗,被人拖下,受罚连续一个月,每天跪在庭园门口自省。我知道雕像回不来了,跟我母亲一样。"

阿聪说:"妙香是个以幻梦为食的人,如今怎么办？我父母疲于面对无尽的审查,白日还需去西边拖板车修路面,只能叫我看好她。雕像被拖走的夜,我见妙香偷离庭园,走下山丘,经过墓园,一路走到码头,从白桥上灵巧攀爬下去,跳到碎石滩。我跟过去,她爬上船。我也跳上船。她惊讶,说本打算独自这样一直划一直划,然后到月娘下面,一头钻到海发亮的地方去。我说阿姐,那我陪你。她问,身后那花,是你放的？我说对,以后每日摘给你。她每日被罚跪时,我总想办法往她身边放些花。她说别放,你危险。我说,免惊,我甘愿。喉头发紧,我俩无声在海上漂。海色近于深绿。海是一个远大于我们的存在,摇晃着我们。那晚月亮一直缩在浓云背后,没出来。她作罢,把船划回岸边。"

妙香说:"那时我与阿聪总在夜里一起偷偷划船出海。经过这些年,我明白他不再是那个满地滚的小肉球了。他已是位少年人,高出我半个头,划船的手永不疲惫。我们去灯塔边、礁石上、桥墩上钓鱼。有时候管得严,我们不出海,就用手摸船底,那里结满彩鸾贝,带着孔雀翎的蓝绿光泽。阿聪有时也会潜入水中,用小刀轻轻撬,一次抓到一大把贝壳。他要是下去太久,我着急轻唤,阿聪就应声从水里浮出,灵巧的自然之子。我忍不住把阿聪看作海中精灵,整座海如同他慷慨的府库,在我们饥饿之时为我们摆设筵席。我们就在亚细亚石油公司码头的沙滩上,拿小锅烧火吃,贝慢慢展开身体,露出里面柔软的肉,砖红、浅橘、乳白皆有,自带着咸味汁水。只是这彩鸾贝多贱,一拉一大串,岛上的人过去从来不屑吃,觉得不金贵。可我们饿,尝起来异常鲜甜。"

阿聪说:"妙香总在光中。她水光蒙眬的眼睛。她被月光描绘出的及腰长发。她每一颗指甲发出的晶莹微光。她转过脸,说出的每一个词句,像萤虫,在空气里飘浮。我用耳蜗,去收集那叮咚作响的每一个字,让它们在我的脑中凝聚成烛火,因此我的面皮发亮。她随小船轻摇,起伏的身形是一段曲子,我多希望能亲口唱出。我望着她,感觉喉咙干痒,不可自控地咳嗽起来。后来我才明白,爱上一个人时,心里会突然弥漫出一种深重严肃的寂寞——再解不了的渴。我有些羞惭,我与她有十年追不上的距离,因此我无力对她说爱。但我想我可以知足,在那毫无喜乐的离别之日到来之前,我们俩尽情活着。"

妙香说:"我总在白色庭园的幻梦里不肯出来,没想到庭园之外的大海有这么多珍奇宝贝。一日,我们坐在沙滩上,突然有一支黑色军队从海中浮出。阿聪说，这就是'六月鲎，爬上灶'。沙滩上仿佛有数百只倒扣的锅在移动。雌鲎像一叶扁船，背上驮着体型较小的雄鲎，从蓝黑色的海里到潮间带的沙土上打洞产卵。那对我真是件新奇的事，女子护卫男子。阿聪轻易就能抓到一对又一对的鲎，用银色的刀子剥开它们，翻过来放在火上烤，香味随着爆裂声炸开。后来我常想，是否那一夜我吃下了太多的鲎卵，那些蓝色血液的母亲，最终在时间的潮水里，以愤怒的尖刺向我的身体发动报复。因此，余生的日子里，我才无法孕育儿女。但那些在火中毕毕剥剥烤至金黄的卵，发出难以抵抗的诱惑，催促着我们的口舌。我感觉自己是一匹被唇齿牵引着，奋不顾身向前嚼的疯马。我们吃啊吃。海中的儿女被我们吃啊吃。嘴巴好像在放鞭炮。吃到后来，肚子饱胀嘴巴发酸都还停不住。我们纵情地咀嚼埋藏生命的卵，而我们自己的生命又被谁在咀嚼？突然间，我感到惊恐。我想到，就算这样放纵地吃，第二天还是要再饿的。未来是个无底洞，令我觉得恐怖。"

管家说："哀哉，将一切都夺去后，人们开始连想象中的也要得到。不知是谁开始传说，园主夫人的棺材里满是财宝，足以将整座岛屿照亮。于是人们来问我棺材的下落，我只觉得荒唐，我为太太拾骨时，陶瓮里能装下什么呢？不就是脚趾、腿骨、腰骨、脊椎、手骨、头骨吗？这些哪个人身上没有呢？非要打扰死者的安宁。人们不相信死，也不尊重死。我无言，于是被绑上了古榕。众人说妙香是园主之女，也被绑上树。幸好过不久，妙香先被放下去，只留我在树上。哀哉，妻跪在树下无助落泪，我看着她，心里想着有你在，番薯可比山珍海味。我想她能听懂。阿聪不在是好的，免我多担心。受缚一天后，所有的理性都从脚尖流走。我开始感觉自己慢慢变成沙子。脚成了沙子，腰成了沙子，头脑也慢慢从凝聚的固体变成流动的沙子。或许我整个人都变成了一座沙漏。我在一颗颗瓦解，先是下坠，而后上升。疼痛在消失，我感觉温暖舒适。我始终闭口不言，用沉默得胜，直到最后荣耀的时刻来临。求你，求你纪念我如茵陈苦胆的日子。"

妙香说："阿聪消失了。我刚被绑上树，就感觉自己断成了两截，一截结冰，一截着火。我的白衣在风里摇晃，好似当年阿母在沙滩骑白马。我看着每个人的脸，一些熟悉的脸变得陌生，看着我们的苦痛，他们露出笑容。园子里的生活早就不是天长地久的平安日子。阿母之死是我的第一关。父的消失是第二关。接下来，是我身骑白马走的第三关。我辨认出那个说话能算数的人，在我下方，我用大颗的眼泪击中他。我没有称手的工具，只是学着阿母的眼神，偏着头，露出脆弱的脖颈，就那样带泪凝视着他，嘴里喃喃承认，我不是园主的女儿，我只是个无父的婢女的孩子。我如一个被捕的梦，被吊在半空，慢慢蒸发水分，祈求着让我的双脚重新踏在现实的泥土上。我也明白过来，阿母她拥有的不多，但她精心使用到最好。那男人果然心软了，把我放了下来。我正求他劝众人放下管家伯，却听到断裂脆响。管家伯与一截树枝共同坠落，我同管家娘扑上去，可他磕到后脑，已然过身了。尸体被强行拖走，被焚化，扔入海里。三日后，阿聪才出现。"

"日子如何过下去?园子下个月就要被收走,阿聪和管家娘每日愁苦。我却告诉他们,我收下了定情物,就要结婚了。正是与放我下来的那人结婚。不要害怕,今后不会有人为难你们,他也同意让你们有地方住,有事做。但那人不希望我再与你们多来往,我们接下来,要各自找好活下去的路。管家娘急切地拉我的手,叫我不要傻,莫将一生的幸福放给水流去。我摇头,自己是时候结束眠梦,离开白色庭园了。荣光早已离开这里,残破的砖墙让梦境漏风。这里已经不属于我,其实从未属于过,我只是蒙了恩的暂住者。"

阿聪说:"婚姻,是一面旗帜。新郎的白色旗帜,覆盖在新娘的脸庞和身体上,就像岛上的那些黑白照片里那样。那须是一个挺拔的男子,有鸽子温润的眼、檀香木做的躯干、磐石雕刻的手掌,他是日头,是丰盛的果树,是执掌权杖的人。而我呢,我站在妙香十年的步伐之外,我站在父亲出事的街心公园之外,我是一个没有旗帜的人,我甚至都还不算一个男人。妙香是一颗自足的星,我无力为她添上什么来加增她的荣美。我无力挽留,我更无力拒绝她用婚姻换来的帮助。或许不仅仅因为我们之间有十年的距离,还因为她一直都是远远胜过我的一个珍贵灵魂。爱,让我又冷又热,永远孤独又永远有伴。"

妙香说:"于是我走出去,缓步离开园子,心里生出无限留恋。我终于真心承认,阿母是一位可敬的漂亮女人,我恐怕不能做得比她更好。我也会想念那位遥远的父亲,这情感不因为铜像的坠落，不因我口舌的否认而消失。恰恰是过去的塑像反而限制了他的形象。我忍不住坐在园中那棵大叶樟下，它在园子建成之前就存在了，我们众人都消失之后，它也依然存在，于是我伸手摸它，希望触碰到更持久的生命。我想到，时间悠长，天地间有个岛屿。每个人的呼吸只是瞬息，岛屿也不过多存在一阵子，但每个人的灵魂又与某种永恒相连。其中的奥秘，人不能测透。我想，我也如阿聪一样，爱着这自然中的造物了。"

阿聪说："我追上了妙香，我想跟她说，等等，不急着走。但我还没说出口，她已经听到了，与我并肩坐在树下，足边是我培育水仙花球的地方。空气湿重，我想到如今季节迟延，春天不来了。我才十多岁，正是人们眼里最矫揉造作、最不负责任的时候。我知道自己没资格挽留，于是我没有说出湿乎乎的话。我只是告诉妙香，我消失的三天去了哪里。去了天上。我循着声音，爬上天空中降下的梯子。我去寻找父亲，一路直达云间，然后从高空坠落。我跌到沙滩上，沙子钉入我的手掌，但我还活着。她看着，她听着，她竟依然相信我。她拿过我的手，看掌心里镶嵌的金色沙砾，她身上蒸腾的香气吹拂我，我感觉自己在蜕皮，我即将脱下这身光滑无垢的身体，换上一层幻梦的毛皮。我不敢动，只是听到内里传来的剥落声。我想，我也如妙香一样，成了喜爱做梦的人了。"

妙香说："那少年在树下颤抖，像只鹿。我望见明日的婚礼，像一枚精致的白色贝壳，将我封存起来。我不想成为母亲那样的人，我要一段像父亲那样长久稳定的婚姻，我愿意守住承诺。可我到底成了母亲那样的人，在危急的高空顺着情势勇敢地冲撞下去，砸出满地光焰，那已是我能抓到的最好了。我即将步入森严的墓穴，那日的男子就是守墓人。我不能携带活着的气息进入坟冢，所以要先把灵魂保存在这里，埋入树下，埋入水仙花球中。这满园冰凉的石头可以为灵魂保鲜。哪怕躯体死去，灵魂的碎片依然可以发出独白的声音。我会一日日拖走自己的遗骸，一步步推着肉体向前走，或许能等来复活的日子。"

阿聪说："每年春来之时，我要把自己的心雕刻给妙香。我是说，水仙。我决定把自己的心埋入地下的水仙。水仙每年都是新鲜的，从幽深的厚土中探出嫩生的茎蕾，每一年我会默默雕刻它们的身躯，把自己的心意和幻想注入根系，让水仙在苦痛中淬炼出碧绿蜿蜒的叶子，迸射的花蕊香气直冲耳后。我欢喜见妙香的生命充满赏心乐事，哪怕需要把每个日子深埋在密闭之处。明日她要参加婚礼，这让我们都悲恸不已。她决心替我们受苦，毅然走入苦难中。这让我感到自己不配爱她。我想在一个吻后，放下对她索求的念头，只想懂得她，然后向前，走出自己的路，携带着她注入的气息。我俯身向她。"

妙香说："天空中，太阳和月亮同时出现。天空下，阿聪和我也坐在一起。这是半明半暗、不早不晚的时刻。有风从砖墙那里吹过来，把阿聪身上软软的味道都吹进鼻子里。他的头发、耳朵、脖子、肩膀都绘上了温柔的金线。砖屑也进了眼睛。太丢脸了,他可不要以为我看落日看哭了。轻轻的,眼皮上有柔软的触碰。他的嘴唇。这孩子,竟让我心脏狂突,眼睛半眯半睁,感觉金绒绒的落日有一座山那么大。随后是慌乱的片段,我失忆了,失聪了,失语了,就记得我俩无声坐着。天暗了,风有些凉,各人打算回各人的家。可是,突然降下的雨,让我们有借口停留。"

阿聪说:"树荫之外,世界在雨幕里分裂成两条道路。一条路走入婚姻,每日落雨冷霜霜。一条路切断留恋,每年重复雕刻水仙。但这岛屿的路总会交叉。自然与眠梦常常交缠。我们坐在树下,暂时还看不到未来数十年的轨迹,但我们都知道,每条路都不会容易,若不是那样,我们还会以为自己是白色庭园里无忧的孩子。如今我们说,等雨停就走。"

妙香说:"是的,我们原本是说,等等,等雨停了再走。可雨早停了。幸好,我们头上这棵巨型茂密的大叶樟,还拥有千万片潮湿的叶子,挂着千万颗饱满的水滴。我们并肩,等它们一粒一粒,闪闪发光地坠落。"

阿聪说:"雨下在肩头。雨落在眼睫上。"

妙香说:"所以我们等等。再等等。"